Die unheimlichen Fälle des Lucius Adler

Bernd Perplies und **Christian Humberg** schreiben Bücher für große und kleine Leser – mal solo und seit 2008 auch immer wieder im Duo. Wenn sie mal nicht neue Geschichten erfinden, sieht man die beiden Autoren oft in Schulen und Büchereien, auf Conventions und Buchmessen, wo sie Lesungen abhalten und aus dem beruflichen Nähkästchen plaudern.

Wer mehr über Bernd und Christian wissen möchte, erfährt es unter www.bernd-perplies.de und www.christian-humberg.de.

Mehr über unsere Bücher, Autoren und Illustratoren auf:
www.thienemann.de

Perplies, Bernd und Humberg, Christian:
Die unheimlichen Fälle des Lucius Adler – Jagd auf den Unsichtbaren
ISBN 978 3 522 18438 0

Einbandgestaltung: Max Meinzold
Innentypografie: Kadja Gericke
Reproduktion: Medienfabrik GmbH, Stuttgart
Druck und Bindung: GGP Media GmbH, Pößneck

© 2016 Thienemann in der Thienemann-Esslinger Verlag GmbH, Stuttgart
Printed in Germany. Alle Rechte vorbehalten.

Bernd Perplies
Christian Humberg

Jagd auf den
Unsichtbaren

Thienemann

FÜR ANNIKA

Mut ist nicht bloß Jungssache!

PROLOG:

Eine unheimliche Begegnung

»Mann, das ist echt gruselig!«

Lucius Adler, Sohn der berühmten Zauberkünstlerin und Meisterdiebin Irene Adler, stand vor dem offenen Sarkophag und starrte auf die Mumie, die darin lag. Es handelte sich um eine mannsgroße Gestalt, die in schmutzig weiße Leinenbinden eingewickelt war. Vor dem Gesicht hing eine matt glänzende Bronzemaske, die einen ernsten jungen Mann zeigte. Die Arme waren mürrisch vor der Brust gefaltet.

»Du hast recht«, pflichtete sein Freund Harold Cavor ihm bei. Der Junge mit der Nickelbrille hatte die Arme um den schmächtigen Leib geschlungen und musterte ihr totes Gegenüber ausgesprochen skeptisch. »Warum muss bei dieser Party auch unbedingt eine Mumie ausgewickelt werden? Hätten die keinen Automatenmann zerlegen können? Da hätte ich wenigstens noch etwas Hilfreiches lernen können, falls bei James mal wieder was kaputt ist.«

James war Harolds Butler, ein dampfendes, quietschendes Wunder aus Kolben, Zahnrädern und Messingverstrebungen, das Harold aus Schrottteilen selbst zusammengebastelt hatte. Harolds Vater war ein erfolgreicher Automatenbauer, und Harold hatte sein Talent ganz offensichtlich geerbt. Im Unterschied zu gewöhnlichen Automaten war James jedoch bei einem Ausflug vor eineinhalb Jahren vom Blitz getroffen worden, und seitdem verhielt er sich – das konnte auch Lucius bezeugen – beinahe wie ein lebendiges Wesen.

»Tja«, meinte Lucius und verschränkte wie die Mumie die Arme vor der Brust. »Du warst es, der mich hierher mitgeschleppt hat. Also beschwer dich jetzt nicht.«

»Aber in der Einladung stand nichts von einer Mumienauswicklung«, klagte Harold. »Das wäre interessant für Sebastian oder Theo gewesen, aber ist doch nichts für mich.«

Sebastian Quatermain und Theodosia Paddington, ihre beiden Freunde, fehlten heute Abend. Harolds Vater hatte seinem Sohn nur einen Begleiter erlaubt, und Harolds Wahl war auf Lucius gefallen. Das lag nicht daran, dass er Lucius den anderen beiden vorgezogen hätte. Bloß war Sebastian mit seinem alten Herrn, dem großen Afrikaforscher Allan Quatermain jr., heute Abend selbst zu Gast bei einer Veranstaltung in London. Und Theo zu fragen, ob sie ihn begleiten würde, hatte Harold sich nicht getraut, wie er Lucius unter vier Augen verriet.

Lucius hatte darüber nur gestaunt. »Warum denn nicht? Theo beißt doch nicht.«

Daraufhin hatte Harold rote Ohren bekommen und gemurmelt, dass aber vielleicht Miss Sophie, die Schmuseschlange des in Indien aufgewachsenen Mädchens, beißen könnte. Was natürlich Unsinn war, denn Miss Sophie war ein Tigerpython, und Tigerpythons gehörten zu den Würgeschlangen. Ganz abgesehen davon war sie zahm und noch nie durch mehr als ein unwilliges Zischen aufgefallen. Und das gab sie auch nur dann von sich, wenn Lucius oder Sebastian sich versehentlich auf sie setzten – was manchmal passierte, denn Miss Sophie liebte es, sich unter Sofakissen zusammenzurollen.

Welches Problem auch immer Harold mit Theo hatte, Lucius jedenfalls freute sich, dass sein Freund ihn ausgewählt hatte, um dieser Feier beizuwohnen.

Zunächst war er eigentlich gar nicht begeistert gewesen, denn Harold hatte die Veranstaltung ungefähr so beworben: »He, Lucius, mein Vater nimmt mich morgen Abend mit auf eine Wohltätigkeitsveranstaltung der Wissenschaftlichen Gesellschaft. Da laufen ansonsten nur grauhaarige Professoren herum. Ich brauche dringend jemanden, der mir beisteht.«

Das hatte in etwa so verlockend geklungen, wie bei Regen die Straße vor der Baker Street 221b zu fegen, wo Lucius wohnte.

Doch als Lucius darüber nachgedacht hatte, war ihm aufgegangen, dass es Schlimmeres gab. Beispielsweise am Abend einmal mehr in seinem Zimmer im ersten Stock zu sitzen und lesen zu müssen, weil man in der Baker Street 221b nicht laut sein durfte. Das störte den Herrn des Hauses nämlich beim Nachdenken. Zumindest behauptete er das.

Bei diesem handelte es sich um den Meisterdetektiv Sherlock Holmes, den unbestritten größten Ermittler, den die Krone von England je gehabt hatte. Lucius lebte bei Holmes, solange seine Mutter außer Landes weilte, denn Holmes war ein alter Freund von Irene Adler – wenn auch ein etwas seltsamer Freund, wie Lucius fand. Er erinnerte sich noch gut an den Tag, an dem seine Mutter und er zum ersten Mal in der Baker Street 221b aufgetaucht waren. Eigentlich hatten sich Irene und Sherlock nur gestritten. Trotzdem war sie schließlich mit tränenfeuchten Augen und ohne Lucius aus London abgereist.

Warum seine Mutter untertauchen musste und wohin sie verschwunden war, wusste er nicht. Ebenso wenig wusste er, wie lange Irene fort sein würde. Aber er ahnte, dass er noch eine ganze Weile bei Holmes, dessen gemütlichen und stets hungrigen Freund Doktor Watson und der fürsorglichen Haushälterin Mrs Hudson wohnen würde. Insofern kam ihm jede Ablenkung vom täglichen Einerlei recht.

Zumal der Abend doch deutlich spannender zu werden schien, als Lucius anfangs befürchtet hatte. Die Mumienauswicklung, ein beliebter Partyspaß im London des Jahres 1895, ließ sein zwölfjähriges Herz vor Aufregung schneller schlagen. Er hatte schon oft davon gehört, aber natürlich nie an einer solchen teilnehmen dürfen. Hätte Mrs Hudson gewusst, dass bei der Wohltätigkeitsveranstaltung ein seit mehr als dreitausend Jahren toter Mann aus dem alten Ägypten zu Gast sein würde, hätte sie Lucius vermutlich nicht hingehen lassen. Zum Glück hatte die Einladung ihres Gastgebers Professor Brimblewood, der mit dieser Abendveranstaltung Geld für irgendeine Expedition nach Ägypten sammeln wollte, davon nichts verraten. Und Harolds Vater schien der Ansicht zu sein, dass jede Form der wissenschaftlichen Betätigung für

Jungs in Lucius' und Harolds Alter gut war – egal wie gruselig sie daherkam.

Lucius wandte den Blick von der Mumie ab und ließ ihn durch den Raum schweifen. Professor Brimblewood lebte in Mayfair, einem der besseren Viertel von London, unweit des Hyde Parks, wie Harold die große Grünanlage vor der Tür genannt hatte. Ihr Gastgeber war alt, schien Wert auf ein gepflegtes Auftreten zu legen und besaß offenbar viel Geld. Das alles spiegelte sich auch in der Einrichtung seines Hauses wider. In dem Wohnzimmer, in dem sie sich aufhielten, standen schwere, dunkle Holzmöbel herum, auf dem Boden lag ein Perserteppich, und von der hohen, stuckverzierten Decke hing ein protziger und blitzblanker Kristallleuchter.

Die Gäste, die Brimblewood eingeladen hatte, passten wiederum zum Mobiliar. Es handelte sich überwiegend um Männer, die mindestens so alt wie Doktor Watson waren, in grauen oder braunen Anzügen steckten und ebenso ernst wie wichtig dreinschauten. Einige von ihnen wurden von Frauen in kostbarer Abendgarderobe begleitet, manche hager und streng wie eine Gouvernante, andere rundlich und mit einem mütterlichen Lächeln auf den Lippen, wann immer ihr Blick den von Lucius und Harold kreuzte. Es roch nach Pomade, Duftwasser und Mottenkugeln. Sherlock Holmes hätte sich hier wie zu Hause gefühlt.

Ein kleiner, dürrer Mann gesellte sich zu Lucius und Harold. Er hieß Doktor Farnsworth, wenn Lucius seinen Namen von der Vorstellungsrunde vorhin richtig in Erinnerung

hatte. Seine dunkle Kleidung, das blasse, schmale Gesicht, der fast haarlose Schädel und die leicht vorgebeugte Haltung verliehen ihm den Eindruck eines Totengräbers. Nur sein verschmitztes Lächeln passte nicht ganz dazu. »Na, Jungs, was haltet ihr von unserem guten Mantuhotep?«

So hieß die Mumie also. »Er ist ja noch völlig eingewickelt«, antwortete Lucius. »Viel sieht man von ihm nicht.«

»Wie schaut er eigentlich unter den Binden aus?«, wollte Harold wissen.

Farnsworth machte ein geheimnisvolles Gesicht. »Das wüsstet ihr wohl gerne, hm? Nun, wahrscheinlich wird seine Haut ganz braun und ledrig sein, vollkommen vertrocknet. Die alten Ägypter haben ihre Toten nämlich, nachdem sie ihnen die Eingeweide entnommen hatten, in ein Natronbad gelegt, um ihren Körpern alle Feuchtigkeit zu entziehen. Weiterhin dürften seine Haare dünn und verfilzt sein und seine Glieder völlig dürr und knochig.«

»Igitt«, murmelte Harold. »Warum wird so jemand überhaupt ausgepackt?«

»Es ist ein schauriges Glücksspiel«, verriet Farnsworth. Er senkte vertraulich die Stimme. »Die Gäste hoffen, zwischen den Binden wertvolle Amulette zu finden.«

Als Lucius das hörte, blickte er mit frisch entfachter Neugierde auf die eingewickelte Gestalt. »Die alten Ägypter haben ihren Toten Schmuck mit ins Grab gegeben?«

»Oh ja.« Der kleine Mann nickte. »Kleinode aus Gold und Edelsteinen. Was glaubt ihr, warum die Pyramiden bei Grabräubern so beliebt sind. Aber Vorsicht! Die alten Ägypter waren auch in den magischen Künsten bewandert, und sie haben ihre Toten mit Schutzzaubern belegt, die jeden frechen Dieb verfluchen sollten.«

Das verpasste Lucius' Neugierde gleich wieder einen Dämpfer. Mit Unglück bringender Magie hatten seine Freunde und er schon genug Erfahrungen gemacht. Beinahe wären sie vor ein paar Wochen alle in den Bann des Goldenen Machtkristalls geraten, eines gefährlichen Artefakts, das Sebastians Vater unwissentlich von seiner letzten Afrikaexpedition mit nach London gebracht hatte.

»Der Fluch der Mumie ...« Harold wich einen Schritt von dem eingewickelten Mann zurück. »Das klingt gar nicht gut.« Er warf Lucius einen Blick zu, der besagte, dass auch er sich noch lebhaft an ihr letztes Abenteuer erinnerte.

Farnsworth blickte unheilvoll von einem zum anderen. »Der Fluch der Mumie ...«, wiederholte er. »Wir sollten uns vor ihm fürchten. Denn nach allem, was man weiß, war Mantuhotep kein Niemand in seiner Heimat. Er war der Sohn eines Hohepriesters, der von einem Gottlosen im Schlaf ermordet wurde. Es würde mich nicht wundern, wenn sein zorniger Vater ihm einiges mit ins Grab gegeben hätte, damit wenigstens seine Totenruhe ungestört bleibt.«

Lucius spürte, wie ihm ein Schauer über den Rücken lief. Vielleicht hätte er doch besser in der Baker Street bleiben sollen. *Nie ist Theo da, wenn man sie braucht,* dachte er. Das Mädchen kannte sich von ihnen allen am besten mit Magie aus. Sie spürte, wenn etwas in ihrem Umfeld magisch war. Und manchmal überkamen sie eigentümliche Ahnungen und Visionen, wie sie den Jungs im Vertrauen verraten hatte.

»Na, na, mein lieber Doktor, erzählen Sie wieder eine Ihrer Schauergeschichten?« Ein hochgewachsener, schlanker Mann mit sorgsam gescheiteltem, dunklem Haar, einem dünnen Schnurrbart und einer Brille trat hinzu. Es handelte sich um Harolds Vater, Professor Cavor, und er sah Farnsworth missbilligend an.

Der andere Mann rümpfte die Nase. »Nur weil Sie nicht an Magie glauben, heißt es nicht, dass sie nicht existiert, Professor.«

Cavor schüttelte den Kopf. »Magie ist etwas für die Ureinwohner im Dschungel, reiner Aberglaube und Mummenschanz. Ich dachte immer, in London wären die Menschen klüger. Ich gestehe gerne ein, dass es Wunder zwischen Himmel und Erde gibt, die uns wie Magie erscheinen mögen. Aber nur weil wir etwas nicht erklären können, heißt das nicht, dass es unerklärlich ist. Es heißt nur, dass wir die wissenschaftlichen Vorgänge, die dieses vermeintliche Wunder ausgelöst haben, noch nicht begreifen.«

Lucius beugte sich zu Harold. »Du hast ihm nichts vom Goldenen Machtkristall erzählt, oder?«

»Nur das, was unbedingt nötig war«, bestätigte der schmächtige Junge leise.

»Nehmen Sie beispielsweise einen Blitz, der vom Himmel fährt«, fuhr Cavor währenddessen fort. »Für Unwissende muss er wie der Schlag eines zornigen Gottes wirken. In Wahrheit jedoch ...«

Farnsworth winkte ab. »Ersparen Sie mir Ihren Vortrag, Professor Cavor.« Sein Blick glitt suchend zu dem Automatenbutler des Hauses, der mit einem Tablett voller Gläser in der Hand neben der Wohnzimmertür stand. »Ich glaube, ich hole mir noch etwas zu trinken. Entschuldigen Sie mich, Cavor.«

»Natürlich«, erwiderte Harolds Vater und wurde gleich darauf abgelenkt, als ihm eine Dame in einem moosgrünen Kleid auf die Schulter tippte.

Hinter Cavors Rücken warf Farnsworth Lucius und Harold einen vielsagenden Blick zu. »Fluch der Mumie ...«, formten seine schmalen Lippen lautlos, bevor er sich abwandte und davonschlich.

In diesem Moment trat ihr Gastgeber Professor Brimblewood in die Raummitte, ein beleibter Gentleman, der wallendes, weißes Haar und Lachfältchen in den Augenwinkeln hatte. Er klopfte mit einem Löffel gegen sein Glas. Das klingende Geräusch ließ die Gespräche im Raum verstummen. »Archie, das Licht bitte«, sagte Brimblewood.

Der Automatenbutler drehte einen Regler neben der Tür. Sofort verloren die Gaslampen, die in die Wand eingelassen waren, an Leuchtkraft, bis der Raum im Halbdunkel lag.

»Meine Damen und Herren«, begann der Professor in verschwörerischem Tonfall. »Der Abend schreitet voran. Nebel wallt durch die Straßen von London, wie ich durch das Fenster sehe. Es wird Zeit, dass wir uns unserem toten Freund Mantuhotep widmen, der vor fast dreitausendvierhundert Jahren lebte. Sein Vater war Hohepriester in Theben unter Pharao Thutmosis III. Und seine Mutter, so heißt es, war eine Geisterbeschwörerin.«

Ein leises Lachen ging durch den Raum. Bei den Erwachsenen schienen Brimblewoods Worte für wohligen Schauer zu sorgen. Lucius fand das alles nicht ganz so lustig. Aber er musste zugeben, dass Brimblewood eine ganz gute Show ablieferte. Seine Mutter Irene hätte es auf der Bühne kaum besser machen können. *Vielleicht ist das alles hier nichts anderes*, dachte er. *Bloß eine Gruselshow für seine Gäste.*

»Dann wollen wir mal sehen, welche Überraschungen uns in diesem Körper erwarten«, sprach Brimblewood weiter. »Sind es die Weisheiten der Pharaonen? Sind es kostbare Grabbeigaben? Oder wecken wir durch unser frevlerisches Treiben vielleicht den Geist von Mantuhotep selbst? Wer weiß?« Er schmunzelte, dann winkte er den Automatenbutler näher. »Archie, mein Glas.«

Sachte klickend trat dieser hinzu und nahm dem Professor sein Getränk ab.

Ihr Gastgeber wandte sich dem kleinen Mann zu, der sich eben mit Lucius und Harold unterhalten hatte. »Doktor Farnsworth, würden Sie mir zur Hand gehen?«

»Sehr gerne, Professor.«

»Dann schieben Sie bitte den Beistellwagen mit den Operationswerkzeugen näher.« Brimblewood deutete auf ein kleines Gefährt mit Rollen, auf dem fein säuberlich sortiert einige Scheren und Messer lagen – um die Binden loszuschneiden.

Neben Lucius wich Harold zwei Schritte zurück. Er wirkte, als fühle er sich nicht wohl in seiner Haut. »Wenn dieser Mantuhotep wieder zum Leben erwacht, will ich nicht der sein, der direkt neben ihm steht«, meinte er mit bebender Stimme.

»Ach, Unsinn«, sagte Lucius. »Glaubst du ernsthaft, wir wecken den zornigen Geist des Toten?« Er warf erneut einen Blick auf die Mumie, der Brimblewood in diesem Augenblick mit einer Schere zu Leibe rückte.

»Beginnen wir mit diesem Arm«, sagte ihr Gastgeber und fing vorsichtig an, die uralten Binden abzuwickeln. Braune, verschrumpelte Finger kamen zum Vorschein. Im Publikum wurde leise geraunt. Zwei oder drei Frauen seufzten geräuschvoll und fächelten sich Luft zu.

»Keine Ringe oder Handgelenkreife«, stellte Brimblewood mit leichter Enttäuschung fest. »Na, wir sind ja noch nicht fertig.« Mit behutsamem Eifer legte er den Arm der Mumie frei. Dieser war knochig und klapperdürr. Auch hier war die Haut verfärbt und sah aus wie altes Leder.

Ein eisiger Luftzug fuhr Lucius über den Nacken und ließ ihn frösteln. Rasch sah er zu Harold hinüber. Der erschauderte ebenfalls. »Hast du das gespürt?«, flüsterte Lucius.

Sein Freund nickte. »Wie der kalte Hauch des Todes ...«

»Och, Professor Humptington, machen Sie das Fenster wieder zu!«, beschwerte sich eine Frau hinter ihnen. »Es läuft einem ja eiskalt den Rücken hinunter.«

»Verzeihung«, sagte der Angesprochene.

Lucius drehte sich um und erblickte einen rundlichen Mann, der mit betretener Miene neben einem halb geöffneten Wohnzimmerfenster stand.

»Ich wollte nur ein wenig frische Luft hereinlassen«, verteidigte sich Humptington. »Manchen Damen scheint der Anblick des Geschehens Unbehagen zu erzeugen.«

Die Frau schnaubte nur.

»Puh«, sagte Harold und lächelte schwach. »War nur das Fenster. Und ich dachte schon, der Professor hätte den Geist von ...«

Ein gellender Schrei aus dem Nachbarzimmer ließ alle Gäste zusammenzucken. Dann klirrte und schepperte es heftig, als irgendetwas auf dem Boden landete und zu Bruch ging.

»Grundgütiger!«, entfuhr es Brimblewood, der Mantuhotep vor Schreck ein Seziermesser in die bandagierte Schulter gerammt hatte. »Was ...«

Er kam nicht weiter, denn der Schrei wiederholte sich. Gleich darauf stürzte eine junge Frau in der Kleidung eines Dienstmädchens in den Wohnraum. »Ein Geist!«, schrie sie wie von Sinnen und schlug die Hände über dem Kopf zusammen. »Gott, steh mir bei, ich bin gegen einen Geist geprallt.«

Sofort wurde es unruhig im Raum. »Was faselst du da, Emma?«, rief Brimblewood streng. »Hast du getrunken, Kind?«

»Nein, Herr Professor.« Die junge Frau schüttelte heftig den Kopf. Sie war blass, und ihre kastanienbraunen Augen waren vor Schreck ganz groß. Tränen der Angst und der ehrlichen Verzweiflung schimmerten in ihnen. »Ich habe nebenan im Kaminzimmer die Gläser eingesammelt, die von den Gästen dort abgestellt wurden. Danach wollte ich damit hinüber in die Küche, doch in der Tür bin ich gegen etwas gelaufen. Ich konnte es nicht sehen, aber ich habe eindeutig etwas Kaltes gespürt. Auf einmal hat mich dieses Ding angefasst und beiseitegeschubst.«

Die Unruhe unter den Gästen nahm zu. Frauen riefen: »Oje, oje.« Männer fingen an zu diskutieren.

»Das muss ich sehen«, sagte Lucius zu Harold.

»Meinst du wirklich?«, wandte sein Freund ein. Er wirkte deutlich weniger fasziniert. Eher entsetzt.

»Absolut!« Eilig huschte Lucius zwischen den Erwachsenen hindurch, die sich ebenfalls in Bewegung setzten, um den Geist im Kaminzimmer zu sehen – oder vielmehr *nicht* zu sehen.

Tatsächlich erreichten die beiden Jungs als Erste den benachbarten Raum. Rasch ließ Lucius seinen Blick schweifen. Auf dem Boden neben der Tür, die zum Korridor führte, lag das Tablett, das die Bedienstete fallen gelassen hatte. Glassplitter verteilten sich auf dem Parkettboden. Von einem Geist fehlte jede Spur.

»Verdammt«, murmelte Lucius. Hinter seiner Stirn überschlugen sich die Gedanken, doch kein einziger von ihnen kam ihm wie eine Erklärung vor. Sein Herz pochte wie wild. War da wirklich ein Gespenst gewesen? Und falls ja: Wie sollte man es aufspüren?« »Ich wünschte, Theo wäre bei uns. Die könnte den Geist gewiss fühlen.«

»Und ich wünschte, ich hätte meinen Überlebensrucksack griffbereit«, fügte Harold hinzu. Er schluckte schwer. »Dann hätte ich meinen Blitzschocker zur Hand.« Eigentlich zog der Junge nie ohne besagten Rucksack los, in dem er eine erstaunliche Menge an nützlichem und unnützem Krempel mit sich herumschleppte. Dazu zählte auch eine selbst gebaute Handfeuerwaffe, die, nachdem man sie durch Kurbeln aufgeladen hatte, einen betäubenden Blitzschlag abfeuerte. Was Harold damit gegen einen Geist ausrichten wollte, wusste Lucius nicht. Doch Professor Cavor hatte seinem Sohn ohnehin vor ihrer Abfahrt verboten, den Rucksack zum Empfang mitzubringen.

Hinter den beiden Freunden spähten nun auch die Erwachsenen in den Raum hinein, und sie fanden selbstverständlich ebenfalls nichts Übernatürliches vor. Womit die Angelegenheit für die meisten erledigt war.

Lucius dagegen merkte auf. Erneut hatte ihn ein frostiger Lufthauch gestreift. Diesmal allerdings wehte er aus dem Korridor herüber. »Harold, komm mal mit«, sagte er und lief an den Scherben und dem Tablett vorbei.

Im Flur orientierte er sich rasch. In der gegenüberliegenden Küchentür stand die Köchin des Hauses und starrte die Jungs verunsichert an.

»Ist Ihnen zufällig ein Geist begegnet?«, fragte Lucius sie – und konnte selbst kaum glauben, wie das klang.

»Wie bitte?« Die mollige Frau wurde blass um die Nase.

»Vergessen Sie's.« Ihm fiel auf, dass sich der Vorhang leicht bauschte, der den hinteren Teil des Korridors vom Eingangsbereich trennte. Der Luftzug kam also von dort. Schnellen Schrittes begab er sich hinüber und spähte zwischen den Stoffbahnen hindurch. »Die Eingangstür ...«, murmelte er.

»Was ist damit?«, fragte Harold hinter ihm.

»Sie steht halb offen.«

Ohne weiter darüber nachzudenken, rannte Lucius auf die Tür zu. Plötzlich hatte ihn das Jagdfieber gepackt. Falls es wirklich Geister gab, wollte er unbedingt mehr darüber wissen. Er riss die Tür vollständig auf und stand in der Dunkelheit auf der dreistufigen Treppe vor dem Haus. Wenige Schritte entfernt kreuzte eine von alten Bäumen gesäumte Straße, dahinter erstreckte sich die grüne Weite des Hyde Parks. Dichter Nebel hing in der Luft, nur erhellt von den kleinen Lichtinseln der Gaslaternen am Straßenrand.

Lucius lief zur Straße hinüber und sah sich um. Zur Linken parkten ein paar Pferdegespanne und Dampfdroschken. Die Chauffeure und Kutscher der hohen Herrschaften hatten die Mützen ins Gesicht gezogen und die Kragen ihrer langen Mäntel hochgeschlagen. Dass sie etwas bemerkt hatten, bezweifelte der Junge. Ansonsten hätte auch auf der Straße Aufregung geherrscht.

»Siehst du etwas, Harold?«, fragte er seinen Freund.

Der starrte mit zusammengekniffenen Augen in die dunstige Dunkelheit. »Nein, ich ...« Plötzlich sog er scharf die Luft ein. »Da!«, entfuhr es ihm und er deutete zwischen zwei Bäumen hindurch auf einen Parkweg.

Lucius blickte in die angegebene Richtung – und er spürte, wie sich seine Nackenhärchen aufstellten. Es wehte kein Windhauch durch die Straßen und es gab auch keine Kanalöffnung, aus der warme Luft hätte aufsteigen können. Dennoch war der Nebel an dieser Stelle in Bewegung. Einen Moment lang sah es aus, als würde eine schemenhafte Gestalt durch den weißen Dunst huschen. Gleich darauf verschmolz sie aber mit der Finsternis, und es war nichts mehr zu erkennen.

Hinter den Jungs tauchte Harolds Vater auf. »Was macht ihr zwei denn hier draußen?«, fragte er und legte ihnen jeweils eine Hand auf die Schulter, als wolle er verhindern, dass seine Schützlinge in die Londoner Nacht entschwanden. Er drehte Lucius und Harold zu sich um, und auf seinem Gesicht zeigte sich Erstaunen. »Gute Güte, wie schaut ihr denn drein? Man könnte meinen, ihr hättet auch einen Geist gesehen, wie diese offenbar überreizte junge Dame.«

Die Freunde wechselten einen unsicheren Blick. Lucius hatte keine Ahnung, was genau sie gesehen hatten. Aber irgendetwas *hatten* sie gesehen, da war er sich ganz sicher.

Kann das sein?, fragte er sich. *Spukt es in London?*

Mit einem Mal wurde ihm klar, dass er diese Frage nicht mehr verneinen konnte, so unglaublich sie auch klang. Und das faszinierte und erschreckte ihn gleichermaßen.

KAPITEL 1:

Ein Rätsel kommt zum Frühstück

Klopf, klopf, klopf.
»Mister Holmes?« Vorsichtig öffnete Lucius die Tür zu Sherlock Holmes' Kaminzimmer. Es lag im ersten Stock des Hauses 221b in der Baker Street. Und wie Lucius aus eigener Erfahrung wusste, hatte der Meisterdetektiv wenig für unangemeldeten Besuch übrig. »Mister Holmes, sind Sie da drin?«

Niemand antwortete. Zögernd verharrte der Junge auf der Türschwelle. Mrs Hudson, die emsige Hauswirtin von Holmes und Doktor Watson, hatte ihm aufgetragen, Sherlock Holmes suchen zu gehen. Das Frühstück war fertig, und seit Lucius ebenfalls hier wohnte, fand die liebenswürdige Wirtin, sie sollten es alle gemeinsam einnehmen – unten in der Küche. Lucius gefiel dies sehr. Er kannte aber auch Mister Holmes' eigenartige Launen: Wenn Holmes sich gestört fühlte, konnte er ganz schön ungemütlich werden – und richtig gemütlich war er eigentlich ohnehin nie.

Lucius schob die Tür weiter auf und betrat das Kaminzimmer. Nirgends rührte sich etwas. Die gemauerte Feuerstelle war kalt, die beiden Ohrensessel vor ihr leer. Auf den Tischen, Fensterbänken und sogar auf den dunklen Bodendielen stapelte sich das übliche Chaos aus Büchern, Zeitungen, Notizzetteln und anderem Kram. Vor den zwei Fenstern, die zur Straße hinauswiesen, ging langsam die Sonne über London auf und vertrieb den Nebel der vergangenen Nacht.

»Mister Holmes?«, versuchte es Lucius erneut. Er war schon in allen anderen Zimmern gewesen. Holmes *musste* also hier sein, das war nur logisch.

Aber unsichtbar ist er bestimmt nicht ...

Lucius wollte gerade wieder gehen, da rummste es rechts von ihm laut. Einen Herzschlag später drang eine giftgrüne Dampfwolke aus der Wand hinter den beiden deckenhohen Bücherregalen und verpestete die ohnehin schon stickige Luft. Eine Männerstimme stieß dazu einen Fluch aus, bei dem selbst Hafenarbeiter rot geworden wären.

Staunend sah Lucius zu den Regalen. Das kam nicht aus der Wand, oder? Das kam von irgendwo *hinter* der Wand!

Er trat näher. Mit der linken Hand hielt er sich die Nase zu – dieser Gestank war wirklich übel –, mit der rechten fuhr er in den schmalen Schlitz zwischen den zwei Regalen. Und tatsächlich: Irgendein verborgener Mechanismus machte prompt *Klick*, und die Regale glitten wie von Geisterhand bewegt auseinander.

Ein Geheimzimmer!, erkannte der Junge verblüfft. Seit fast eineinhalb Monaten wohnte er nun schon in der Baker Street 221b, aber von diesem Zimmer hatte er bis heute nichts gewusst.

Hinter den Regalen kam ein kleiner, länglicher Raum zum Vorschein. Er schien keinerlei Fenster zu haben, soweit Lucius das bei all dem grünen Dampf überhaupt sagen konnte. Regale voller eigenartig geformter Gläser, schmaler Röhrchen, kleiner Kisten und blecherner Dosen säumten die Wände. Und in der Raummitte, von gleich drei Petroleumlampen beschienen, stand ein klobiger, länglicher Tisch mit allerlei Apparaturen darauf. Solche Geräte hatte Lucius nie zuvor gesehen. Aus der größten Apparatur – einem bauchigen Glasbehälter, der über einer lodernden Flamme hing – drang der grüne Dampf.

»Ein chemisches Labor?«, murmelte Lucius. Staunend trat er näher.

Und blieb erschrocken stehen, als eine strenge Stimme aus den grünen Schwaden drang. »Wie hast du das nur erraten, hm?«, spottete sie. »Du musst echt ein helles Köpfchen sein.«

»Mister ... Holmes?« Lucius schluckte. Der Meisterdetektiv, dessen schmalen Umriss er allmählich inmitten des stinkenden Dampfs ausmachen konnte, klang alles andere als freundlich. »Sind Sie das?«

»Natürlich nicht«, antwortete Sherlock Holmes schroff. »Hier spricht John Brown, der Hochlanddiener Ihrer Majestät der Königin.« Dann seufzte er. »Lucius, wie oft muss ich dir das noch sagen, bis du es begreifst: Du und deine Freunde haben in meinen Zimmern nichts verloren!« Damit trat er endgültig aus den grünen Schwaden und vor den Jungen.

Sherlock Holmes war ein großer Mann, auch körperlich. Sein Gesicht war schmal, sein Blick streng und wachsam. Obwohl er sehr blasse Haut hatte, wirkte er nie kränklich. Das pechschwarze Haar trug er streng zurückgekämmt, und seine Kleidung bevorzugte er in dunklen Farben. Aktuell hatte er ein weißes Hemd mit gestärktem Kragen an, eine schwarze Hose, blitzblank polierte Halbschuhe und einen dunkelroten Morgenmantel mit Karomuster und weiten Taschen. Aus einer der Taschen ragte seine Pfeife hervor.

»Mrs Hudson bat mich, nach Ihnen zu sehen, Sir«, erklärte Lucius schnell. »Das Frühstück ist fertig und ...«

»Frühstück!« Holmes sah zur Zimmerdecke, als suche er himmlischen Beistand. »Die Arbeit einer ganzen Nacht ist hinüber – wegen Erdbeermarmelade und dünnem Tee.« Sein ausgestreckter Arm deutete auf den Tisch und das bauchige Glas über dem Brenner. »Hast du auch nur den Anflug einer Ahnung, wobei du mich gerade störst? Nein, natürlich nicht. Für dich gibt es ja keine dringenderen Aufgaben als Mrs Hudsons Speiseplan! Lucius, wenn die Tür zu meinen Zimmern geschlossen ist, dann *interessiert* mich kein Frühstück. Dann kann von mir aus auch der Kaiser von China im Treppenhaus stehen; er müsste warten, bis ich Zeit für ihn habe. Genau wie du und deine Marmelade.«

»Aber er steht nicht auf der Treppe«, erklang eine weitere Stimme, nun in Lucius' Rücken. »Sondern ich.«

Lucius sah hinter sich. Doktor John H. Watson war Holmes' langjähriger Mitbewohner. Der stämmige Arzt mit dem buschig-grauen Schnurrbart war in vielerlei Hinsicht das genaue Gegenteil des berühmten Detektivs: Watson begegnete anderen Leuten immer freundlich und zuvorkommend.

»Mein lieber Holmes, seien Sie gnädig zu unserem jungen Gast.« Watson trat ins Kaminzimmer, verzog angewidert das Gesicht und öffnete ein Fenster. Nun konnte der Dampf abziehen. »Lucius tut nur, was wir ihm unten in der Küche aufgetragen haben. Es ist Frühstückszeit, das wissen Sie genau.«

»Er hat mich aus meiner Konzentration gebracht!«, beschwerte sich Holmes. Wieder deutete er auf seinen Tisch. »Seinetwegen habe ich kurz nicht aufgepasst, und Sie sehen ja, was dann passiert ist.«

»Vor allem rieche ich es«, sagte Watson. Er zwinkerte Lucius zu und trat näher. Geduldig legte er Holmes eine Hand auf den Arm. »Und deswegen nutzen wir jetzt die Gelegenheit und lüften hier mal richtig schön durch. Während wir frühstücken. Danach ...«

»Ich muss wieder ganz von vorn anfangen!« Holmes sah beleidigt aus. »Seinetwegen.«

»Und das werden Sie auch«, sagte Watson freundlich. »Hatten Sie nicht sowieso geklagt, Sie hätten Langeweile? Na, dann sollten Sie unserem jungen Freund dankbar sein, finden Sie nicht?«

Holmes schnaubte, ließ sich aber von Doktor Watson aus dem Labor und zur Tür des Kaminzimmers führen.

»Komm, Lucius«, sagte der Mediziner gelassen. »Wir haben die gute Mrs Hudson schon viel zu lange warten lassen. Der beste Tee schmeckt nicht mehr, wenn er erst einmal kalt ist. Und ich für meinen Teil habe einen Bärenhunger.«

Es war immer dasselbe. Trotzdem wusste Lucius nicht, wie er damit umgehen sollte.

Wenn Sherlock Holmes keinen Fall zu lösen hatte, langweilte er sich stets ganz fürchterlich. Der Gedanke, dass sein kluger Verstand mal niemandem nutzte, ärgerte den Detektiv sehr. Dann kam er sich vor, als vergeude er seine Zeit, und er wurde sehr schlecht gelaunt. Letzteres ließ er meist an seinen Mitbewohnern aus. Hatte Holmes Freizeit, hörte man ihn oft schon früh am Tag über Gott und die Welt schimpfen oder bis spät in die Nacht auf seiner Violine spielen, wodurch er allen anderen den Schlaf raubte.

»Ungenießbar«, so hatte Mrs Hudson ihn mal genannt und Lucius entsprechend vorgewarnt. »Wenn Mister Holmes sich langweilt, ist er ungenießbar. Das musst du einfach ignorieren, Junge. Das gibt sich wieder. Wart's nur ab.«

Lucius hatte sich schon oft gefragt, warum Watson und die liebe Wirtin Holmes' unhöfliches Verhalten duldeten. Bislang fragte er sich das vergebens.

Aktuell genoss Holmes jedenfalls nichts. Er hatte zwar artig am Frühstückstisch Platz genommen, den die großmütterliche Witwe Mrs Hudson einmal mehr üppig gedeckt hatte. Doch er beachtete die frisch getoasteten Brotscheiben, den knusprigen Speck, die Bohnen und die Teekanne aus weißem Porzellan gar nicht. Stattdessen steckte er seine Nase demonstrativ in die Morgenausgabe der Londoner Zeitung, und wann immer er umblätterte, tat er dies auffallend laut. Trotzig.

Doktor Watson langte dafür aber umso herzhafter zu. »Wirklich ein Gedicht«, murmelte er mit vollem Mund und schaufelte sich noch ein paar Löffel der Bohnen in roter Soße auf seinen Teller. »Mrs Hudson, ohne Ihre gute Küche wären wir vermutlich schon allesamt ein Fall für meine Arztpraxis – wegen Unterernährung.«

Mrs Hudson, die Holmes' gegenüber am Kopfende des Tisches saß, errötete vor Freude über das Lob und hielt Watson den fast überquellenden Brotkorb hin. Der Arzt, der genau darauf spekuliert zu haben schien, nahm sich reichlich.

»Aber, aber, mein lieber Doktor«, sagte sie. Ihr Blick wanderte zu Lucius, das vierte Mitglied ihrer kleinen Gemeinschaft. »Wir haben doch jetzt einen jungen Gast im Haus. Und wer im Wachstum ist, der muss viel essen.«

»Wie wahr, wie wahr«, seufzte Watson zufrieden und biss ein besonders großes Toaststück ab.

»Wachsen Sie auch noch, Doktor?«, erklang plötzlich Sherlock Holmes' Stimme hinter der Zeitung. »In Ihrem Alter? Oder wächst bei Ihnen nur noch der Bauch?«

Watson hielt mitten im Kauen inne. Auch Mrs Hudson wirkte entsetzt. Der mit scheinbar unbändigem Appetit gesegnete Doktor hatte eine stattliche Wampe, das stimmte. Aber es gehörte sich doch nicht, Scherze über seine Figur zu machen!

Der Meisterdetektiv blätterte wieder um. Er schien sich keiner Schuld bewusst zu sein – oder sich keinen Deut darum zu scheren.

»Das war nicht nett, Holmes«, bemerkte Watson schließlich.

Lucius sah peinlich berührt auf seinen Teller, wo Speck und Marmeladentoast einträchtig nebeneinanderlagen.

»Ach nein?« Holmes klang unbekümmert – und ein bisschen gehässig. »Das tut mir leid. Ich wollte Ihr Frühstück nicht stören. Müssen Sie jetzt etwa ... wieder ganz von vorn anfangen?«

Watson legte seufzend die Gabel aus der Hand. »Der Junge hat nichts falsch gemacht«, sagte er streng. »Sie sind es, der sich hier unmöglich benimmt, nicht Lucius! Seit Tagen giften Sie jeden an, der Ihnen unter die Augen tritt. Sie nehmen keinerlei Rücksicht auf uns, sind im Handumdrehen beleidigt, spotten über alles, was Sie in der Zeitung finden, und ...«

Nun ließ Holmes das Blatt sinken. »Wie könnte ich denn nicht, hm?«, fuhr er seinen Freund und Hausarzt an. »Schauen Sie doch nur, welcher Unfug da so geschrieben steht. Hier, Watson, gleich hier. Sehen Sie die heutige Schlagzeile? ›Geisterspuk in Mayfair?‹ Das steht allen Ernstes in der Frühausgabe der *Times*. Geister!«

Lucius schluckte trocken. Er hatte noch niemandem berichtet, was Harold und er am Vorabend erlebt hatten. Die halbe Nacht hatte Lucius deswegen wach gelegen und keinen Schlaf gefunden. Immer wieder hatte er diese schemenhafte Gestalt im Nebel vor sich gesehen. Sie machte ihm jetzt noch Angst, wenn er ehrlich zu sich war. Eigentlich hatte er Holmes beim Frühstück darauf ansprechen wollen. Nun aber beschloss er, das besser zu lassen. Wenn der Detektiv schon auf einen Zeitungsartikel derart gereizt reagierte, würde er Lucius vermutlich auslachen und seine Fragen kindisch nennen.

»Ein Spuk?« Watson schien interessiert. Er nahm Holmes die Zeitung aus der Hand und überflog kurz den Artikel. »In Mayfair, sieh an. Sag, Lucius, waren Harold und du nicht genau in dieser Gegend? Habt ihr vielleicht irgendetwas Ungewöhnliches bemerkt?«

Lucius schüttelte den Kopf und stopfte sich schnell den halben Toast in den Mund. Alles, nur nicht reden.

»Was sollen die Kinder denn auch bemerken, hm?«, sagte Holmes tadelnd. »Ein weißes Nachthemd auf dem Dachfirst? Ein kettenrasselndes Phantom im Kohlenkeller? Mein guter Doktor, das da ist keine Meldung, sondern ein Ammenmärchen. Eine peinliche Räuberpistole. Furchtbar, dass sich die *Times* dafür nicht zu schade ist.« Er schüttelte sich. »Geister, was für ein Humbug. Es gibt keine Geister. Es gibt nur Journalisten, die nichts zu schreiben wissen.«

»Und Detektive, die schlecht gelaunt sind«, raunte Watson dem Jungen zu und rollte dabei theatralisch mit den Augen.

Lucius sah zu Holmes, doch der hatte sich wieder in seine Lektüre vertieft und Watsons Kommentar gar nicht gehört.

Einen Moment später klopfte es an die Haustür.

»Ah, das wird die Post sein.« Mrs Hudson stand vom Tisch auf und ging hinaus in den Flur. Sie schien froh, die Küche und ihren übellaunigen Mieter kurz verlassen zu dürfen.

Lucius sah ihr nach. Wie stets, wenn es an die Baker Street

221b klopfte, stellte er sich vor, seine Mutter käme zu ihm zurück. Irene Adler, die berühmte und international gefeierte Bühnenkünstlerin, musste vor irgendwelchen mysteriösen Männern fliehen, so viel hatte Lucius verstanden. Und sie würde erst wiederkehren, wenn die Gefahr gebannt war. Mehr wusste er aber nicht, und auch die Erwachsenen, die nun auf ihn aufpassten und alte Freunde von Irene waren, schienen keine weiteren Informationen zu besitzen.

Der Junge vermisste seine Mutter sehr. Und er machte sich Sorgen um sie, obwohl sie ihm beim Abschied erklärt hatte, das bräuchte er nicht.

Nach wenigen Sekunden kam Mrs Hudson wieder in die Küche. Doch statt Irene Adler hatte sie nur einen kleinen Stapel Briefe bei sich. »So«, sagte sie zufrieden. »Die Post, ganz wie ich dachte. Hier ist einer für Sie, Doktor, und der hier geht an den guten Mister Holmes ...«

Doch der »gute Mister Holmes« reagierte nicht. Mrs Hudson legte ihm den Brief seufzend auf seinen noch unbenutzten Teller.

Dann sah sie zu Lucius. Sie lächelte breit. »Und der hier ist für dich.«

Staunend betrachtete er das schmale, weiße Kuvert in ihrer Hand. In all den Wochen hatte er noch nie Post bekommen. Von wem auch? *Es weiß doch niemand, dass ich hier bin*, dachte er. *Niemand außer ...*

»Mom!«, rief Lucius und riss der Wirtin den Brief aus der Hand.

Tatsächlich: Da stand sein Name mitten auf dem Kuvert, schwungvolle Buchstaben und ein dünner Strich darunter. Diese Handschrift hätte Lucius unter Tausenden erkannt. Fieberhaft öffnete er den Brief und las.

Geliebter Lucius,
na, wie geht es unserem alten Miesepeter? Hat er Dir schon seine Detektivbibliothek gezeigt, in der Hoffnung, dass Du vor Bewunderung platzt? Und bist Du, genau wie ich damals, stattdessen vor Langeweile fast eingeschlafen, als er Dir aus seinen beinahe unterarmdicken Wälzern über Fingerabdruckkunde, Stoffanalyse und die charakteristischen Eigenheiten italienischer Steinkiefern vorlas? Ja, Sherlock kann ganz schön eigen sein, und seine Hobbys kommen Dir bestimmt ziemlich schräg vor. Glaub mir, ich verstehe Dich.
    Aber er ist ein guter Mann. Das glaube mir bitte ebenfalls. Ein sehr guter.

Lucius schnaubte skeptisch. Erst dann bemerkte er, dass Watson, die Wirtin und sogar der alte Miesepeter selbst ihn schweigend und staunend beobachteten. Schnell sah er wieder auf das Blatt, das in dem Kuvert gelegen hatte.

Ich schreibe Dir diese schnellen Zeilen, damit Du weißt, dass es mir gut geht. Wo ich gerade bin, darf ich Dir leider nicht verraten. Es wäre zu riskant; meine Verfolger könnten den Brief auffischen, bevor er Dich erreicht. Auch kann ich nicht sagen, wann ich wieder zu Dir nach London komme. Es mag noch ein kleines Weilchen dauern, Lucius. Aber ich werde kommen, das habe ich Dir ja versprochen. Wir sehen uns bald wieder.

Mach Dir bitte keine Sorgen. Alles ist in Ordnung. Ich bin schneller und cleverer als jedes Problem je sein könnte, mein tapferer Sohn. Das weißt Du. Und deswegen weißt Du auch, dass alles wieder wie früher wird, als die Sonne auf uns herablachte.

Gib mir nur noch ein wenig Zeit, einverstanden? Und gib sie auch dem alten Miesepeter, obwohl ich ahne, dass es sich für Dich anfühlt, als würdest Du gegen Windmühlen ankämpfen.

Ich denke an Dich. Immer.

Mom

Als er den Brief zum dritten Mal gelesen hatte, ließ er das Blatt endlich sinken. Tränen schwammen in seinem Blick, und er musste blinzeln, um sie zu vertreiben. Er war gleichzeitig unheimlich erleichtert und noch ungeduldiger als vorher. Wo war Irene bloß? Hatte sie Angst? Befand sie sich in Gefahr? Ihr Brief legte das Gegenteil nahe, aber würde sie es wirklich zugeben?

Mach Dir bitte keine Sorgen. Da stand es, schwarz auf weiß. Doch war es auch die Wahrheit?

Ich glaube dir, Mom, dachte Lucius, und es fühlte sich fast wie ein Versprechen an. *Ich* will *dir glauben. Aber ich vermisse dich so sehr.*

»Und?«, fragte Sherlock Holmes.

Lucius drehte den Kopf zu ihm. Der Meisterdetektiv betrachtete ihn mit einem bohrenden Blick. Seine schlechte Laune schien verschwunden zu sein. Stattdessen wirkte er hellwach und bei der Sache. »Wo steckt sie, Lucius? Was schreibt sie?«

Der Junge versuchte gar nicht erst zu antworten. Er wollte sprechen, fürchtete aber, kein Wort herauszubringen, sondern nur Schluchzer. Stattdessen reichte er den Brief einfach an Holmes weiter.

Watson rutschte neben den Detektiv, dessen Miene immer beleidigter zu werden schien, und las schweigend mit. Dann grinste er. »Das nenne ich mal gute Nachrichten, was, mein Junge? Deiner Mutter geht es blendend, und sie schickt dir einen kleinen Gruß.«

Stirnrunzelnd sah Lucius zu ihm auf. Die Fröhlichkeit des Doktors wirkte unecht, oder bildete er sich das nur ein.

»Na, na, na«, sagte Watson und fuhr ihm über das kurze Haar. »Nur kein Trübsal blasen, Lucius. Alles wird gut, hier steht's doch. Irene ist den Bösewichten noch immer einen Schritt voraus, und wenn du mich fragst, wird das auch so bleiben. Diese Frau ist gerissen wie ein Fuchs.« Er sah wissend zu seinem Freund und Mitbewohner. Sein Tonfall wurde eigenartig streng – und ein klein wenig spöttisch. »Finden Sie nicht auch, Holmes?«

Der Detektiv ließ sich nicht mehr provozieren. Er runzelte die Stirn und hielt den Brief in die Höhe. »Vor allem finde ich hier keine Angaben zum Ort«, murmelte er. »Mysteriös. Ich wüsste doch zu gern, wo dieser Brief aufgegeben wurde. Mrs Hudson, stand da kein Absender auf dem Kuvert?«

Die alte Wirtin hielt ihm den weißen Umschlag hin. »Nein, Mister Holmes. Sehen Sie selbst. Der Briefträger gab das Schreiben genauso ab, wie ich es Lucius übergab.«

»Erstaunlich«, murmelte Holmes. Dann ließ er das Blatt sinken und hob entschlossen den Kopf. »Also gut«, sagte er fest. »Nehmen wir es eben als Herausforderung. Als kleines Gedankenspiel – und, weiß Gott, mein Verstand sehnt sich schon lange nach einem solchen.«

Lucius kniff die Lider enger zusammen. »Was meinen Sie, Sir?«, fragte er zaghaft.

Doktor Watson lehnte sich in seinem Sitz zurück und faltete die Hände vor dem runden Bauch. »Das wirst du gleich sehen«, antwortete er schmunzelnd.

Und Holmes legte los. Mit einer Begeisterung, die seine schlechte Stimmung von vorhin Lügen strafte, beugte er sich über Irene Adlers Brief. Er roch an dem Papier, als sei es ein exotisches Duftwasser, rieb es zwischen Daumen und Zeigefinger, ging mit dem Auge erst ganz nah heran und hielt es dann auf Armlänge von sich. Er drehte es sogar auf den Kopf und betrachtete sekundenlang schweigend die Rückseite des Blattes.

Danach legte er den Brief ab und griff sichtlich zufrieden nach der Teekanne.

Der Rest der Tischgesellschaft starrte ihn erwartungsvoll

an. »Und?«, fragte Mrs Hudson nach ein paar Herzschlägen vollkommener Stille.

Holmes, der sich zwischenzeitlich auch den Teller gefüllt hatte, biss in ein Stück Speck und sah überrascht zu ihr. »Oh, meinen Sie mich?«

»Jetzt machen Sie's nicht unnötig spannend, Holmes«, tadelte Doktor Watson ihn. »Ich kenne doch Ihre Tricks. Also? Was haben Sie herausgefunden?«

»Irene Adlers Versteck, natürlich«, sagte der Detektiv gelassen. »Eine genaue chemische Analyse steht selbstverständlich noch aus. Aber die Beschaffenheit des Papiers und der Tinte lassen eigentlich nur einen Schluss zu, und das Labor wird mich darin gewiss bestätigen.« Er sah zu Lucius. »Mein Junge, deiner Mutter geht es bestens. Sie ist im sonnigen Panama und beißt vermutlich gerade genüsslich in das Fleisch einer Kokosnuss.«

Watson hob eine Braue. »Panama? Wie in aller Welt kommen Sie denn darauf?«

Seufzend deutete Holmes auf Irenes Brief. »Wo sonst, mein lieber Watson, sollte man ein solches Papier kaufen können? Das hier ist der Zellstoff einer Kokosnusspalme.«

Panama! Lucius staunte nicht schlecht. Im Geiste sah er seine Mutter an einem schneeweißen Meeresstrand sitzen, die blanken Füße ins warme Wasser gestreckt. Und er musste ihr zustimmen: Holmes *war* ein guter Mann, zumindest ein beeindruckend guter Detektiv.

»Wenn Sie sich da mal nicht irren, mein Freund.« Kritisch

sah Doktor Watson auf die *Times*, die noch immer auf dem Frühstückstisch lag. »Dieses Papier bekommen Sie seit heute sogar hier um die Ecke, fürchte ich.«

»Was?« Entsetzt griff der hagere Mann aus der Baker Street nach der Zeitung.

»Hier steht's«, sagte Watson. »Gleich auf der Titelseite: Panamas Papierhersteller haben ein Handelsabkommen mit zahlreichen europäischen Ländern abgeschlossen, darunter auch Großbritannien. Und die ersten Produkte Panamas sind bereits bei uns angekommen.« Ein amüsiertes Funkeln erschien in seinen Augen. »Mir scheint, Sie haben sich vorhin zu sehr auf die angeblichen Geister von Mayfair konzentriert anstatt auf die übrigen Meldungen. Kann das sein?«

Auch Lucius erhaschte nun einen Blick auf den entsprechenden Text, eine kleine Meldung am unteren Rand der Seite. Und sie bestätigte, was der Doktor sagte.

Zerknirscht legte Holmes die *Times* beiseite. »Nun denn«, sagte er leicht ungehalten. »Habe ich mich also geirrt.«

Mrs Hudson hielt sich die dicke Stoffserviette vor den Mund. Sie tat, als wolle sie sich den Mund abwischen, doch Lucius sah im Augenwinkel, dass sie heimlich lachte.

»Aber das bedeutet gar nichts«, sagte der Detektiv laut. »Hören Sie? Ich werde den Absendeort dieses Schreibens ermitteln, so wahr ich Sherlock Holmes bin! Lucius, gestattest du, dass ich deinen Brief mit in mein Labor nehme? Inzwischen dürfte es dank unseres guten Doktors ja wieder betretbar sein.«

Lucius nickte. »Und dann?«, fragte er ratlos.

Sherlock Holmes lächelte wie ein geübter Schütze kurz vor dem Beginn der Treibjagd. »Dann finde ich im Handumdrehen heraus, wo Irene sich versteckt.« Sprach's, erhob sich vom Frühstückstisch und ging. Allerdings nicht, ohne vorher noch in Mrs Hudsons Brotkorb zu greifen.

KAPITEL 2:

Kriegsrat im Rabennest

Wie so häufig in den letzten Wochen tauchte kurz nach dem Frühstück Mycroft Holmes auf, der ältere Bruder von Sherlock Holmes. Ihn mochte Lucius deutlich lieber als den Meisterdetektiv. Der groß gewachsene Mann mit dem stattlichen Bauch, der für gewöhnlich keinen Schritt mehr zu Fuß ging als nötig, hatte immer gute Laune – und vor allem *mochte* er Lucius, Sebastian, Harold und Theo. Außerdem arbeitete Mycroft anscheinend in vertraulicher Position für die Regierung. Was genau er tat, hatte er den Freunden nie verraten, aber alles wies darauf hin, dass er so etwas wie ein Geheimagent war, was Lucius natürlich ausgesprochen spannend fand.

Nach ihrem letzten Abenteuer hatte Mycroft den Freunden angeboten, dass sie seine Augen und Ohren in London sein könnten. Sie sollten immer nach ungewöhnlichen und übernatürlichen Ereignissen Ausschau halten. Die Möglichkeit, dadurch selbst zu so etwas wie Agenten der Krone zu werden, hatte Lucius und die anderen begeistert. Bis jetzt hatte es nicht viel Berichtenswertes gegeben, doch am heutigen Vormittag konnte Lucius sich nur mit Mühe zurückhalten.

Entsprechend unruhig rutschte er auf dem hellbraunen Ledersitzpolster herum, kaum dass sie einander gegenüber in der Passagierkabine der Dampfdroschke Platz genommen hatten, die sie zum Diogenes-Club bringen würde. Der Diogenes-Club war Mycroft Holmes' Arbeitsplatz – oder so etwas Ähnliches. Er selbst nannte ihn »zweites Wohnzimmer«, und eigentlich arbeitete dort auch niemand. Vielmehr trafen sich die Mitglieder – ausnahmslos gestandene Männer –, um dort Zeitung zu lesen, Cognac zu trinken, gedankenverloren in die Luft zu schauen und sich vom stressigen Alltag mit Familie, Untergebenen und anderen Störenfrieden zu erholen. Dabei sagten sie kein Wort. Das gehörte zu den Eigenarten des Diogenes-Clubs: Innerhalb seiner Mauern wurde nicht gesprochen.

Manchmal waren diese Männer gezwungen, ihren Nachwuchs mitzubringen. Damit dieser nicht störte, wurde er dann in das Turmzimmer unterm Dach des Gebäudes gesteckt, wo er sich nach Herzenslust austoben durfte. Auf diese Weise hatte Lucius Sebastian, Harold und Theo kennengelernt.

Auch heute hoffte er, die Freunde in ihrem gemeinsamen Hauptquartier zu treffen, das sie wegen der vielen Raben in London »Rabennest« getauft hatten. Er musste unbedingt mit ihnen über den gestrigen Abend sprechen. Zuvor aber wollte er die Meinung von Mycroft Holmes einholen. »Haben Sie schon von den Spukerscheinungen gehört?«, platzte es aus ihm heraus.

»Spukerscheinungen?«, wiederholte Mycroft erstaunt. Er schlug soeben die *Times* auf, die er vom Frühstückstisch der Baker Street 221b hatte mitgehen lassen.

»Ja! Es heißt, dass Geister in den Straßen von London umgehen.«

»Hm.« Mycroft ließ seinen Blick über die Schlagzeilen schweifen. »Ah, ich sehe es hier. *Angst und Schrecken in Mayfair. Bürger haben unheimliche Begegnungen zu nächtlicher Stunde.* Nun, das klingt ziemlich reißerisch in meinen Ohren. Wer hat den Artikel denn geschrieben? Ach, ja. Samuel Blythe. Nicht ganz das, was ich einen ordentlichen Reporter nennen würde. *Während einer Séance im Haus des berühmten Ägyptologen Brimblewood ...*«

»Es war keine Séance«, unterbrach Lucius ihn.

»Wie bitte?«

»Es war keine Séance. Eine Séance ist doch, wenn man versucht, sich mit den Geistern von toten Familienmitgliedern zu unterhalten, oder?«

Mycroft hob die buschigen Augenbrauen. »Nun, ja. So kann man das wohl beschreiben. Aber woher weißt du ...?«

»Ich war dabei«, ließ Lucius die Katze aus dem Sack. »Und Harold auch.«

»Ihr wart gestern zu Gast bei Professor Brimblewood?«, wunderte sich Mycroft.

»Genau. Harolds Vater hat uns mitgenommen. Es war eine Wohltätigkeitsveranstaltung, um Geld für irgendeine Expedition zu sammeln. Aber die haben jedenfalls keine Séance abgehalten, sondern eine Mumie ausgewickelt. Und dann ist dem Dienstmädchen ein Geist begegnet.«

Sein Gegenüber faltete die Zeitung zusammen und legte sie

neben sich auf die Bank. »Ich glaube, das musst du mir von Anfang an erzählen.«

Und genau das tat Lucius in den nächsten Minuten, während ihre Droschke dampfend und fauchend durch die regenfeuchten Straßen der Stadt in Richtung Themseufer fuhr, wo sich der Diogenes-Club befand. Als er geendet hatte, sah er Mycroft Holmes fragend an. »Was denken Sie? Haben Harold und ich wirklich ein Gespenst gesehen?«

Wäre Sherlock Holmes an der Stelle seines Bruders gewesen, hätte er nun vermutlich laut gelacht. Anschließend hätte er Lucius einmal mehr in der ihm eigenen Manier belehrt, dass Gespenster nichts weiter als abergläubischer Unsinn seien.

Mycroft Holmes dagegen machte ein nachdenkliches Gesicht – und das verriet Lucius schon mehr, als ihm lieb war. »Ich weiß nicht, ob es Geister gibt, mein Junge«, gestand er. »Mir ist zumindest noch keine dieser ruhelosen Seelen begegnet. Aber ich habe bereits Dinge erlebt – oder mir aus glaubwürdiger Quelle berichten lassen –, die ganz bestimmt nicht ... normal waren. Der Goldene Machtkristall, der uns vor ein paar Wochen solche Schereien machte, ist da nur das jüngste Beispiel. Deshalb möchte ich nichts für unmöglich halten. Das kann ich mir in meiner Position gar nicht leisten.«

Mahnend hob er einen Zeigefinger. »Damit will ich jedoch nicht sagen, dass du vorschnell deinem Bauchgefühl glauben solltest – oder dem, was in der Zeitung steht. Wir beide mögen uns mit Problemen beschäftigen, die mein lieber Bruder als lachhaft bezeichnen würde. Trotzdem ist es unbedingt ratsam, seinem Beispiel zu folgen und erst Schlüsse zu ziehen, wenn man genug Hinweise oder besser noch *Beweise* gesammelt hat. Du verstehst, was ich meine?«

Lucius blickte den beleibten Mann an, der so prachtvoll Dinge sagen konnte, ohne sie wirklich zu sagen. Er nickte. Er verstand genau, was Mycroft Holmes von ihm und seinen Freunden erwartete. *Es wird Zeit, einem Rätsel auf den Grund zu gehen.*

Als Lucius sich ein paar Minuten später im Diogenes-Club von Mycroft Holmes trennte, sah es dort aus wie immer. Inmitten holzgetäfelter Wände, dicker Läufer und stuckverzierter Decken saßen Männer in feinem Zwirn in Ohrensesseln und auf breiten, lederbezogenen Sofas und schwiegen. Pfeifenrauch hing in der Luft. Menschliche Diener in schwarzen Anzügen trugen lautlos Getränke und Lesestoff auf Silbertabletts umher. Und die einzigen Geräusche, die man hören konnte, waren ein gelegentliches, gedämpftes Husten, das Rascheln von Zeitungspapier beim Umblättern und das leise Klirren, wenn ein Sherry-Glas oder eine dampfende Teetasse auf einen der zierlichen Beistelltische gestellt wurde.

Der Ruhe, die im Hauptraum herrschte, folgte jähes Tohuwabohu, als Lucius oben im Turm des Clubs durch die Tür des Rabennests trat. Ein lautes Schnarren und Klingeln begrüßte ihn, außerdem blinkten mehrere Lämpchen an einem Kasten, der neben der Tür stand.

»Heiliger Strohsack!«, entfuhr es Lucius. »Was ist das denn?« Erschrocken starrte er auf das lärmende Gerät.

»Es funktioniert!« Begeistert klatschte Harold, der ein paar Schritte entfernt auf einem der ausgemusterten Sessel gehockt hatte, in die Hände. Der schmächtige Junge mit der Nickelbrille sprang auf, kam auf Lucius zugerannt, bückte sich und hantierte an dem Kasten. Gleich darauf verstummte der, und auch das Blinken der Lämpchen endete. »Großartig. Damit ist das Rabennest nun offiziell geistersicher.«

»Geistersicher?« Irritiert sah Lucius seine Freunde an.

Sie waren alle bereits zugegen. Sebastian stand an einem der Fenster – das Turmzimmer hatte Fenster in alle vier Himmelsrichtungen – und schaute nach draußen in Richtung Themse. Theodosia saß mit angezogenen Beinen auf dem Sofa und streichelte Miss Sophie, ihre Schlange. Der Tigerpython hatte den kräftigen, glänzenden, braun-schwarz geschuppten Leib neben dem Mädchen zusammengerollt. Miss Sophies handtellergroßer Kopf ruhte gemütlich auf Theos Schoß. Den Radau, den Lucius beim Eintreten machte, quittierte sie mit einem trägen Kopfheben und einem, wie es aussah, strafenden Blick in Lucius' Richtung. James schließlich stand an dem brodelnden Ungetüm, das Harolds selbstgebaute, vollautomatische Spezialteemaschine war. Der aus unterschiedlichen Modellen zusammengeschraubte Automatenbutler schien gerade für alle Anwesenden Tee zu brauen, denn zwei Tassen standen bereits vor ihm auf der Werkbank, die Harold sich im hinteren Teil des Raums eingerichtet hatte und auf der wie immer ein heilloses Durcheinander herrschte.

»Sie haben richtig gehört, Master Lucius«, begrüßte der künstliche Mann Lucius, und aus seinen trichterförmigen Ohren pafften fröhliche Dampfwölkchen. »Dank des unermüdlichen Eifers von Master Harold braucht nun niemand von uns in Angst zu leben, dass ein Geist unbemerkt das Rabennest betreten könnte. Nicht, dass ich mir bislang große Sorgen darum gemacht hätte. Aber das zeigt nur, in welch behütetem Umfeld ich aktiviert wurde.«

Fassungslos schüttelte Lucius den Kopf. »Du hast noch in der letzten Nacht nach dem Heimfahren eine Geisterwarnanlage gebaut?«

»Oh, nicht nur das!«, widersprach sein Freund. Er sah müde aus, aber auch fest entschlossen. »Ich konnte die ganze Nacht nicht schlafen. Nicht nach unserer Begegnung im Nebel. Und wenn ich nicht schlafen kann, baue ich Sachen. Das beruhigt mich, weißt du? Ich brauchte heute Morgen einen größeren Rucksack, als mein Vater und ich zum Club gefahren sind, weil meine neue Ausrüstung nicht in den alten gepasst hat.« Er deutete auf einen stattlichen Lederrucksack, der an seinem Sessel lehnte.

Lucius schlug sich mit der Hand gegen die Stirn. »Harold! Du kannst doch schon deinen normalen Rucksack kaum tragen. Was schleppst du jetzt alles mit dir rum?«

»Na, beispielsweise dieses Ding hier.« Er klopfte auf den Kasten, der eben so einen furchtbaren Lärm von sich gegeben hatte. »Die Geisterwarnanlage verwendet einen scharf gebündelten Lichtstrahl, um eine Art Stolperdraht aus Licht quer vor der Tür zu legen. Wenn sich jemand hindurchbewegt, wird der Strahl unterbrochen und der Alarm ausgelöst.«

»So funktioniert deine Alarmanlage?«, mischte sich nun Sebastian ein. Er wandte sich vom Fenster ab und kam näher.

»Ja, warum?«

Der blonde Junge fing an zu lachen. »Du bist witzig, Harold. Wie soll denn ein Geist diese Falle auslösen, bitte schön? Er hat keinen Körper, der den Lichtstrahl unterbrechen könnte.«

»Ich ... Oh.« Harold machte ein betroffenes Gesicht. »Daran habe ich gar nicht gedacht.«

Sebastian schlug dem schmächtigen Jungen mit der Hand auf die Schulter. »Na, wenigstens werden wir jetzt gewarnt, wenn unsere Eltern hereinkommen, um uns abzuholen, während wir draußen auf dem Balkon stehen.«

»Master Lucius«, meldete sich James wieder zu Wort. »Möchten Sie auch einen Tee?«

»Was ist denn heute im Angebot?«, fragte Lucius misstrauisch. Harold war nicht nur ein begeisterter Bastler, er war auch berüchtigt dafür, die eigentümlichsten Spezialtees zu erfinden.

»Die Pharao-Mischung«, antwortete James.

Lucius' Augen weiteten sich, und er wandte sich wieder seinem Freund zu. »Du hast doch keine alten Binden von dieser Mumie ausgekocht, oder?«

»Ach, Quatsch.« Harold verdrehte die Augen. »Das ist Malvenblüten-Dattel-Tee.«

»Das ist aber auch eine ziemlich ... ungewöhnliche Mischung«, bemerkte Lucius stirnrunzelnd.

»Wieso? Das habe ich mir auf dem Empfang gestern abgeschaut. Dort gab es Datteltee und Malvenblütentee. Aber zusammengemixt schmeckt das noch besser.«

»Dann wollen wir mal sehen«, verkündete Theo und nahm die Tasse entgegen, die James ihr hinhielt. Sie trank einen Schluck und wirkte für einen Moment sehr nachdenklich. Dann schluckte sie geräuschvoll. »Ich glaube, es wäre besser, beide Teesorten zukünftig wieder getrennt zu servieren«, lautete ihr Urteil.

»Ich nehme dann lieber Rotbuschtee, wenn noch welcher da ist«, sagte Lucius.

»Natürlich haben wir noch einen reichhaltigen Vorrat von Master Sebastians Lieblingsgetränk«, erwiderte James.

»Banausen, allesamt«, murmelte Harold.

»Wie bitte? Sie hätten gerne eine Banane?« James sah sich so hektisch um, dass seine Glieder klapperten. »Das ist mir außerordentlich unangenehm, Master Harold, aber ich habe Ihnen heute Morgen kein Frühstück eingepackt. Ich dachte, Sie hätten zu Hause gegessen. Ich könnte allerdings unten im Club nachsehen, ob ...«

»*Banausen*, James, nicht *Bananen*«, verbesserte Harold ihn. »Ich muss wohl mal deine Audiotrichter neu justieren.«

Der Automatenmann zuckte verblüfft mit dem Kopf. »Oh.

Ja, das könnte eine gute Idee sein. Ich erwischte gestern die Nachbarskatze dabei, wie sie auf meinem Kopf herumturnte, während ich mich in der Werkstatt aufgeladen habe. Ich wage mir gar nicht auszumalen, was sie meinen armen Bauteilen angetan hat. Oje, oje.« James wirkte beunruhigt.

Lucius schmunzelte nur. Er bahnte sich seinen Weg zwischen den kreuz und quer im Raum stehenden Möbeln hindurch bis zu einem freien Sessel. Aus Gründen, die er bis heute nicht kannte, hing eine australische Flagge über der hohen Rückenlehne. An jedem anderen Ort wäre Lucius vielleicht erstaunt darüber gewesen. Zum Rabennest passte das. Der ganze Raum war ein Sammelsurium von eigentümlichen Dingen. Das fing mit einem Löwenfell an, das vor einem der Polstersessel lag, setzte sich in den seltsamen Holzmasken fort, die an den Wänden zwischen den Fenstern hingen, und endete in Harolds Werkbank, auf der jeden zweiten Tag ein anderes, halb zerlegtes Technikwunder herumlag, an dem der junge Erfinder gerade arbeitete.

Im Augenblick war der Tisch mit einer Unmenge an Messingplatten bedeckt, die etwa so groß wie ein Buch waren, aber hauchdünn und mit wilden Lochmustern bedeckt. Es handelte sich dabei um Lochkarten, die dazu dienten, Automatenmenschen mit neuen Informationen und Befehlen zu füttern. Offenbar hatte Harold vor, James' System zu erneuern, ein Verfahren, das unglaublich umständlich und langwierig war, wie Harold Lucius mal erzählt hatte.

Aber das war nicht Lucius' Problem. Mit einem behaglichen Seufzer nahm er erst einmal in dem Sessel Platz. Er ließ sich von James seinen Tee bringen, pustete kräftig und nippte daran. Danach zog er die Tageszeitung hervor, die er im Leseraum der stillen Männer hatte mitgehen lassen. »Leute, wir haben einen Auftrag«, sagte er.

Sebastian hob die Augenbrauen. »Von wem?«

»Von Mycroft Holmes. Harold hat es ja sicher schon erzählt, und es steht auch in der *Times*: Irgendetwas stimmt nicht auf Londons Straßen. Die Menschen haben unheimliche Begegnungen. Türen öffnen sich wie von Geisterhand. Dinge schweben durch die Luft. Steht alles hier drin.« Er klopfte auf die Zeitung.

»Dann denkt Mycroft Holmes auch, dass es in der Stadt spukt?«, fragte Harold.

»Er weiß nicht, was er denken soll. Deshalb hätte er gerne jemanden, der sich mal unauffällig umhört. Jemanden, der Magie nicht für so lachhaft hält wie Sherlock Holmes oder dein Vater, Harold. Damit meint Mycroft Holmes wohl uns.« Lucius grinste vielsagend.

»Was denkt ihr denn?«, wandte sich Harold an Sebastian und Theo.

»Bevor Sie alle sich in Gedanken verlieren, sollten Sie erst Ihren Tee trinken«, warf James ein. Er kam mit einem Tablett näher, auf dem weitere Tassen standen. Quietschend und rasselnd schlurfte er von Sebastian zu Harold und verteilte die restlichen Heißgetränke.

»Danke, James«, sagte Harold.

»Prost«, sagte Sebastian. Der blonde Junge lehnte sich an einen der Sessel, hob andeutungsweise seine Tasse in die Luft und führt sie anschließend zum Mund, um an dem Tee zu nippen. »Hm, so muss ein Tee sein. Kompliment, James, langsam hast du die Spezialteemaschine richtig im Griff.«

»Vielen Dank, Master Sebastian«, erwiderte der Automatenmann, und ein Dampfwölkchen pufte aus seiner stolzgeschwellten Blechbrust.

Sebastian trank noch einen Schluck, dann wandte er sich Harold zu. »Also, du wolltest wissen, was ich denke. Das will ich dir sagen: Geister gibt es. Im Busch in Afrika haben unsere eingeborenen Führer mir immer wieder Geschichten darüber erzählt. Im Rausch können die Medizinmänner der Stämme nämlich mit den erwürdigen Ahnen sprechen und sich von ihnen Rat holen. Außerdem liegen tief in Afrika verfluchte Täler und Berge, wo ruhelose, zornige Tote hausen sollen. Einmal haben wir eine Nacht in einem dieser Täler verbracht. Mein Vater und die anderen gaben nicht viel auf die Warnung unseres Führers. Nachts kam dann Nebel auf, und plötzlich nahmen wir darin Bewegungen wahr, hörten heulende Klagelaute. Unsere Führer sind schreiend davongelaufen. Vaters Männer haben wild in die Dunkelheit geballert, weil sie an Hyänen oder andere wilde Tiere dachten. Getroffen haben sie aber nichts. Am nächsten Morgen fanden wir keinerlei Spuren, die von irgendeinem Tier hätten stammen können. Aber zwei unserer vier Führer fanden wir in der Nähe des Taleingangs – tot.« Er verzog das Gesicht. »Eins ist allerdings klar«, fuhr Sebastian fort. »Geister spazieren nicht einfach so durch Häuser und rempeln Dienstmädchen an, um dann in die Nacht zu entfliehen. Sie sind entweder an eine Person oder einen Ort gebunden. Ganz abgesehen davon sind sie auch körperlos, das heißt, das Dienstmädchen hätte vielleicht einen kalten Hauch gespürt, aber es wäre bestimmt nicht mit dem Geist zusammengestoßen.«

»In dem Punkt stimme ich Sebastian zu«, sagte Theo, während sie weiter Miss Sophie streichelte. Ihr Blick wanderte zu dem Abenteurersohn. »Aber ansonsten klingen deine Geschichten ziemlich abenteuerlich, tut mir leid. Diese Schamanen sind doch gewiss größtenteils Scharlatane, die ihrem Stamm bloß weismachen wollen, sie hätten Rat mit den Vorfahren gehalten. Und dass Geister rachsüchtig und mordlustig sind, ist einfach nicht wahr. Ich habe jedenfalls etwas ganz anderes darüber gelesen.«

»Ach ja?«, gab Sebastian zurück. »Was denn?«

Das Mädchen sah mit ernster Miene auf. »Geister sind so etwas wie Echos der früher Lebenden. Wenn jemand unter außergewöhnlichen Umständen stirbt oder bevor er etwas erledigt hat, das ihm im Leben sehr wichtig war, dann bleibt ein Teil seines Wesens – seiner Seele, wenn du so willst – in unserer Welt zurück. Doch dieser Teil ist weder wirklich intelligent, noch imstande, mit unserer Welt umzugehen. Stattdessen nimmt er die Form einer Erscheinung an, die immer wieder versuchen wird, das zu beenden, was ihn daran gehindert hat, vollständig auf die andere Seite überzutreten. Meist sind die Seelen dabei erfolglos, weil sie ja weder sprechen noch Gegenstände anfassen können. Daher machen sie einen verzweifelten Eindruck. Doch sie verspüren diese Verzweiflung im Grunde gar nicht mehr, denn sie sind ja, wie gesagt, nicht mehr intelligent.«

Ratlos sah Lucius sie an. »Ich verstehe nur Bahnhof.«

Theo verdrehte die Augen. »Es ist ... Ach, ich weiß nicht, wie ich das erklären soll.«

»Ich glaube, ich begreife es«, meinte Harold. »Du meinst, dass Geister so etwas wie die lebenden Fotografien in den Schaubuden auf Jahrmärkten sind. Da läuft zwar ein Mensch umher, aber in Wahrheit ist es gar kein Mensch, sondern bloß ein Bild, eine Erscheinung, die genau das macht, was der ursprüngliche Mensch tat, als er von der Kamera aufgenommen wurde.«

Lucius kannte diese neumodischen Fotografien, die man auch »Filme« nannte, bislang nur vom Hörensagen. Einmal mehr fragte er sich, auf welche Ideen die Erfinder wohl als Nächstes kommen würden. Ihr Einfallsreichtum schien keine Grenzen zu kennen.

»Ja.« Theo nickte eifrig. »So ähnlich kann man es sich vorstellen.«

»Pah«, brummte Sebastian. »Deine komischen Seelenechos gibt es vielleicht in England oder Indien. Aber die Geister in Afrika sind da ganz anders.«

»Eines jedenfalls ist bei beiden Arten gleich«, sagte Lucius schnell, der einen Streit zwischen den Freunden verhindern wollte. »Sie neigen nicht dazu, in Häusern herumzuschleichen und Dienstmädchen anzurempeln.«

»So sehe ich das auch«, bestätigte Theo.

»Also haben wir es entweder mit einer dritten Art von Geist zu tun«, schloss Lucius daraus. »Oder wir haben etwas anderes gesehen – also, nicht gesehen.«

»Hm«, machte Harold und rieb sich nachdenklich über die Nase. »Und was machen wir jetzt?«

Lucius hob die *Times*, die er noch immer in der Hand hielt. »Wenn ihr mich fragt, brauchen wir dringend mehr Informationen. Mycroft Holmes sagte, dass man auch auf der Jagd nach übernatürlichen Dingen vorgehen sollte wie ein normaler Detektiv. Und ich schätze mal, dass Sherlock Holmes als Erstes zur *Times* gehen würde, um diesem Reporter auf den Zahn zu fühlen. Wie viel von dem, was er schreibt, ist wirklich passiert? Wie viel hat er dazugedichtet? Und was weiß er womöglich noch, das gar nicht in der Zeitung stand?«

»Dann frisch ans Werk.« Sebastian stieß sich von seinem Sessel ab und strich über seine Jacke. »Ich wollte schon immer mal sehen, wie diese Schreibtischhelden leben. Die glauben doch, sie hätten mehr Ahnung von der Welt als Leute wie mein Vater, die die Welt tatsächlich gesehen haben.«

Theo seufzte. »Ich denke zwar nicht, dass wir dort viel herausfinden, aber wenn ihr meint.«

Ächzend hievte sich Harold seinen neuen Überlebensrucksack über die Schulter. »Was immer wir dort finden, ich bin bereit.«

»Willst du wirklich diesen ganzen Krempel mitschleppen?«, fragte Sebastian ihn. »Du glaubst doch nicht, dass wir in der Redaktion der *Times* einem Gespenst begegnen.«

»Das weiß man nie«, antwortete Harold sorgenvoll. »Das weiß man nie ...«

KAPITEL 3:

Staub und Druckerschwärze

Der Sitz der Zeitung *The Times* befand sich am Printing House Square, nur eine kurze Kutschfahrt vom Rabennest und dem Diogenes-Club entfernt und in Spuckweite der Blackfriars Bridge. Der Platz, an dem die Zeitung ihre Büros und Produktionsstätten hatte, trug diesen Namen, weil früher der königliche Hofdruckmeister hier ansässig gewesen war. Jeder in London kannte ihn.

Lucius war er aber neu. »Das ist ja nicht gerade hübsch hier«, murmelte der Junge, als die Dampfdroschke vor einem mehrstöckigen Klotz von Gebäude zum Stehen kam. Es hatte eine schlichte, fensterreiche Fassade aus rotem Backstein, die von einem schmutzigen, mit Eichenblättern geschmückten Giebeldreieck gekrönt wurde.

»Was hast du erwartet?«, sagte Sebastian grinsend, stieg aus der Droschke und half danach Theo hinaus. »Einen Palast? Das hier ist eine Zeitung, kein Königssitz. Hier wird gearbeitet.«

Das stimmte natürlich, aber Lucius war trotzdem enttäuscht. Zeitungen waren doch immens wichtig! Sie informierten das Volk über das aktuelle Geschehen. Sie machten die Menschen schlauer. Sie hatten Einfluss auf ihre Meinungen und ihr Verhalten. Gab es eine Ecke in London, an der nicht täglich die *Times* gelesen wurde? Vermutlich keine. Sherlock Holmes schwor auf diese Lektüre, und viele andere taten es bestimmt ebenfalls. Verdiente sie dann nicht eine deutlich edlere Unterkunft?

»Und da spazieren wir jetzt einfach so rein, ja?«, fragte Theo. Das Mädchen mit dem indischen Kleid war auf dem Bürgersteig stehen geblieben und sah die Fassade hinauf zu den Büros. Hinter den Fensterscheiben bewegten sich einige Menschen, vermutlich die Angestellten. »Als wäre das ganz normal? Als hätten wir hier etwas zu suchen?« Sie schüttelte den Kopf. »Das kann doch nichts werden.«

»Muss aber«, sagte Harold. »Schaut mal hier.«

Der selbst ernannte Geisterjäger hatte ein rechteckiges, etwa unterarmlanges Ding aus seinem übergroßen Überlebensrucksack gezogen. Es war ebenfalls kastenförmig und aus Metall, aber deutlich kleiner als das Gerät aus dem Rabennest. Mehrere bunte Lämpchen prangten auf seiner flachen Oberfläche und blinkten scheinbar wahllos. Daneben befand sich eine halbrund geformte Messanzeige hinter dünnem Glas, deren Zeiger wild ausschlug. Oben an dem Ding – zumindest vermutete Lucius, dass das oben sein sollte, denn Harold hielt den Kasten mit dieser Seite nach vorn – befanden sich zwei dünne und mit silbernem Draht umwickelte Hebel, die sich ebenfalls zuckend hin und her bewegten. Sie erinnerten an die Fühler eines Insekts. Zwischen ihnen surrte ein kleines Windrad.

»Was ist das denn jetzt schon wieder?«, wollte Lucius wissen. Der Kasten sah ziemlich eigenartig aus – und ganz schön unfertig.

»Ein Problem, wenn ihr mich fragt.« Harold sah von dem metallenen Dingsda auf und zur Eingangstür des Zeitungsgebäudes. »Ich war nämlich so frei, meine allerneueste Erfindung mitzunehmen. Die habe ich mir ebenfalls vergangene Nacht ausgedacht und schnell zusammengebaut. Freunde, das hier ist ein TraSpuAuSpü. Und der sagt, da drin ...«

»Ein *was*?« Sebastian lachte auf. »Ist das ansteckend?«

Theo schmunzelte.

»Es ist ein Arbeitstitel«, wehrte sich Harold. »Der Name steht noch nicht ganz fest. Vielleicht fällt mir noch ein besserer ein.«

»*Noch* besser als Trauspaugü? Glaub ich nicht.«

Theo gab Sebastian einen tadelnden Klaps auf den Oberarm, doch der junge Afrikareisende nahm seine spöttische Bemerkung nicht zurück.

»TraSpuAuSpü«, korrigierte Harold betont. »Der *Tragbare Spukaufspürer*. Ist doch ganz einfach, also stell dich nicht so an.«

»Ganz einfach.« Sebastian nickte übertrieben ernst. »Verstanden, großer Meister.«

»Was sagt dein Trauspü denn?«, wechselte Lucius schnell das Thema. Diese blinkenden Lämpchen und zuckenden Hebel interessierten ihn mehr als Sebastians Versuche, Harold aufzuziehen. »Was ist in diesem Haus?«

Harold sah von seiner Erfindung zur Eingangstür der *Times* und machte ein unheilvolles Gesicht. »Ein Geist«, hauchte er dann.

»Na, davon wüsste ich aber.« Samuel Blythe lachte so sehr, dass ihm beinahe die runde Brille von der teigigen Nase rutschte. Doch es war ein herzliches, kein spöttisches Lachen. »Immerhin bin ich der zuständige Reporter für dieses Thema.«

Lucius und seine Freunde hatten es tatsächlich geschafft: Sie waren nicht nur ungehindert bis in die Zeitungsredaktion vorgedrungen, sie hatten dort sogar den Mann getroffen, der den Artikel über den Spuk von Mayfair geschrieben hatte. Samuel Blythe war ein kränklich wirkender Geselle mit nervösem Zucken im linken Auge und einer speckigen Hose, die ihm zwei Nummern zu klein zu sein schien. Er staunte zwar über den unerwarteten Besuch aus dem Rabennest, doch als er hörte, sie kämen wegen des angeblichen Gespensts vom gestrigen Abend, bot er sofort an, sie herumzuführen. Gerade verließen sie das vordere Bürogebäude und spazierten auf ein dahinter liegendes Bauwerk zu.

»Geister gibt's am Printing House Square nicht«, sagte er dabei und zwinkerte Harold zu, der an jeder Tür, die sie passierten, von Neuem auf seinen TraSpuAuSpü blickte. »Das wäre mir inzwischen bestimmt aufgefallen, oder einem meiner vielen Kollegen. Aber es gibt hier andere Sachen, wisst ihr? Viel zu viel Arbeit, viel zu wenig Zeit für all die viele Arbeit ... und jede Menge Papier.«

Mit diesen Worten öffnete Blythe eine Tür zu dem zweiten Haus und trat über die Schwelle. Der Raum dahinter hatte nichts mehr mit den engen Büros der Redakteure aus dem Vorderhaus gemeinsam. Wo diese klein und muffig gewesen waren, nahm dieser nun fast die Gänze des Stockwerks ein. Und er war bis an die Decke vollgestopft, zumindest kam es Lucius so vor.

»Ach du heilige Dampfmaschine«, murmelte Harold. Vor lauter Begeisterung beschlug ihm fast die Brille. »Leute, seht nur! Das ... Das sind lauter Jamesse!«

An klobigen Druckmaschinen, die ratternd und zischend neue Nachrichten auf lange Papierrollen druckten, standen graue, von Druckerschwärze fleckige Automatenmänner. Sie kontrollierten die Arbeit der großen Maschinen, justierten hier und korrigierten da, wechselten die Rollen und trugen neue Farbe auf die Druckwalzen auf. Auch an den hölzernen Setzkästen, die die andere Seite des Raumes einnahmen und an denen die Artikel der Reporter in Spalten aus bleiernen Lettern übertragen wurden, befanden sich viele von James' mechanischen Brüdern.

»Das läuft alles vollautomatisch?«, fragte Sebastian. Staunend betrachtete auch er das imposante Schauspiel.

»Absolut«, antwortete Mister Blythe stolz. »Die *Times* hat eine der modernsten und fortschrittlichsten Druckereien von ganz England. Dank der Automatenmänner kann rund um die Uhr gearbeitet werden. Unsere blechernen Freunde brauchen nämlich keine Pause, keinen Schlaf und werden nie krank.«

»Das ist doch Ausbeutung«, flüsterte Harold und stieß Lucius, der neben ihm stand, mit dem Ellbogen an.

Lucius schüttelte aber den Kopf. »Maschinen kann man nicht ausbeuten«, flüsterte er zurück. Diese Automatenmänner waren schließlich ganz anders als James: Sie hatten kein eigenes Bewusstsein. Sie waren Werkzeuge, austauschbar wie ein Kartoffelmesser. Genau wie die Druckanlage im Ganzen existierten auch sie nur, um ihre Aufgabe zu erfüllen. Vermutlich hatten sie nicht einmal individuelle Namen. Wozu auch?

Blythe trat an eine der großen Druckmaschinen und strich beinahe schon liebevoll mit der Hand über ihr Gehäuse. »Meine Kollegen und ich schreiben die Texte für die Zeitung drüben im Büro. Dann geben wir sie unseren Metallkollegen dort an den Setzkästen. Die machen daraus die *Times*, wie ihr sie von euren Eltern her kennt: Sie setzen unsere Zeilen in Bleilettern, befestigen die Druckplatten auf diesen Maschinen hier und drucken dann die neue Ausgabe.«

»Aber sie korrigieren sie nicht, oder?«, erkundigte sich Theo.

Lucius verkniff sich ein Schmunzeln. Der Artikel über Mayfair schien seine Freundin noch immer zu ärgern.

»Korrigieren?« Blythe lachte wieder. »Nein, natürlich nicht. Das sind Automaten. Die denken nicht selbstständig. Die tun nur, was wir ihnen auftragen. Und warum sollten sie uns auch berichten, hm?«

»Weil es diese Geister, von denen Ihr Artikel von heute

früh erzählt, gar nicht gibt«, antwortete Theo. Selbstbewusst sah sie dem erwachsenen Reporter ins Gesicht.

»Ach nein?« Überrascht sah Blythe sie an. »Da scheinst du dir aber sehr sicher zu sein, meine Kleine.«

Schnell griff Lucius ein. Er legte Theo eine Hand auf den Arm, um zu verhindern, dass sie explodierte. Sie mochte es nämlich überhaupt nicht, »Kleine« genannt zu werden, und das konnte er gut verstehen. »Sind Sie anderer Meinung, Sir?«, fragte er Blythe.

Der Reporter legte den Kopf leicht schräg. »Zumindest weiß ich, dass in dieser Stadt seit Tagen immer neue Geistersichtungen gemeldet werden«, antwortete er ausweichend. »Gestern in Mayfair, vorgestern und am Wochenende drüben bei der neu errichteten Themse-Brücke am Tower, und so weiter. Das melden die Leute bei uns in der Redaktion, aber natürlich auch bei den Polizisten von Scotland Yard. Ob hinter jeder dieser Meldungen – oder auch nur hinter einer einzigen – tatsächlich ein Spuk steckt, vermag ich nicht zu beurteilen. Aber das ist auch nicht meine Aufgabe. Ich bin Reporter, kein Wissenschaftler. Ich berichte nur, dass es diese Meldungen gibt. Was unsere Leser von ihnen zu halten haben und ob sie sie glauben wollen, sollen sie ruhig selbst entscheiden.«

Da macht es sich aber jemand einfach, dachte Lucius. Einmal mehr war er enttäuscht. Den Journalismus hatte er sich immer ehrlicher vorgestellt, verantwortungsbewusster. Nun begriff er aber, dass auch die *Times* in erster Linie Aufmerksamkeit erzeugen und mit saftigen Schlagzeilen ihr Produkt verkaufen wollte. Zumindest Samuel Blythe wollte das.

»Aber wenn ihr euch für meine Artikel interessiert«, fuhr Blythe ein bisschen versöhnlicher fort, »dann kommt mal mit in den Keller im Haupthaus. Dort befindet sich unser Archiv, in dem jede einzelne Ausgabe unserer Zeitung gelagert wird. Wenn ihr möchtet, könnt ihr euch dort meine Texte genauer ansehen.«

»Das wäre großartig«, sagte Lucius schnell – und ein wenig zu laut, denn wie er aus dem Augenwinkel sah, wollte Theo schon schnaubend ablehnen.

Blythe nickte zufrieden und führte seine Besucher zurück auf den Hof.

Auf dem Weg zum Bürogebäude beugte sich Harold wieder zu Lucius hinüber. Er schien noch immer wütend zu sein. »Automatenmänner, die wie Sklaven gehalten werden«, flüsterte er. »Darüber sollte dieser Blythe mal etwas schreiben, finde ich.«

Lucius lachte leise. *Typisch Harold.*

»Leute, das ist nicht gut. Absolut gar nicht gut.«

Harolds Stimme zitterte. Aber nicht nur die: Auch die Hand, in der er seinen wild blinkenden Kasten hielt, bewies seine innere Anspannung.

Lucius konnte es ihm nicht verdenken. Dieser fensterlose Zeitungskeller war wirklich unheimlich! Das unterirdische Archiv der *Times* war noch größer als die Druckerei, hatte aber eine deutlich niedrigere, gewölbte Decke aus nacktem Stein. Schwere Holzschränke, die einander nahezu vollständig glichen, standen hier in langen, dunklen Reihen. In den Schränken waren viele Schubladen, und in den Schubladen lagerten die früheren Ausgaben der Zeitung – sortiert nach dem Monat ihres Erscheinens. Blythe hatte die Freunde an den richtigen Schrank gebracht, ihnen die Lade des aktuellen Monats geöffnet und sie aufgefordert, so lange darin zu stöbern, wie sie nur wollten.

»Legt nachher einfach alles dahin zurück, wo es war«, hatte er sie gebeten und ihnen eine alte Petroleumlampe auf den Tisch in der Nähe des Eingangs gestellt, die die Schatten leidlich gut vertrieb. »Dann passt das schon.«

Seitdem war knapp eine halbe Stunde vergangen. Blythe befand sich längst wieder oben an seinem Schreibtisch. Lucius, Sebastian und Theo durchblätterten im Lampenschein alte Zeitungen ... und Harold »untersuchte« den Keller.

»Hört ihr?«, fuhr der junge Erfinder nun fort. Er war nervös. »Meine Maschine sagt, hier unten sind gleich mehrere Geister! Mehrere!«

»Aber nur in Mister Blythes Berichten«, meinte Sebastian, ohne von seiner Lektüre aufzublicken. »Mal ehrlich: Der schreibt schon viel Unfug, oder?«

Dem konnte Lucius nur zustimmen – eigentlich. Noch vor wenigen Tagen hätte auch er jeden dieser Artikel als Ammenmärchen abgetan. Unheimliche Schemen am Themseufer? Ächzende Seufzer, die Passanten aus der Kanalisation unterhalb der Stadt zu hören glaubten? Das waren doch keine Meldungen! Das waren Geschichten, mit denen man kleine Kinder erschreckte, weiter nichts.

Doch seit Mayfair und dem vergangenen Abend plagten ihn Zweifel. *Haben Harold und ich wirklich einen Geist gesehen?*, fragte er sich wieder. *Gibt es überhaupt Geister?* Theo und Sebastian waren davon überzeugt, aber selbst sie fanden, an Blythes Berichten sei kein Funke Wahrheit.

Lucius wünschte sich einmal mehr, seine Mutter wäre an seiner Seite. Er hätte in dieser Sache gern ihren Rat gehört.

Mom glaubt nicht an Geister, war er sich sicher. Der Gedanke hatte etwas Beruhigendes. Er bewies ihm, dass die Normalität noch immer normal war. *Weil es keine Geister gibt.*

Einen halben Herzschlag später schrie Harold gellend auf.

Sebastian erschrak so sehr, dass er die Petroleumlampe mit einer ruckartigen Armbewegung vom Tisch stieß. Das Licht ging aus. Plötzlich war es stockfinster im Keller.

Mit geballten Fäusten starrte Lucius in die Dunkelheit. Er hielt den Atem an, lauschte. Doch nichts geschah. Er hörte nur sein wild pochendes Herz. »Was ist denn?«, fragte er schließlich, leise und unsicher.

»Das wüsste ich auch gern«, sagte Theo irgendwo neben ihm. Sie raschelte mit Papier; vermutlich faltete sie die Zeitung zusammen, die sie gerade durchgeblättert hatte. »Was soll der Unfug, Harold? Willst du, dass wir vor Schreck tot umfallen?«

»D... Da«, hauchte der junge Erfinder.

Dem Klang seiner Stimme nach zu urteilen, stand er inzwischen ein paar Schritte weit entfernt. Lucius drehte sich in die Richtung – und tatsächlich: Mitten im Schwarz konnte er nun die blinkenden Lichter des TraSpuAuSpü erkennen, eine kleine, bunt flackernde Insel der Helligkeit, gehalten von zitternden Händen. Das Licht der Lämpchen erhellte auch Harolds Gesicht und spiegelte sich auf seiner Brille. So sah der Junge aus wie ein körperloser Kopf und zwei Hände, die frei in der Finsternis schwebten.

»Da war etwas«, sagte er leise. »Ich hab's genau gespürt. Ein... Ein kalter Lufthauch, kalt wie Eis. Und... Und dann hat mich irgendwas am Arm berührt.«

»Echt?« Sebastian erschien neben Harold. Er sah den Freund mit ernster Miene an, dann schaute er an sich hinab, und Lucius hörte metallenes Klappern. Vermutlich versuchte Sebastian, die Lampe neu anzuzünden. »Am Arm, sagst du? Was war es denn? Eine Hand?«

Harolds körperlos scheinender Kopf schüttelte sich. »Keine Ahnung. Es ging so schnell. Und mein TraSpuAuSpü blinkte dabei wie verrückt. Ich hab zu sehr auf das Gerät geachtet, zu wenig auf meine Umgebung.«

Ein Feuerzeug zischte. Dann ging die Petroleumlampe wieder an. Sebastian hielt sie in die Höhe und sah sich dabei nach allen Richtungen um. »Hallo?«, rief er.

Nichts geschah. Nun, da sie wieder Licht hatten, ging Lucius vom Tisch und von Theo weg und lugte in die Gänge zwischen den Schrankreihen. Doch er sah nichts Außergewöhnliches. »Hier ist niemand.«

»Da war auch niemand«, meinte Theo. »Nur Harold und seine überreizte Fantasie.«

»Ich habe etwas gespürt!«, beharrte der junge Geisterjäger. Seine Hände zitterten nicht länger, aber seine Sorge war geblieben.

Sebastian schüttelte den Kopf. »Ich wüsste nicht, was«, sagte er und klang beinahe enttäuscht.

Mit einem Mal kam Lucius eine Idee. »Wasser«, sagte er und klatschte in die Hände. »Das ist es. Wir brauchen Wasser, um den Geist zu sehen.«

Sebastian hob die Brauen. »Natürlich! Wie gestern Abend, oder?«

»Ganz genau. Erst draußen im feuchten Nebel hatten Harold und ich das Gefühl, wir könnten eine Art schemenhafte Gestalt erkennen.« Lucius sah zu Harold. »Du hast nicht zufällig auch noch eine Flasche Wasser in deinem Überlebensrucksack?«

Die Miene des Jungen hellte sich auf. »Sogar etwas viel Besseres!«

Er griff in seine Tasche, kramte darin herum und zog schließlich eine längliche Röhre heraus, auf der eine Art winziger Gießkannenaufsatz steckte. Das komplette Ding, in dessen Innerem es vielsagend gluckerte, maß vielleicht gerade einmal zehn Zoll. Aber Harold hielt es Lucius so stolz hin, als wäre es Excalibur, das legendäre Schwert des Königs Artus.

»Bitte«, sagte er dabei. »Ein Wassersprüher. Den habe ich erst heute früh neu aufgefüllt.«

Lucius nahm die Röhre dankbar, hielt sie vor sich wie eine Waffe und drehte sich zu den Schrankreihen und den dunklen Kellerecken um.

»Gibt es eigentlich irgendetwas, das du nicht immer und überall hin mitschleppst?«, murmelte Sebastian hinter ihm ungläubig.

»Das will ich nicht hoffen«, antwortete Harold. Allein die Vorstellung schien ihn zu entsetzen.

Schweigend ging Lucius los, Schritt für Schritt dem Dunkel entgegen. Harolds Röhre war aus einem leicht weichen, biegsamen Material. Wann immer er mit den Fingern dagegendrückte, stob vorn ein feuchter Nebel aus dem gießkannenhaften Aufsatz heraus. Die Wasserwolke reichte erstaunlich weit.

Wo bist du?, dachte Lucius und sah konzentriert auf die langsam zu Boden regnenden Tröpfchen. Was *bist du?*

Minuten vergingen. Begleitet von seinen Freunden zog Lucius durch die Reihen des verlassenen Zeitungsarchivs, sprühte und wartete und sprühte und wartete. Niemand sagte ein Wort. Sie alle passten auf, suchten nach Harolds angeblichem Gespenst.

Und sie fanden keins.

»Das war's«, seufzte Sebastian, als sie am Ende der letzten Schrankreihe angekommen waren. »Niemand da.«

Ratlos sah Harold auf seinen Kasten. »Ich hab's doch genau gespürt. Und meine Erfindung ist sich auch ganz sicher. Guckt euch nur die Anzeige an.«

Theo legte ihm die Hand auf die Schulter. »Du hattest Angst«, sagte sie sanft. »Das ist verständlich. Hier unten ist es ziemlich gruselig, und du hast seit gestern Abend nicht geschlafen.«

»Aber mein TraSpuAuSpü ...«

»Ist eben noch nicht ganz ausgereift«, schlug Lucius vor. Auch er war inzwischen halbwegs überzeugt, dass der Metallkasten irrte und Harold sich die unheimliche Berührung am Arm nur eingebildet hatte. Und er konnte es ihm nicht verübeln. »Genau wie sein Name.«

»Genau wie alles andere, was du so erfindest«, murmelte Sebastian und schmunzelte.

Lucius warf ihm einen warnenden Blick zu. Dann musste er aber ebenfalls schmunzeln.

»Und jetzt?«, fragte Harold. Er gab sich geschlagen, schaltete seinen blinkenden Kasten ab und ließ ihn seufzend sinken. »Sind wir hier fertig, oder was?«

»Sind wir«, antwortete Theo. Sie hielt ein dünnes Notizbuch in die Höhe. »Ich habe mir notiert, wo laut *Times* bisher überall Geister gemeldet wurden. Damit können wir weitermachen.« Dann schlang sie fröstelnd die Arme um den Oberkörper. »Aber bitte woanders. Wenn ich noch eine Minute länger in dieser Zeitungsgruft ausharren muss, bekomme ich noch eine Erkältung. Dann röchele *ich* wie ein Gespenst!«

Lachend brachen die Freunde auf. Im Obergeschoss verabschiedeten sie sich von Samuel Blythe, dankten für die Hilfe und verließen das Gebäude. Warmer Sonnenschein erwartete sie im Freien. Es war beinahe Mittag.

»Nächste Station?«, fragte Lucius, als er am Straßenrand nach einer freien Dampfdroschke Ausschau hielt.

»Ich muss etwas essen«, meinte Sebastian. »Ich sterbe vor Hunger.«

Lucius grinste, aber er verstand seinen Freund. Die Recherchearbeit hatte auch ihn hungrig gemacht. »Einverstanden. Und danach?«

»Es wird Zeit, dass wir diese Sache *vernünftig* angehen, findet ihr nicht?«, sagte Theo.

Sebastian betrachtete sie kritisch und steckte die Hände in die Hosentaschen. »Und was vernünftig ist, entscheidest du?«

»Na, wer denn sonst?«, sagte das Mädchen grinsend.

KAPITEL 4:

Der Geisterfinder

»Du willst zu Madame Piotrowska?« Überrascht riss Lucius die Augen auf, als ihre angemietete Dampfdroschke rumpelnd und stampfend um die Straßenecke bog und den Cavendish Square erreichte. Der kleine Platz lag gar nicht weit von der Baker Street entfernt, und in seiner Mitte war ein kreisrunder Park mit schönen alten Bäumen.

Lucius war schon einmal mit Theo hier gewesen, um in einem der mehrstöckigen Stadthäuser, die den Park säumten, die bekannte Spiritistin Madame Helena Piotrowska zu besuchen. Piotrowska gehörte, wie sie nach umständlichen Nachforschungen herausgefunden hatten, zu den wenigen Menschen in London, die sich mit dem Übernatürlichen beschäftigten, ohne komplette Scharlatane zu sein. Sie hatte den Freunden damals sehr geholfen und offenbar war Theo der Ansicht, dass die elegante Frau mit dem osteuropäischen Akzent auch zu möglichen Spukerscheinungen etwas sagen konnte.

Genau diese Einschätzung bestätigte das Mädchen nun. »Ich glaube, das wäre hilfreich. Bislang stochern wir in dieser Geistergeschichte doch völlig im Dunkeln.«

»Was heißt im Dunkeln?«, widersprach Sebastian. »Wir

haben alle Schauplätze aus den Artikeln von diesem Blythe herausgeschrieben, die uns halbwegs glaubwürdig vorkamen. Das nenne ich ein paar ziemlich deutliche Spuren.«

»Du verstehst mich falsch«, sagte Theo. »Ich meinte damit, dass wir dringend professionelle Hilfe im Aufspüren von Geistern benötigen. Sei mir nicht böse, Harold, aber deine Spielzeuge sind nicht das Gelbe vom Ei. Wenn unser Besuch bei der *Times* eins gezeigt hat, dann das. Und wenn wir uns schon an die Schauplätze möglicher Geistererscheinungen begeben, sollten wir wenigstens ordentlich ausgerüstet sein.«

»He, ich hatte nur eine Nacht Zeit, diese ganzen Sachen zu erfinden«, beschwerte sich Harold. »Das wird schon noch. Du wirst sehen.«

Ihre Dampfdroschke parkte an der Ostseite des Cavendish Squares, wo die Spiritistin wohnte. Gemeinsam stiegen die Freunde aus und gingen auf den weißbraunen, sechsgeschossigen Sandsteinbau mit den vielen kleinen Erkern zu. Sie traten unter das dreieckige, von Steinsäulen getragene Vordach und öffneten die schwere, braune Eingangstür. Durch das hohe Treppenhaus stiegen sie hinauf in den dritten Stock.

»Ich hoffe, unser Besuch kommt nicht ungelegen«, murmelte Theo, als sie den Treppenabsatz erreichten. Zaghaft läutete sie an der Wohnungstür aus dunklem Edelholz.

Nichts geschah.

»Oh, oh«, murmelte Harold. »Sie scheint nicht da zu sein.«

»Oder vielleicht ist sie in ein Ritual vertieft«, gab Theo zurück und betätigte die Glocke ein zweites Mal.

Die Tür zur Nachbarwohnung öffnete sich und ein junger, schlanker Mann erschien auf der Schwelle. Sein Hemd war ungewaschen, er trug eine leicht fadenscheinige graue Hose mit Hosenträgern und sein Haar war zerzaust. »Hallo, Kinder«, begrüßte er die vier. Er sah Theo an. »Bist du Theodosia Paddington?«

Verwirrt erwiderte sie den Blick. »Ja, warum?«

Der junge Mann – Lucius hielt ihn für einen Studenten oder Schriftsteller oder auch beides – reichte Theo einen Umschlag, auf dem ein dunkelrotes Siegel prangte. »Diesen Brief soll ich dir von Madame Piotrowska geben«, erklärte er.

»Äh, vielen Dank«, erwiderte Theo erstaunt.

»Keine Ursache. Einen schönen Tag noch.« Der Mann schloss seine Tür wieder.

»Was hat das denn zu bedeuten?«, wunderte sich Harold.

Theo brach das Siegel. »Das werden wir gleich sehen.« Sie zog einen Briefbogen hervor, faltete ihn auseinander und las vor.

Liebe Theodosia,
wie lieb von Dir und Deinen Freunden, dass Ihr mich mal wieder besuchen kommen wollt. Leider werde ich nicht anwesend sein können. Ich besuche einen alten Freund in Wien, Doktor Hesselius. Ende des Monats werde ich wieder in London weilen. Solltet Ihr bis dahin Fragen zu den Rätseln der Magie haben, könnt Ihr Euch gerne an meinen Bekannten Thomas Carnacki wenden, einen ganz reizenden jungen

Mann, der über ein großes Talent als Geisterfinder verfügt. Er wohnt im Westen von London, in Chelsea, 427, Cheyne Walk. Ich wünsche Dir alles Gute.
Herzlichst, Helena Piotrowska.

Verblüfft kratzte Harold sich am Kopf. »Das ist ja ein Ding. Woher wusste sie, dass wir zu Besuch kommen würden?«

Theo faltete den Brief wieder zusammen und steckte ihn lächelnd ein. »Sie ist eine Hellseherin, Harold. Natürlich wusste sie es.«

Lucius und Sebastian wechselten einen belustigten Blick.

»Und jetzt?«, fragte Sebastian dann. »Versuchen wir es bei diesem Carnacki?«

»Ich bin dafür«, sagte Theo. »Wenn Madame Piotrowska ihm vertraut, können wir das wohl auch.«

Lucius hoffte, dass sie damit recht hatte.

Etwa eine halbe Stunde später fuhren sie mit ihrer Dampfdroschke den Cheyne Walk entlang. Zu ihrer Linken strömte die Themse dahin. Rechts erhoben sich mehrstöckige Wohnblöcke aus dunkelrotem Backstein, deren Fassaden vor lauter Erkern aussahen wie lang gezogene Burgzinnen. Weiße Eingangsbereiche mit antikem Einschlag und Zierborten, die sich über die ganze Hausbreite zogen, versuchten, den zweckmäßigen Bauten ein wenig Stil zu verleihen.

Die Nummer 427 war geringfügig schöner, denn sie besaß immerhin kleine Balkone vor den Erkern, auf denen man allerdings kaum sitzen konnte. Sie waren so schmal, dass man bloß im Stehen Platz fand. Dann allerdings hatte man einen prächtigen Blick auf den Fluss und die davor verlaufende Promenade.

Carnacki wohnte, wie sich herausstellte, in einer Wohnung im dritten Stock, knapp unter dem Dach. *Zwei magisch Begabte*, dachte Lucius staunend. *Und beide wohnen im dritten Stock ihres jeweiligen Hauses.* Ob der Umstand etwas zu bedeuten hatte? Er beschloss, Carnacki danach zu fragen, falls sich die Gelegenheit ergab.

Dieser Gedanke war einen Augenblick später vergessen, als sie vor der Wohnungstür des Geisterfinders standen.

»Heiliger Bimbam«, murmelte Lucius und starrte auf das, was sich seinen staunenden Augen darbot. Auf Carnackis Tür prangte ein großer, fünfzackiger Stern, der offensichtlich ins dunkle Holz geschnitzt worden war. Umgeben war er von einem Doppelring. Zwischen den beiden Ringen zog sich ein Schriftzug aus fremdartigen Zeichen, die Lucius ans Arabische erinnerten. In der Mitte des Sterns, in den Zacken und in den Zwischenräumen fanden sich weitere, eigentümliche Symbole, darunter ein ägyptisch wirkendes Auge.

Nicht nur die Tür selbst war verziert. Auch den hölzernen Türrahmen bedeckten Symbole. Diese schienen überwiegend mit weißem und blauem Kreidestift gezeichnet zu sein. Eine feine Linie aus etwas, das nach Salz oder Zucker aussah, zog sich quer über die Türschwelle, und am Türknauf baumelte ein Jutesäckchen, das penetrant nach Knoblauch stank.

»Ist dieser Mann verrückt?«, fragte sich Harold fassungslos. Lucius verstand ihn gut: Mit der edlen Eleganz von Madame Piotrowskas Bleibe hatte das hier absolut nichts mehr zu tun. Das hier wirkte eher wie der Eingang einer Jahrmarktsbude als wie eine Wohnungstür.

»Ich glaube, er ist sehr vorsichtig«, erwiderte Theo nachdenklich. »Ich verstehe fast nichts von all dem, aber zwei oder drei dieser Zeichen erkenne ich wieder. Es handelt sich um Schutzrunen gegen das Böse.«

»Sie scheinen ganz gut zu funktionieren«, meinte Sebastian grinsend. »Zumindest die Rune, die vor aufgebrachten Vermietern schützt. Ansonsten wäre so ein verrückter Kerl doch längst rausgeschmissen worden.«

»Wir werden gleich sehen, wie er so ist«, sagte Lucius, beugte sich vor und betätigte den Türklopfer, der inmitten des Pentagramms an der Tür befestigt worden war.

Die Tür öffnete sich einen Spaltbreit, und aus dem Dunkel dahinter blickten sie zwei Augen an. Sie musterten Lucius und die anderen von oben bis unten. »Wer seid ihr?«, fragte eine nervös klingende Stimme.

»Mein Name ist Lucius Adler«, stellte Lucius sich vor. »Das sind Sebastian, Harold und Theo. Madame Piotrowska schickt uns zu Ihnen.« Lucius sah sich zu Theo um, die ihm den Brief der berühmten Spiritistin reichte. Er hielt ihn dem Mann hin.

Eine blasse, schmale Hand tauchte im Türspalt auf und nahm das Schreiben hastig entgegen. Dann ging die Tür mit einem dumpfen Schlag wieder zu.

»Du hattest recht«, sagte Sebastian zu Harold. »Der ist eindeutig verrückt.«

Ein Geräusch war zu hören, als würden gleich mehrere Riegel entfernt. Dann öffnete sich die Tür wieder, diesmal weiter. »Verzeiht, dass ich unhöflich war, aber ... nun ja ... ich habe mich mit gewissen Mächten angelegt, die mir nicht wohl gesonnen sind. Man kann nicht vorsichtig genug sein.«

Der Mann, der das sagte, musste Mitte zwanzig sein. Er war von schlankem Wuchs und hatte einen modischen, wenn auch etwas extravagant geschnittenen Anzug an. In seinem Haar war so viel Pomade, dass es wie gemeißelt wirkte. Um seinen Hals hing eine schmale Silberkette, die in dem nicht ganz geschlossenen Hemdkragen verschwand, und Lucius glaubte, ein kreisförmiges Amulett zu erkennen, das sich auf Brusthöhe unter dem Stoff abzeichnete.

»Kommt herein«, sagte der Mann. »Ich bin Carnacki, Thomas Carnacki, aber das habt ihr euch vermutlich schon gedacht. Oh, aber passt auf: Verwischt nicht die Salzlinie auf der Schwelle, wenn ihr eintretet. Dann müsste ich das Schutzritual erneut durchführen, und das wäre ziemlich unerfreulich, weil es nämlich beinahe eine halbe Stunde dauert.«

Lucius wechselte einen skeptischen Blick mit seinen Freunden, dann zuckte er mit den Schultern. Carnacki mochte seltsam sein, aber er kannte sich anscheinend doch mit Magie aus. Mit einem behutsamen Schritt trat der Junge in die Wohnung ein. Sebastian, Harold und Theo folgten.

Carnackis Wohnung überraschte Lucius. Auf der Hinfahrt

hatte er sie sich noch ähnlich wie die von Madame Piotrowska vorgestellt: dunkel, elegant und ein wenig geheimnisvoll. Stattdessen fanden sie sich unversehens in vier Wänden wieder, deren Bewohner anscheinend zu gleichen Teilen Lebemann und Okkultist war.

Die Wohnung war hell und modern eingerichtet. Carnacki blickte merklich schon auf das kommende zwanzigste Jahrhundert, statt an der Schwere und Strenge der Vergangenheit festzuhalten, wie man sie beispielsweise im Diogenes-Club oder in der Baker Street fand. An den Wänden hingen Bilder, die neue Erfindungen zeigten, etwa ein Luftschiff und ein Boot, das – wie es aussah – unter Wasser fahren konnte. Außerdem konnte man durch eine nur halb geschlossene Tür ein Labor mit Werkstatt erkennen, bei der Harold Stielaugen bekam.

»Was sind das für glühende Röhren?«, fragte der Junge ihren Gastgeber neugierig.

»Etwas, woran ich gerade baue«, erwiderte Carnacki. »Ein elektrisches Pentakel, Quecksilberentladungsröhren in einer Vulcanitfassung, die in Reihe geschaltet werden. Es soll, genau wie mit Kreide gezeichnete Pentagramme, vor dem Bösen schützen. Ich habe herausgefunden, dass sich gewisse Erscheinungen durch Elektrizität bannen lassen, da es ihnen nicht möglich ist, eine Schwelle aus Fließstrom zu überqueren: Ähnlich sind ja auch gewisse Wesen nicht imstande, Schwellen aus geweihtem Wasser, Salz oder rituell aufgeladenen Symbolen zu überwinden.«

»Das klingt verdammt technisch«, warf Lucius ein. Er verstand kaum ein Wort, wollte es aber nicht zugeben. »Ich hätte nicht gedacht, dass jemand, der sich mit Geistern beschäftigt, so ...« Er suchte nach dem richtigen Wort. »... *fortschrittlich* an die Sache herangeht.«

Carnacki warf ihm einen Blick zu. »Dachtest du, wir Geisterjäger gingen bloß mit Kreuz, Weißeichenpflöcken und einem Ring Knoblauchzehen um den Hals auf die Jagd?« Er lächelte wissend. »Willkommen in der Zukunft.«

Während er die Freunde in ein Wohnzimmer am Ende des Korridors führte, sprach der junge Mann weiter. »Du solltest mal sehen, wie weit sie schon in Amerika mit der modernen Geisterjagd sind. Ich war vor ein paar Monaten in New York auf einem Kongress – nun ja, es war eher ein geselliges Beisammensein unter zwei Dutzend Spezialisten –, und dort habe ich einiges Neues über die Welt des Übernatürlichen gelernt. Eine Gruppe Wissenschaftler unter Professor Gardner und Doktor Spengler hat aufregende Theorien entwickelt, um das Übernatürliche mit einer Mischung aus Magie und Technik einfacher aufzuspüren und zu bannen.«

»Ich glaube, hier sind wir tatsächlich richtig«, raunte Sebastian Theo zu. Er war hörbar beeindruckt. Doch ganz schien seine Skepsis nicht beseitigt. »Oder der Kerl ist der größte Spinner von allen.«

Sie erreichten das Wohnzimmer, und Carnacki ließ die Freunde in einem Kreis aus gemütlichen Sesseln Platz nehmen, die vor einem Kamin standen. Es sah aus, als würde er häufiger Gäste empfangen. »Ich kann euch leider nur Tee anbieten«, sagte er. »Ich muss dringend mal wieder einkaufen gehen.«

»Machen Sie sich keine Mühe«, gab Lucius zurück. »Wir sind nicht hier, um Tee zu trinken. Wir brauchen Ihre Hilfe.«

»Na schön.« Carnacki ließ sich ebenfalls nieder. »Dann lasst mal hören.«

Rasch fassten Lucius und die anderen für ihren Gastgeber die Ereignisse des gestrigen und des heutigen Tages zusammen. Dass sie in Mycroft Holmes' Auftrag unterwegs waren, erwähnten sie aber nicht. Sie wussten, dass der Mann der Krone seine Geschäfte lieber geheim hielt.

Als sie geendet hatten, rieb Carnacki sich staunend übers Kinn. »Beim Jupiter! Ich habe diese Berichte in der *Times* auch gelesen. Aber ernst genommen habe ich sie nicht. Im Laufe der Jahre entwickelt man ein Gespür dafür, welche Geschehnisse eine nähere Untersuchung wert sind und welche weniger. Diese hier haben nichts in mir ausgelöst.«

»Aber Harold und ich *haben* etwas gesehen«, beteuerte Lucius. Die Erinnerung jagte ihm einen Schauer über den Rücken. »Und das war ziemlich unheimlich, das kann ich Ihnen sagen.« Harolds vermeintlichen Geisterkontakt im Archiv der *Times* erwähnte er nicht. Das, da war er sich inzwischen völlig sicher, war pure Einbildung gewesen.

»Es liegt mir fern, dich einen Lügner zu nennen, mein Junge.« Abwehrend hob Carnacki die Hände. »Aber wenn ihr der Sache ohnehin auf der Spur seid, muss ich mich ja nicht darum kümmern – was gut ist, weil ich gegenwärtig ... andere Probleme habe.« Ein Schatten des Unbehagens huschte über seine Züge, doch gleich darauf hatte der junge Mann sich wieder im Griff. Auffordernd blickte er die Freunde an. »Aber ich unterstütze euch gern mit meinem Wissen. Welche Fragen genau habt ihr denn an mich?«

»Wir wüssten gerne, wie man herausfindet, ob irgendwo ein Geist herumspukt«, sagte Theo.

»Ich habe diesen tragbaren Spukaufspürer gebaut«, warf Harold eifrig ein und zog das Gerät aus seinem Überlebensrucksack. »Aber so ganz funktioniert er noch nicht.«

»Eigentlich funktioniert er gar nicht«, stellte Sebastian fest.

Interessiert beugte Carnacki sich vor. »Wie hast du den Aufspürer eingestellt?«

Etwas verlegen drehte Harold das Gerät in den Händen. »Na ja, er misst drei Dinge und gibt dann Alarm. Zum einen erkennt er mithilfe dieser Silberfühler starke Temperaturveränderungen. Ich habe gehört, dass unerklärliche kalte Flecken in einem Haus auf die Anwesenheit eines Geists hinweisen können. Außerdem achtet der TraSpuAuSpü – das ist nur eine erste Bezeichnung, noch nicht die endgültige – mit diesem Windrädchen hier auf seltsame Luftbewegungen. Dann habe ich noch einen Filter eingebaut, der in Weihwasser getränkt wurde. Ich dachte mir ... na ja, dass der irgendwie auf die Spuren eines Spuks reagieren würde.«

»So funktioniert das Ding?« Sebastian prustete los, doch Theo warf ihm einen mahnenden Blick zu.

Carnacki lachte nicht. Im Gegenteil! »Da stecken schon einige sehr kluge Gedanken drin, mein Junge«, lobte der Geisterexperte, woraufhin Harolds Gesicht sich aufhellte. »Das Wichtigste fehlt natürlich, aber das konntest du nicht wissen, wenn du in übernatürlichen Dingen nicht bewandert bist: ein Ektometer.«

»Ein was?«

»Ein Ektometer. Ein Messgerät für Ektoplasma, einen flüchtigen, schaumartigen Stoff, aus dem die meisten Manifestationen bestehen.«

»Sie meinen Geister«, sagte Theo.

»Richtig. Aber ich ziehe das Wort Manifestationen vor, denn das, was ihr einen Geist nennen würdet, ist nur ein Teil der übernatürlichen Dinge, die unsere Welt heimsuchen – zumindest wenn man den Theorien führender Wissenschaftler glauben darf.«

»Könnten wir so ein Ektodingsda in meinen TraSpuAuSpü einbauen?«, fragte Harold aufgeregt.

»Ja, möglicherweise. Ich muss gestehen, dass ich selbst bislang nur zwei Prototypen besitze, die ich in New York bei dem Kongress gekauft habe. Aber ich kann dir einen davon leihen. Es wäre ein guter Testlauf.«

»Und damit könnte man dann sicher Geister aufspüren?«, hakte Lucius nach.

»Das behauptet Doktor Spengler jedenfalls«, gab Carnacki lächelnd zurück, »und noch konnte ich diese Behauptung nicht widerlegen. Ich persönlich habe mich bislang immer auf Worte der Macht verlassen, die ich in alten magischen Büchern gelernt habe.«

Nun wurde Theo hellhörig. »Es gibt Worte, mit denen man Geister findet?«

»Aufscheucht wäre wohl die richtige Ausdrucksweise.« Carnacki lehnte sich auf seinem Sessel zurück und legte die Fingerspitzen seiner Hände zusammen. »Was wisst ihr über Manifestationen ... Geister ... wie immer ihr es nennen wollt?«

»Bis vor ein paar Wochen hätte ich noch gezweifelt, ob es die überhaupt gibt«, antwortete Lucius. Tatsächlich gab es auch jetzt noch einen kleinen Teil in seinem Inneren, der beharrlich argwöhnisch blieb. Ja, es gab Magie in dieser Welt; ihr letztes Abenteuer hatte das bewiesen. Theo schien eine Verbindung zu ihr zu haben. Und auch Mycroft Holmes glaubte offenbar daran. Und, ja, sie hatten diesen Schemen im Nebel am Hyde Park gesehen, der geisterhaft in die Nacht geflohen war. Trotzdem ... so ein richtiger, eindeutiger Beweis für die Existenz von Geistern war ihm noch nicht über den Weg geschwebt. Daher blieb dieser winzige Rest von Zweifel, wenngleich Theodosia, Sebastian und vor allem Carnacki sehr überzeugend den Eindruck erweckten, als wären Spukerscheinungen so sehr ein Teil dieser Welt wie Automatenbutler und Spezialteemaschinen.

»Ich kenne Geister aus Afrika«, verkündete Sebastian unterdessen und wiederholte dann kurz, was er zuvor im Rabennest den anderen erzählt hatte.

»Und ich habe einiges über Geister gelesen«, sagte schließlich Theo. »Davon passt übrigens überhaupt nichts zu Sebastians Rachegeistern oder der Erscheinung am Hyde Park.« Auch sie berichtete Carnacki, was sie wusste.

Dieser nickte ernst. »Ihr habt gewissermaßen alle recht«, erwiderte er fast schon salomonisch, »und doch kennt ihr jeweils nur ein Puzzlestück des ganzen Bildes.«

»Wie meinen Sie das?«, wollte Lucius wissen.

»Ich beschäftigte mich nun schon seit einigen Jahren mit dem Übernatürlichen«, antwortete Carnacki. »Und wenn ich bis heute eins gelernt habe, dann dies: Es gibt viel mehr Magie zwischen Himmel und Erde, als jeder normale Mensch ahnen würde. Seit Jahrtausenden schon begleiten uns Manifestationen in unterschiedlichster Form. Doch weil sie nur sehr vereinzelt auftauchen und für unsere normalen Sinne meist schwer zu erfassen sind, musste jede Erforschung und Katalogisierung bruchstückhaft bleiben. Ein altsumerischer Weiser beschreibt andere Manifestationen als ein Priester der Azteken, ein Druide der Kelten andere als ein Inquisitor des Mittelalters. Und so weiter. Versteht ihr? Erst in den letzten Jahren machen sich Wissenschaftler wie ich mit modernsten Methoden daran, das Wesen der Magie in seiner Gänze zu erforschen. Und glaubt mir, auch ich habe bisher nur an der Oberfläche gekratzt. Dennoch halte ich schon jetzt grundsätzlich nichts mehr für unmöglich. Es mag diese verfluchten Orte in der Wildnis des schwarzen Kontinents geben, Sebastian. Und es gibt ganz sicher diese echo-artigen Erscheinungen, über die du gelesen hast, Theo. Die entsprechenden Schriften kenne ich sogar selbst. Ich halte sie aber nicht für gut, weil der Autor sich einbildet, die Magie verstanden zu haben – und das kann niemand!«

»Und was ist ...«, setzte Lucius an, doch Carnacki unterbrach ihn.

»Warte, mein Junge, ich bin noch nicht fertig. Worauf ich hinauswill, ist dies: Es ist absolut denkbar, dass ihr am Hyde Park eine Manifestation gesehen habt. Da sie anscheinend verhältnismäßig feststofflich war, sonst hätte sie nicht dieses Dienstmädchen umgerannt, dürfte es sich wohl um eine Wesenheit handeln, die ihr einen Poltergeist nennen würdet. Aber das ließe sich herausfinden, denn ich kann euch zeigen, wie man die Spuren oder die Anwesenheit eines Poltergeists nachweist.«

»Könnte ich den mit meinem TraSpuAuSpü finden?«, fragte Harold. »Wenn das Ektodingsda eingebaut ist?«

»Ich hoffe es«, erwiderte Carnacki. »Ansonsten müsste ich Doktor Spengler einen Brief schreiben, dass er das Gerät noch einmal überarbeiten sollte. Aber ich würde nicht allein auf die Technik setzen, schon deshalb nicht, weil sie noch im Versuchsstadium ist. Es wäre besser, wenn ein magisch Begabter wie ich die Schauplätze untersuchen würde. Wenn man sich hinsetzt und die Schwingungen eines Ortes auf sich wirken lässt, kann ein hellsichtiger Geist eine Menge in Erfahrung bringen. Oder was denkst du, Theodosia?« Er wandte sich dem Mädchen zu und lächelte vielsagend.

Ertappt blickte Theo ihn an. »Ich ... woher wissen Sie, dass ich Dinge sehe?«

»Weil ich wie du bin ... oder du wie ich«, verriet er. »Wir sollten uns bei Gelegenheit zusammensetzen und uns eingehender über deine Vergangenheit unterhalten. Ich glaube, dass deine Gabe uns beide in Erstaunen versetzen würde. Aber das muss warten. Ich spüre, dass ihr darauf brennt, eure Nachforschungen fortzusetzen. Daher beschränke ich meine Hilfe darauf, den einen der beiden Ektometer-Prototypen in deinen ... Geisterfinder einzubauen, Harold. Und dir, Theo, zeige ich, mit welchen Worten man die magischen Schwingungen in einem Raum so verstärken kann, dass sie die heimlichen Gäste preisgeben, die ihn besucht haben mögen.«

»Das ist fantastisch!«, rief Harold und sprang von seinem Sessel auf. »Ganz ehrlich, Mister Carnacki, ich bin begeistert. Magie genau wie die Natur mit wissenschaftlichen Methoden zu untersuchen! Das fühlt sich gleich viel besser als irgendein Hokuspokus an.«

»Ich gebe dir gleich Hokuspokus, du Eierkopf«, drohte Theo mit geballter Faust.

Carnacki schmunzelte. »Gemach, gemach, ihr beiden. Nur wenn das magische Wissen alter Zeiten mit den wissenschaftlichen Methoden von heute Hand in Hand geht, dürft ihr darauf hoffen, den Geist zu finden, dem ihr nachspürt.«

Carnackis Wortwahl ließ Lucius grinsen, denn er erinnerte sich an Harolds Scheu, Theo zu der Mumienauswicklung einzuladen. »Dann fangt mal an«, wandte er sich feixend an

Harold. »Arbeiten du und Theo dann eigentlich auch ... Hand in Hand?«

Er war ein bisschen gemein zu seinem erfinderischen Freund, das wusste er. Und er schämte sich auch ein klein wenig, kaum dass die Anspielung über seine Lippen kam. Doch Sebastians schallendes Lachen, Theos verwirrter Blick und vor allem der puterrot anlaufende Harold waren ein stattlicher und höchst amüsanter Lohn.

Zumindest für den Augenblick.

KAPITEL 5:

Ermittlungen in Mayfair

Drei Stunden später trennten sie sich wieder von Carnacki. Es war Nachmittag geworden und der Himmel begann sich zuzuziehen.

Weil auf den Straßen von London zur Teestunde weder Heißgetränke noch Gebäck serviert wurden, begnügten sie sich mit ein paar belegten Sandwiches, die sie bei einem Straßenhändler kauften. Beim Essen planten die Freunde ihr weiteres Vorgehen.

»Ich glaube, jetzt sind wir gut für die Geisterjagd ausgerüstet«, meinte Lucius kauend, während sie auf einer Bank in einem der vielen kleinen Parks von London saßen. Er sprach mit vollem Mund, was ihm im Hause Holmes strengstens verboten war. Vermutlich bereitete es ihm deswegen besonders viel Freude. »Harold hat ein Ektometer, Theo kennt die richtigen Sprüche, um so einen Geist das Fürchten zu lehren, und wir zwei, Sebastian ... wir fürchten uns vor nichts.«

»So ist es«, bestätigte der blonde Sohn von Allan Quatermain mampfend.

Harold hatte sein Sandwich unterdessen kaum angerührt. Noch immer saß er staunend vor seinem TraSpuAuSpü und spielte an den neuen Kontrollen herum, die zu Carnackis

Ektometer gehörten. »Ich sollte ihn umbenennen«, meinte er. »In SuperSpukAufspürer. Oder SpukAufspürerExtraordinär.« Er ließ sich die Abkürzungen im Mund herumgehen. »SuSpuAuSpü ... SpuAuSpüEx ...«

»Warum nennst du das Ding nicht einfach Geisterfinder?«, schlug Theo vor. »So wie sich Carnacki nannte. Das kann man sich leichter merken. Und nichts anderes ist dein SpukiBuki doch: ein Geisterfinder.«

»Hm«, machte Harold und ließ seinen Blick über die blinkenden Lämpchen und die tastenden Fühler des Geräts schweifen. Ein Lächeln breitete sich auf seinem Gesicht aus. »Geisterfinder ... Ja, warum nicht. Gefällt mir. Und man kann es sich wirklich besser merken. Oder vielleicht SuperGeister-Finder oder GeisterFinderExtraordinär? SuGeFi ... GeFiEx ...«

Theo neben ihm rollte mit den Augen und seufzte. »Der ist nicht mehr zu retten.«

»Och, gib nicht auf, Theo«, warf Lucius ein. Dann grinste er frech. *Wenn es jemandem gelingt, Harold am Boden zu halten, dann dir.*

Harold schien ihm seine Gedanken an der Nasenspitze anzusehen. Er warf Lucius einen bösen Blick durch seine Brillengläser zu. »Mann, hör endlich auf damit. Dir erzähle ich nie wieder was.«

»Worum geht es hier eigentlich?«, wollte Theo verständnislos wissen.

»Nichts«, sagte Harold entschieden – und ein bisschen verschämt.

Lucius bekam wieder ein schlechtes Gewissen. Vielleicht übertrieb er es wirklich. Immerhin hatte Harold ihm ganz im Vertrauen verraten, dass er nicht den Mumm gehabt hatte, Theo zur Mumienauswicklung einzuladen, weil er ... Nun ja, den wahren Grund hatte er eigentlich gar nicht ausgesprochen, aber Lucius ahnte schon, warum er in Gegenwart des Mädchens so schüchtern war. Doch solange Harold nichts sagen wollte, durfte Lucius das eigentlich auch nicht.

»Wenn du trotz deiner Gaben keinen Durchblick hast, Theo, ist es vielleicht besser, wenn ich auch still bin«, meinte er daher und biss erneut herzhaft in sein Sandwich.

Theo sah zu Sebastian hinüber. »Und was hast du damit zu tun?«, fragte sie kritisch.

»Ich?« Der blonde Junge sah sie entgeistert an. »Ich bin völlig unschuldig. Ich weiß selbst nicht, worauf Harold und Lucius da ständig anspielen. Was ich, nebenbei bemerkt, übrigens für eine Frechheit halte: Da lässt man euch einmal alleine zu einer Mumienauswicklung, und schon habt ihr Geheimnisse vor uns?« Er bedachte die anderen zwei Jungs mit einem tadelnden Blick.

»Könnten wir uns vielleicht wieder unserer Mission widmen?«, bat Harold. Ein Themenwechsel schien ihm die einzige Rettung zu sein. »Dieses Rätsel löst sich nicht von alleine.«

»Harold hat recht«, meinte Lucius. Er wollte die Wogen zwischen ihnen wieder glätten. »Wie gehen wir jetzt weiter vor? Besuchen wir die Adressen, die wir im Archiv der *Times* aus den Artikeln von Blythe herausgeschrieben haben?«

»Was sollten wir sonst machen?«, hielt Sebastian dagegen. »Wenn wir irgendwo Spuren finden, dann dort, wo der Geist zugeschlagen hat.«

»Oder die Geister«, warf Theo ein. »Es könnten auch mehrere sein.«

»Stimmt. Aber auch das sollten wir doch jetzt herausfinden können, oder nicht?«

Theo zuckte etwas unsicher mit den Achseln. »Bei Carnacki ging alles so schnell. Ich hoffe, dass ich mir alles richtig gemerkt habe, was er mir beigebracht hat.«

Aufmunternd legte Lucius ihr die Hand auf die Schulter. »Das wird schon klappen. Du konntest doch schon früher Magie spüren. Du brauchst Carnackis Worte der Macht nicht.«

»Na ja, der hatte schon ein bisschen mehr Ahnung als ich.«

»Der ist ja auch älter. Wart's nur ab. In zehn Jahren steckst du alle Carnackis und Piotrowskas dieser Welt in die Tasche.«

»In zehn Jahren?« Entsetzt sah Theo ihn an. »Da bin ich ja schon uralt!«

Lucius grinste. »Dann streng dich besser an. Vielleicht klappt's in fünf.«

Sie entschieden, zunächst zum Haus von Professor Brimblewood zu fahren, denn dort waren Lucius und Harold persönlich Augenzeugen des Spuks geworden. Bei Tag erkannte Lucius erst, wie riesig der benachbarte Hyde Park eigentlich war. Bis zum westlichen Horizont erstreckte sich das Grün aus Wiesen, Büschen und Bäumen.

Der Hyde Park war ein beliebtes Ausflugsziel der Londoner. Harolds Vater hatte Lucius erzählt, dass vor fast einem halben Jahrhundert hier die allererste Weltausstellung stattgefunden hatte. Unzählige Länder hatten ihre neusten technischen Errungenschaften präsentiert. Zu dieser Zeit hatte ein gewaltiger Kristallpalast mitten im Park gestanden, ein prunkvolles Glashaus von fast zweitausend Fuß Breite. Mittlerweile stand der Palast in einem Stadtbezirk ganz im Süden von London. Lucius bedauerte das. Er hätte dieses riesenhafte Glasgebäude gerne gesehen.

Sie spazierten bis zum Eingang von Brimblewoods Haus. Dann drehte Lucius sich um und versuchte, die Stelle wiederzufinden, wo sie gestern Nacht die Erscheinung gesehen hatten. »Es war dort drüben ungefähr, oder?«, fragte er Harold und deutete zwischen die Bäume.

»Ja, glaube ich auch.«

»Dann sollten wir dort unsere Nachforschungen beginnen.«

Sie überquerten die Straße und betraten den Rasen. Harold zog seinen übervollen Überlebensrucksack vom Rücken und packte seinen kleinen Geisterfinder aus. Er justierte an den Kontrollen und hob das Gerät. »Dann wollen wir mal sehen«, murmelte der Junge mit der Nickelbrille und schwenkte den Apparat vor sich in der Luft hin und her. Als das kein direktes Ergebnis erbrachte, begann er, langsam über den Rasen zu marschieren.

»Möchtest du nicht auch etwas tun?«, fragte Sebastian

Theo. »Die Gegend erspüren, oder wie Carnacki das genannt hat?«

Zweifelnd sah das Mädchen sich um. In einiger Entfernung schob eine Mutter einen Kinderwagen über einen der Wege, die kreuz und quer durch den Hyde Park führten. Zwei ältere Herren in Hut und Mantel schlenderten ihr entgegen. Vögel zwitscherten in den Büschen. Irgendwo kläffte ein kleiner Hund. Das Einzige, was in dieser friedlichen Szenerie noch fehlte, war ein Liebespaar, das mit einem Picknickkorb auf dem Rasen saß – und das fand sich vermutlich nur deshalb nicht, weil die Wolkendecke über ihren Köpfen immer dichter wurde und für den frühen Abend Regen verhieß.

»Ich weiß nicht, ob ich hier irgendwelche Geisterspuren finde«, meinte Theo. »Der Park fühlt sich überhaupt nicht so an, als gäbe es dort Geister.«

»Oh, da liegst du aber völlig falsch«, warf Harold ein. »Hier dürfte es mehr Gespenster geben, als an den meisten anderen Orten von London.«

»Wieso das denn?«, fragte Theo.

Der junge Erfinder drehte sich zu ihr um und schob die Brille auf der Nase nach oben. »Weil an kaum einem Ort mehr Menschen einen gewaltsamen Tod gestorben sind. Oder wusstest du etwa nicht, dass sich vor hundert Jahren die Leute, die sich der Ehre wegen duellieren wollten, gerne im Hyde Park getroffen haben? Hier hat so manchen eine Degenspitze oder eine Pistolenkugel erwischt, nachdem er einen anderen beleidigt hatte. Außerdem war der Hyde Park über fünfhundert Jahre lang eine Hinrichtungsstätte. Im Nordosten – gar nicht weit von hier, am westlichen Ende der Oxford Street – stand ein Dreiecksgalgen, wo man bis zu vierundzwanzig Leute gleichzeitig aufhängen konnte. Du glaubst gar nicht, wie viele Gefangene dort grausam aus dem Leben ...«

»Schon gut!«, erwiderte Theo und schüttelte sich. »Du brauchst das nicht in allen Einzelheiten zu schildern.«

Betroffen riss Harold die Augen auf. »Tut mir leid, Theo. Ich wollte nicht ...«

Doch sie ließ ihn gar nicht zu Wort kommen. »Ich habe schon verstanden, dass wir auf einem echten Totenacker stehen. Was es nicht gerade besser macht. Denn wir suchen ja einen bestimmten Geist, und wenn ich nun die Geister all der Unglücklichen spüre, die in den vielen Jahren hier umgekommen sind, haben wir gar nichts gewonnen.«

Sie ließ sich auf einer Parkbank nieder und zog die Beine an den Körper, bis sie im Schneidersitz saß. »Vielleicht haben wir Glück«, hoffte sie, »und die ganzen toten Verbrecher spuken lieber in der Gegend herum, wo der Galgen früher stand. Und jetzt geh mir mit deinem Blinkapparat aus dem Weg, sonst kann ich mich nicht konzentrieren.«

Mit eingezogenem Kopf schlich Harold ein paar Schritte weiter.

Theo schloss die Augen und atmete tief ein und aus. Langsam wurde sie ruhiger.

»Junge, Junge«, flüsterte Sebastian Lucius zu und rollte mit den Augen. »Zwischen denen beiden sprühen ja Funken!«

Lucius zwinkerte dem Freund zu. »Das hätte Harold gerne, dass es ein bisschen funkt.«

Sebastian stutzte. »Was sollen eigentlich immer diese Andeutungen?«, wollte er nun wissen.

Lucius zögerte. Gerade eben hatte er noch darüber nachgedacht, besser nichts über Harolds kleines Geheimnis auszuplaudern. Aber Sebastian konnte er doch einweihen, oder?

Der beugte sich unterdessen verschwörerisch vor. »Los, rede endlich«, raunte er, »sonst werde ich dich nach *meinem* Tod als Geist heimsuchen, das schwöre ich dir.«

Vorsichtig sah Lucius sich um. Harold und Theo schienen voll und ganz mit ihrer Geistersuche beschäftigt. Sollte er wirklich? Es fühlte sich wie ein Verrat an Harold an. Aber wenn er nichts sagte, hatte er Geheimnisse vor Sebastian, was er auch nicht wollte. Eine echte Zwickmühle.

Ach verflixt, was soll's!, dachte Lucius. *Lange kann Harold das eh nicht verbergen.* »Also schön. Aber verrat bloß nicht, dass ich dir was gesagt habe.«

Sebastian hob die rechte Hand. »Buschmann-Ehrenwort.«

Lucius machte ein verschmitztes Gesicht. »Ich glaube, unser guter Harold hat sich ganz ordentlich in Theo verguckt.«

»*Was?*«, entfuhr es Sebastian lautstark.

»Was ›was‹?« Irritiert blickte Harold von seinem Geisterfinder auf und zu ihnen herüber.

»Was ›was was‹?«, hielt Sebastian rasch dagegen.

»Du hast ›Was‹ gesagt.«

»Du auch.«

»Was?«

»Siehst du! Schon wieder.«

Theo stöhnte. »Sich auf eine Umgebung einzustellen, während ihr in der Nähe seid, ist echt schwierig.«

»Entschuldige«, sagte Sebastian.

»Verzeihung«, sagte Harold.

»Vergesst es.« Sie erhob sich wieder von der Bank. »Ich spüre hier nichts Übernatürliches. Der Park ist so normal, wie ein Park nur sein kann.«

Harold senkte seinen Geisterfinder. »Das Ektometer schlägt auch nicht an. Vielleicht haben sich alle Spuren schon verflüchtigt. Wer weiß, ob das Gerät überhaupt im Freien funktioniert.«

»Also versuchen wir uns als Nächstes an Professor Brimblewoods Wohnstube«, entschied Lucius.

Als die Freunde zurück zur Straße liefen, warf Sebastian ihm verstohlen einen amüsierten Seitenblick zu. *Verguckt?*, formten seine Lippen lautlos.

Lucius nickte unmerklich und grinste kurz. Doch ganz konnte er das schlechte Gewissen nicht verdrängen. *Hoffentlich verplappert Sebastian sich nicht,* ging es ihm durch den Kopf, als sie die Straße überquerten, *sonst wird Harold stinksauer sein.* Rasch richtete er den Blick nach vorne, um sich auf ihre Aufgabe zu konzentrieren.

Sie stiegen die Stufen zum Haus des Gelehrten hinauf und klopften an die schwere Holztür. »Ich hoffe, der Professor erzählt meinem Vater nichts von unserem Besuch«, murmelte

Harold. »Wenn der wüsste, dass ich Geister jage, würde er mich zum Arzt schicken, um zu schauen, ob ich krank bin.«

»Keine Sorge«, sagte Lucius. »Ich lenke ihn von dir ab.«

Die Tür öffnete sich und Archie, der Automatenbutler des Professors, stand vor ihnen. »Guten Tag, junge Herrschaften«, begrüßte er sie höflich. »Was kann ich für Sie tun?« Anders als viele Butler aus Fleisch und Blut hegten Automaten in der Regel keine Vorurteile oder Abneigungen gegenüber Kindern, ein Umstand, den Lucius außerordentlich zu schätzen wusste.

»Guten Tag«, erwiderte Lucius. »Ist Professor Brimblewood zu sprechen?«

»Tut mir leid, der Professor befindet sich derzeit an der Universität«, gab Archie Auskunft. »Er wird erst zum Abendessen zurückerwartet. Kann ich noch etwas für Sie tun?«

Der Automatenmann war wirklich höflich.

Lucius' Gedanken rasten. Brimblewoods Abwesenheit war nur auf den ersten Blick ein Problem. Eigentlich war sie gar nicht so schlecht. Vielleicht gelang es ihnen, den Schauplatz des Spuks zu untersuchen, ohne dass irgendwelche lästigen Erwachsenen unangenehme Fragen stellten. Wenn er, Lucius, es nur geschickt genug anstellte.

»Mein Name ist Lucius Adler«, fuhr er nach kurzem Nachdenken fort. »Ich war gestern bei der Mumienauswicklung zu Gast, du erinnerst dich bestimmt.«

Die künstlichen Augen des Automatenmanns surrten kurz, als sie Lucius genauer studierten. »Ja, Ihr Erscheinungsbild ist in meinem Speicher vorhanden. Sie haben Professor Cavor begleitet, gemeinsam mit diesem jungen Mann.« Er deutete auf Harold.

»Richtig«, bestätigte Lucius schnell. »Und jetzt habe ich ein Problem. Ich hatte nämlich gestern eine Taschenuhr bei mir, ein Geschenk meiner Mutter. Dummerweise habe ich sie in dem Durcheinander um diese Geistererscheinung irgendwo verloren. Wurde sie zufällig gefunden?«

In der Brust des Butlers stampften kleine Kolben, und Zahnräder surrten. Er schüttelte den Blechschädel. »Es tut mir leid, Mister Adler, aber ich habe keine Taschenuhr gesehen.«

»Dürfte ich vielleicht hereinkommen und in der Wohnstube danach suchen?« Lucius deutete an Archie vorbei ins Innere. »Die Uhr ist die einzige Erinnerung an meine Mutter, die ich noch habe. Sie bedeutet mir sehr viel.« Er sah den Automatenmann mit seinem besten Hundewelpenblick an, auch wenn er nicht genau wusste, ob Maschinen darauf reagierten.

Ob nun aus Höflichkeit oder weil es Lucius tatsächlich gelungen war, Archies metallenes Herz zu erweichen: Der Butler trat beiseite. »Natürlich, Mister Adler. Kommen Sie herein. Aber Sie werden hier keine Uhr finden. Ich habe alle Räume in der Nacht gründlich gereinigt und dabei keine Taschenuhr gesehen.«

»Die Hoffnung stirbt zuletzt, nicht wahr?« Lucius grinste den Butler an, dann schob er sich an ihm vorbei. »Das sind meine Freunde: Sebastian, Harold und Theo«, sagte er im Vorbeigehen. »Sie helfen mir beim Suchen.«

»Hallo«, sagte Sebastian.

»Äh, sehr erfreut«, sagte Harold.

»Guten Tag, Mister Archie«, sagte Theo.

Der Kopf des Automatenmanns ruckte hin und her. »Ojemine«, sagte er. »Bitte machen Sie keine Unordnung.« Er wirkte etwas überfordert.

»Keine Angst«, erwiderte Lucius. »Wir sind ganz vorsichtig.«

Sie begaben sich in die Wohnstube, wo am gestrigen Abend die Gesellschaft stattgefunden hatte. Tatsächlich entdeckten sie keinerlei Spuren der Feier mehr. Selbst die ägyptische Mumie in ihrer Holzkiste war verschwunden. Lucius wandte sich an Harold und Theo. »Ihr wisst, was zu tun ist«, sagte er mit bedeutungsschwangerem Blick. »Lasst uns ... meine Uhr finden.«

Harold nickte bestätigend. »Das haben wir gleich.« Er hob den Geisterfinder.

»Was ist das?«, fragte Archie, der ihnen hinterhergestakst war.

»Ein Metalldetektor«, sagte Lucius. Die Lüge ging ihm glatt über die Lippen. »Den hat Professor Cavor erfunden. Er baut Automaten, musst du wissen. Und manchmal verliert er Teile. Kleine Zahnräder, Spezialschrauben, solche Dinge eben. Um sie schneller wiederzufinden, ist das Ding Gold wert. Also wenn es dir nichts ausmachen würde, tritt bitte einen Schritt zurück. Deine ganze Technik stört sonst leider die Fühler des Gerätes.«

»Oh, natürlich. Ich bin in der Küche. Wenn die jungen Herrschaften etwas benötigen sollten, rufen Sie mich bitte.« Mit diesen Worten drehte Archie sich um und ging davon.

Sebastian schüttelte grinsend den Kopf. »Sie sind so gutgläubig. Ich frage mich, was passieren würde, falls diese Automaten eines Tages bemerkten, dass wir sie ständig an der Nase herumführen.«

»Sie würden wütend sein, und das zu Recht«, warf Harold ein, der mit seinem Geisterfinder durch den Raum schritt. »Aber so weit kommt es nicht. Darauf sind sie gar nicht programmiert.«

»He, ich wollte uns nur freies Feld verschaffen«, verteidigte sich Lucius. »Mit einer winzigen Notlüge. Davon geht die Welt nicht unter.«

Während Sebastian und Lucius vorgaben, unter Sesseln und hinter Schränken nach Lucius' verlorener Uhr zu suchen, setzte Theo sich im Schneidersitz auf den Teppich und versuchte erneut, die Anwesenheit von etwas Übernatürlichem zu erspüren. Dabei murmelte sie leise in einer fremden Sprache vor sich hin. Auch Harold murmelte, aber er schien ein Selbstgespräch zu führen, in dem es darum ging, ob das blöde Ektometer überhaupt funktionierte oder nicht.

Lucius begab sich in den Nachbarraum, wo das Dienstmädchen die unheimliche Begegnung gehabt hatte. Erneut ließ er den Blick schweifen, suchte nach einem Hinweis, der ihnen beim Lüften dieses Rätsels helfen würde. Doch Archie hatte tadellose Arbeit geleistet. Nicht einmal mehr ein winziger Splitter von den heruntergefallenen Gläsern fand sich auf dem Boden.

»Archie?«, vernahm Lucius plötzlich eine herrische Stimme aus dem ersten Stock.

Durch die Türöffnung sah Lucius, wie der Automatenmann auf der anderen Korridorseite aus der Küche trat. »Ja, Lady Brimblewood?«

Energische Schritte wurden im Obergeschoss laut, dann kam jemand halb die Treppe hinunter. »Archie, ich bin verwirrt«, sagte die Dame des Hauses.

»Weswegen, Lady Brimblewood? Habe ich etwas falsch gemacht?« Der Butler klang tatsächlich besorgt.

Lucius schob sich neben der Tür außer Sicht und lauschte. Eigentlich gehörte sich das nicht, aber sie untersuchten gerade einen Fall, und alle Dinge, die verwirrend erschienen, mochten damit in Zusammenhang stehen.

»Sag du mir, ob du etwas falsch gemacht hast, Archie«, erwiderte Mrs Brimblewood. »Ich suche mein Diamantencollier. Ich will es heute Abend im Theater tragen. Aber ich finde es nicht. Hast du es noch nicht vom Juwelier abgeholt, wie ich es dir aufgetragen habe?«

»Natürlich habe ich Ihren frisch gereinigten Schmuck abgeholt«, sagte der Automatenbutler. »Ich war gestern Vormittag bei Mister Harding.«

»Hast du die Sachen dann noch nicht in meine Schmuckkästchen einsortiert?«, wollte Mrs Brimblewood wissen. »Oder hast du sie falsch abgelegt?«

»Nein, Lady Brimblewood. Ich erledige meine Arbeit stets ausgesprochen sorgfältig.«

»Wo ist dann mein Diamantencollier?« Die ältere Dame keifte nun regelrecht.

»Ich werde mich umgehend auf die Suche machen«, versicherte Archie, »sobald ich unsere jungen Gäste hinauskomplimentiert habe.«

»Gäste? Was für Gäste?« Weitere Schritte waren zu hören, als Mrs Brimblewood ganz die Treppe hinunterkam.

Rasch eilte Lucius in die Wohnstube zurück. »Harold, hast du eine Taschenuhr?«

Der schmächtige Junge sah von seinem Geisterfinder auf, der einmal mehr keinerlei Ausschlag zeigte. »Ja, warum?«

»Schnell, her damit.« Auffordernd streckte Lucius die Hand aus.

Harold nestelte in seiner Hosentasche herum und zog die Uhr hervor. Rasch löste Lucius sie von ihrem silbernen Kettchen und nahm sie an sich.

Im nächsten Moment rauschte Mrs Brimblewood in den Raum, eine korpulente Dame in bodenlangem, dunklem Kleid. »Was um Himmels willen ist denn hier los?«

»Das ist Mister Lucius Adler«, stellte Archie, der ihr hastig gefolgt war, Lucius vor, bevor dieser einen Ton sagen konnte. »Er war gestern zu Gast. Sie erinnern sich gewiss.«

»Gewiss.« Sie klang nicht so, als erinnere sie sich wirklich. Lucius dagegen erinnerte sich noch sehr gut daran, dass sie gestern viel Zeit in der Nähe der Fruchtbowleschale verbracht hatte – in der dem Geruch nach genug Alkohol gewesen war, um einen gestandenen Seemann betrunken zu machen.

»Er sagte, er habe seine Taschenuhr bei dem Zwischenfall mit dem Dienstmädchen verloren«, fuhr Archie derweil fort.

»Aber ich habe sie wiedergefunden«, behauptete Lucius stolz und hob Harolds Uhr hoch. »Sie klemmte zwischen zwei Sitzkissen. Keine Ahnung, wie sie dort hingekommen ist. Also ist alles gut. Vielen Dank, dass ich danach suchen durfte. Kommt, Freunde.« Er winkte den anderen auffordernd zu. »Guten Tag, Madame.«

»Guten ... äh ... Tag.« Verwirrt blickte die Herrin des Hauses den Kindern nach, als sie unter artigen Verabschiedungen aus der Wohnstube verschwanden.

Archie brachte die Freunde noch zur Tür. »Es freut mich, dass Sie Ihre Uhr wiederhaben«, sagte er. »Dennoch kann ich mir nach wie vor nicht erklären, wie ich sie übersehen konnte.«

»Niemand ist vollkommen«, gab Lucius leichthin zurück. »Vielleicht solltest du mal deine Optik überprüfen lassen.«

Dem Automatenmann schien die Vorstellung, dass er defekt sein könnte, überhaupt nicht zu behagen. »Möglicherweise sollte ich wirklich eine Werkstatt aufsuchen. Mir scheinen in letzter Zeit *einige* Fehler zu unterlaufen. Ojemine.«

»Auf Wiedersehen, Archie«, sagte Lucius, doch der mechanische Butler schloss bereits mit sehr besorgter Miene die Tür.

»Und?«, fragte Lucius Harold und Theo, als sie zurück auf die Straße traten. »Erfolg gehabt?«

Beide schüttelten den Kopf. »Entweder ist das Ektometer von Mister Carnacki ein großer Schwindel«, sagte Harold niedergeschlagen, »oder Archie hat bei seiner Putzorgie auch alle Ektoplasma-Spuren aufgewischt.«

»Ich habe wieder nichts gespürt«, fügte Theo hinzu.

»Also haben auch Carnackis Worte der Macht versagt?«, fragte Sebastian. »Das wirft kein gutes Licht auf den Knaben. Womöglich sind wir doch einem Schwindler aufgesessen.«

»Das glaube ich nicht«, erwiderte Theo. »Madame Piotrowska ist keine Schwindlerin. Sie hätte uns Carnacki nicht empfohlen, wenn sie ihm nicht vertrauen würde. Nein, vermutlich habe ich einfach etwas falsch gemacht. Aber wir haben doch noch eine zweite vielversprechende Adresse – also abgesehen von diesen Sichtungen auf der Straße und am Themseufer. Versuchen wir dort noch einmal unser Glück. Das schaffen wir noch vor dem Abendessen.«

»Ja, das sollten wir wohl«, sagte Lucius, auch wenn sein Eifer bereits einen merklichen Dämpfer erfahren hatte. »Außerdem habe ich mir überlegt, dass wir vielleicht morgen der ägyptischen Abteilung an der Universität einen Besuch abstatten könnten. Mir ist wieder diese Geschichte mit dem Fluch des Pharao eingefallen, die Farnsworth uns erzählt hat, Harold. Wir sollten mit jemandem sprechen, der uns sagen kann, ob so ein Fluch wirklich einen Geist heraufbeschwört.«

»Fragen wir doch einfach Professor Brimblewood«, schlug Sebastian vor und deutete die Straße hinunter. »Dort kommt er nämlich gerade.«

»Ganz schön früh«, fand Harold.

»Vielleicht hat er heute eher Feierabend gemacht«, meinte Lucius und grinste. *Er hat gestern ja auch viel Fruchtbowle getrunken.*

»Huch, was ist denn das für ein Auflauf vor meinem Haus?«, wunderte sich der gemütliche Wissenschaftler.

Lucius hielt erneut Harolds Taschenuhr hoch und erzählte einmal mehr seine erfundene Geschichte. Dann ergriff er die Gelegenheit beim Schopf. »Sagen Sie, Professor, was ist eigentlich mit der Mumie passiert?«

»Oh, ich habe sie mit an die Universität genommen«, gab Brimblewood zurück. »Ich will noch ein paar Studenten damit beschäftigen, bevor wir den Rest des Körpers verbrennen.«

»Sie verbrennen die Reste?«, wiederholte Lucius verdutzt. »Sind diese Mumien keine wertvollen archäologischen Funde?«

Brimblewood winkte ab. »Nicht die von unwichtigen Beamten. Die Überreste von Königen würden wir natürlich bewahren. Aber Mantuhotep war niemand Besonderes, Priestersohn hin oder her.«

»Ich bitte um Verzeihung, Sir«, mischte Harold sich ein, »aber könnte das, was Sie machen, nicht den Zorn von Mantuhotep hervorrufen? Könnten wir nicht vom Fluch der Mumie getroffen werden?«

Überrascht sah der Professor den Jungen an. »Vom Fluch ...?«

»Na ja, Sie wissen doch, was gestern passierte«, fuhr Lucius fort. »Da war plötzlich dieser Geist, der dem Dienstmädchen erschien.«

Einen Moment lang starrte Brimblewood sie alle bloß an. Dann fing er schallend an zu lachen. »Du meine Güte, da hat der alte Farnsworth aber was angerichtet. Hat er etwa auch euch vom Fluch der Mumie erzählt?« Der Professor schüttelte schmunzelnd den Kopf. »Er hat damit die Hälfte aller Gäste erschreckt.«

»Aber die Geistererscheinung«, beharrte Harold.

Brimblewood wurde ernst. »Mein lieber Junge, was immer der guten Emma widerfahren ist, sie hat ganz bestimmt keinen Geist gesehen. Und selbst wenn ihr ein Geist begegnet wäre, dann hätte es sich eher um meine selige Großmutter Augusta gehandelt, die in diesem Haus nach einem langen, erfüllten Leben verstarb, als um Mantuhotep. Ich beschäftige mich nun schon seit vierzig Jahren mit altägyptischen Schriften, und nie ist mir ein Fluch untergekommen, der Geister heraufbeschworen hätte. Manchmal wird der Zorn der Götter erwähnt oder gemeinen Grabräubern ein tödliches Leiden in Aussicht gestellt, aber das ist alles Geschwätz. Spukgestalten, wie sie in unseren Breiten durch alte Sagen und neue Trivialromane bekannt sind, gab es im alten Ägypten doch gar nicht. Und jetzt entschuldigt mich. Ich fürchte, auf mich wartet heute Abend noch ein gähnend langweiliger Theaterbesuch.«

Die Freunde verabschiedeten sich von dem Professor. Als sie die Straße hinunter zur nächsten Sammelstelle für Mietdroschken gingen, seufzte Lucius. »Nun ja, das war wohl ein Reinfall.«

»Nicht ganz«, bemerkte Harold.

Fragend sah Lucius den schmächtigen Jungen an.

Der hob triumphierend den Finger. »Zumindest wissen wir jetzt, dass wir nicht Mantuhotep jagen. Und das finde ich sehr beruhigend, denn diese Mumie gestern war verdammt unheimlich.«

In diesem Punkt musste Lucius ihm sogar recht geben.

KAPITEL 6:

Der Besuch der alten Lady

Dunkle Regenwolken zogen über den Himmel von London. Ein für die Jahreszeit ungewöhnlich kalter Wind war aufgekommen und wehte nun durch die Straßen und Gassen. In der Ferne donnerte es bereits, und die Bürgersteige der altehrwürdigen Metropole an der Themse leerten sich rasch.

Lucius sah aus dem Inneren der Dampfdroschke ins ungemütliche Freie und schüttelte den Kopf. »Eine alte Dame?«, fragte er nicht zum ersten Mal. »Was interessiert einen Geist denn an einer alten Dame?«

»Du siehst das falsch«, fand Sebastian. Der Abenteurersohn saß ihm gegenüber und lächelte grimmig. »Der Geist interessiert sich nicht für die Leute, bei denen er spukt. Es geht ihm allein um das Spuken an sich. Der sucht sich seine Opfer nicht gezielt aus, oder so. Der spukt einfach.«

Da mochte etwas dran sein. Trotzdem kam es Lucius komisch vor, wenngleich er sich die Ursache seiner wachsenden Skepsis nicht erklären konnte.

Die vier Freunde aus dem Rabennest waren unterwegs zu einer gewissen Lady Gwendolyn Armstrong. Diese war Witwe und lebte vom Erbe ihres verstorbenen Gatten, eines berühmten Armeegenerals. Und sie lebte nicht schlecht, wie es hieß: Ihr Haus lag in einem der besseren Viertel Londons und war angeblich älter und prunkvoller als so manches andere. Vor knapp einer Woche hatte sich Mrs Armstrong bei den Polizisten von Scotland Yard gemeldet und gesagt, bei ihr zu Hause gehe es nicht mit rechten Dingen zu. Der Yard hatte ihren Schilderungen keinen Glauben geschenkt, woraufhin Lady Armstrong sich an die Zeitung wandte. Und Samuel Blythe nahm ihre Geschichte nur zu gern zu Protokoll, gab sie ihm doch das Futter, das er brauchte, um einen weiteren seiner Räuberpistolenartikel zu verfassen. Als sie im Archiv der *Times* gewesen waren, hatte Lucius diesen Text selbst gelesen. Und schon dort hatte er sich gewundert. »Eine alte Dame« klang nicht gerade spannend. Sollte ein Geist sich nicht lohnenswertere Ziele suchen? Aber vielleicht hatte Sebastian ja recht: Vielleicht dachte er einfach zu viel nach, und Geister handelten nicht logisch.

»Seht euch das an«, staunte Harold, als die Droschke ihr Ziel erreichte und hielt. »Leute, das ist ja ein kleiner Palast!«

Der junge Erfinder übertrieb nicht. Lucius machte große Augen, als er das Anwesen sah. Lady Armstrongs Haus war um ein Vielfaches größer als die Baker Street 221b und auch Mycrofts Club reichte an das Anwesen nicht heran. Die Fassade aus dunklem Backstein war reich an steinernen Verzierungen. Sie erinnerte fast an eine Kirche, und auch die hohen Fenster, hinter denen sich absolut nichts zu regen schien, unterstrichen diesen Eindruck. Auf ein offen stehendes Tor folgte ein gepflasterter Pfad durch einen Vorgarten, dann führten drei breite Stufen zum von grauen Säulen flankierten Eingang des Gebäudes, einer zweiflügeligen Tür aus edlem Holz. Ein geflochtenes Seil hing neben der Tür aus dem Mauerwerk hinab: die Glocke.

»Sollen wir?«, fragte Sebastian, als die Freunde ausgestiegen und vor die Tür getreten waren. Seine Hand verharrte vor dem Glockenseil.

Theo trat an ihm vorbei und zog kurzerhand an dem Seil. »Dafür sind wir hier.«

Ein Läuten erklang von jenseits der Schwelle, nicht sonderlich melodisch, aber wenigstens laut. Dann passierte lange nichts. Alles, was die Kinder hörten, waren das langsam näher kommende Sommergewitter, das den baldigen Abend einläuten wollte, und der Wind.

Ein wenig ratlos sah Sebastian zu Theo. »Noch ein Versuch?«

»Gib ihr Zeit«, verneinte das Mädchen. »Das Haus ist groß. Da braucht man schon mal ein wenig länger bis zur Tür.«

Nach einer geschlagenen weiteren Minute griff Sebastian abermals zum Seil. Er wollte gerade kräftig daran ziehen, als sich die Tür abrupt öffnete.

Ein Mann stand auf der Schwelle. Er war dünn wie eine Bohnenstange, hatte eine Glatze, eine spitze Nase im länglichen Gesicht und herabhängende Mundwinkel. Er trug die schwarze Livree eines Hausangestellten, und seiner strengen Miene nach zu urteilen, hielt er wenig von unangemeldetem Besuch. »Ja, bitte?«, fragte er kühl.

Sebastian war so verblüfft, dass er zweimal ansetzen musste. »Wir, äh, wir möchten zu Lady Armstrong.«

»Bedaure«, sagte der Butler mit einer Stimme voller Desinteresse. »Mylady empfängt heute niemanden. Erst recht nicht ohne Termin.«

»Es geht aber um den Geist!«, sagte Harold schnell.

Der Butler hob eine Braue. Kritisch betrachtete er die vier Freunde. »Verzeihung, junger Herr, aber ihr wirkt auf mich nicht gerade wie Mitarbeiter von Scotland Yard. Und einzig diese würde meine Herrin in besagter Angelegenheit noch empfangen.«

»Wir sind auch nicht vom Yard«, gab Theo zu. »Wir sind …«

Und Lucius hatte eine Idee. »Detektive!«, fiel er seiner Freundin ins Wort. Dann nickte er so fest, als müsse er sich selbst überzeugen. »Genau. Detektive sind wir. Und wir ermitteln in, äh, ja, in der besagten Angelegenheit. Also, wegen dem Geist.«

»Wegen des Geistes«, korrigierte ihn der Butler. Sein Blick war nicht länger kritisch, aber doch überrascht. »Detektive, ja? Seid ihr nicht auch dafür noch ein wenig jung?«

»Mister Holmes schickt uns«, behauptete Sebastian. »Um uns den Schauplatz des Spuks genau anzusehen.«

Lucius schmunzelte in sich hinein. Das war nicht einmal gelogen. Tatsächlich waren sie im Auftrag von Mycroft Holmes unterwegs – auch wenn der Butler vermutlich glaubte, sie meinten Sherlock. Aber er würde sich hüten, dieses Missverständnis aufzuklären, solange es ihren Zwecken diente.

Und das tat es!

»Mister Holmes?« Staunend riss der Glatzköpfige die Augen auf. »Na, das ändert selbstverständlich alles. Wenn der berühmte Meisterdetektiv sich dieser Sache annehmen will, wird Lady Armstrong ihn natürlich nach Kräften unterstützen. Bitte tretet ein.«

Er machte einen Schritt zur Seite und ließ die vier aus dem Rabennest ins Haus. Lucius hätte fast anerkennend gepfiffen, so sehr beeindruckte ihn die Einrichtung. Wohin er auch blickte, fand er marmorne Fußböden, goldene Klinken, dicke Teppiche und kristallene Kronleuchter. An den Wänden hingen todlangweilige Porträts uralter Menschen, die bestimmt ebenfalls todlangweilig gewesen waren. Die Luft roch muffig und verbraucht, und in dem Licht, das durch die hohen Fenster fiel, tanzten träge die Staubflocken.

»Mir nach, bitte sehr«, sagte der Butler. Ohne auf eine Antwort zu warten, trat er an den Freunden vorbei und ging die geschwungene Treppe zum ersten Obergeschoss hinauf.

Die vier Freunde folgten ihrem Führer.

Kaum auf der Treppe, zog Harold seinen Geisterfinder aus dem Rucksack. Er wollte das eigenartige Gerät schon einschalten, da bedeutete Sebastian ihm, noch etwas zu warten. Lucius verstand den Jungen gut: Sie durften ihr Glück nicht überstrapazieren. Der Butler hielt sie für Mitarbeiter von Sherlock Holmes. Ein blinkender Metallkasten, dessen Sinn sich dem Betrachter nicht gleich erschloss, mochte diesen Eindruck schnell zunichte machen. Harold seufzte leise, doch als auch Theo ihn warnend ansah, verstaute er seine Erfindung wieder artig in der Tasche.

Die Reise endete im ersten Stock. Vor einer weiteren dunklen Tür blieb der Butler stehen und klopfte drei Mal kurz. Dann öffnete er sie einen Spalt und steckte den Kopf hindurch. »Mylady, es sind Gäste eingetroffen. Mister Holmes aus der Baker Street hat sie geschickt.«

»Holmes?« Eine strenge, aber brüchige Stimme erklang aus dem Inneren des Zimmers. »Das wurde aber auch Zeit. Endlich nimmt uns jemand ernst, Rogers. Endlich!«

»Sie sagen es, Mylady. Dann lasse ich die Besucher also vor?«

»Unbedingt«, kam die Antwort. »Ich bitte darum.«

Rogers, der Butler, öffnete die Tür nun ganz. Dahinter lag ein kleines, aber protziges Kaminzimmer. Lucius sah holzverkleidete Wände, hohe Bücherregale, große Sessel und Stühle. In einem der Sessel, eine dicke Decke über dem Schoß, saß Lady Armstrong und streichelte eine fette graue Katze. Sie war eine alte Frau, bestimmt weit über achtzig. Ihr Haar war schneeweiß, ihre Züge faltig. Die Hände auf der Decke waren knotig und zitterten immer leicht. Doch obwohl sie ganz offensichtlich gebrechlich war, brannte ein tatkräftiges Feuer in dieser Frau – auch das sah Lucius auf den ersten Blick. Lady Armstrong mochte alt sein, aber sie war nicht schwach.

»Lady Gwendolyn Amalia Armstrong«, sagte Rogers so nüchtern, als stelle er seiner Dienstherrin jeden Tag eine andere Gruppe dahergelaufener Kinder vor. »Dies sind ... äh ...«

Erst jetzt bemerkte er, dass er seine Gäste nie nach deren Namen gefragt hatte.

»Sebastian Quatermain«, kam Sebastian ihm zu Hilfe. Er sah zu Lady Armstrong und nickte respektvoll. »Und meine Kollegen Harold Cavor, Lucius Adler und Theodosia Paddington.«

»Paddington«, wiederholte die Alte. Sie winkte die Freunde zu sich. »Ich kannte mal einen Paddington. Besser gesagt, kannte mein seliger Gatte Geoffrey ihn. Einen Jungspund aus der Armee. Aber das ist lange her.«

Kaum waren Lucius und seine Begleiter näher gekommen, verließ Rogers den Raum und schloss die Tür hinter sich.

»Colonel Paddington ist mein Vater«, erklärte Theo freundlich. Dabei deutete sie sogar einen Knicks an, was sonst gar nicht ihre Art war.

»Ach, wie schön!« Lady Armstrong freute sich sichtlich, einem Sprössling des Colonels zu begegnen. »Sei so nett und grüße ihn von mir, ja?«

Theo nickte. »Selbstverständlich.« Dann breitete sie die Arme aus. »Und hier hat der Geist also zugeschlagen, hm?«

Beinahe hätte Lucius gelacht. Er wusste, dass Theo sich nicht für die Armeegeschichten ihres Vaters interessierte. Deswegen wohl auch der schnelle Themenwechsel. *Gut gemacht*, lobte er sie in Gedanken.

»Ganz genau«, antwortete die alte Lady. Sie streichelte die Katze nun ein wenig schneller. Die Erinnerung schien sie nervös zu machen. »In diesem Zimmer habe ich ihn gesehen.

Oh, es war wirklich ein Grauen. Nicht wahr, Cleopatra? Ganz entsetzlich war es.«

Die Katze Cleopatra gähnte herzhaft und ließ ihre Herrin einfach reden.

»Gesehen?« Harold runzelte die Stirn. Abermals nestelte er an seinem Rucksack herum. »Er hat sich Ihnen also richtig *gezeigt*?«

»Na, wie würdest du das nennen, wenn plötzlich die goldene Taschenuhr deines verstorbenen Gatten in der Luft schwebt?« Lady Armstrong hob die Hand und deutete vor sich. »Da, direkt vor dem Kamin. Ich sah es so deutlich, wie ich euch vor mir sehe: Die Uhr stieg von ihrem angestammten Platz auf dem Kaminsims auf und schwebte quer durch das Zimmer!«

Mit dem Geisterfinder in beiden Händen trat Harold auf die gemauerte Feuerstelle zu. Dann sah er zu seinen Lämpchen, die kein bisschen leuchteten. Auch die fühlerartigen Hebel am Kopfende des Metallkastens rührten sich nicht. »Eigenartig«, murmelte er.

»Haben Sie gesehen, wohin die Uhr flog?«, fragte Sebastian derweil.

Die Lady schnaubte. »Selbstverständlich«, antwortete sie. »Zur Tür hinaus, dort in den Korridor.«

Theo legte den Kopf leicht schräg. »Und dann?«

»Nichts dann«, sagte ihre Gastgeberin ein wenig unwirsch. »Dann rief ich natürlich nach Rogers. Die arme Seele hatte sich bereits für die Nacht zurückgezogen. Mit meinem panischen Gezeter habe ich ihn buchstäblich aus dem Bett geworfen.«

Harold drehte sich um. Den Blick auf seinen metallenen Kasten gerichtet, ging er nun langsamen Schrittes durchs Kaminzimmer und auf die Tür zu. Noch immer schlug das Gerät nicht aus.

»Und die Uhr?«, fragte Lucius.

»Die Uhr, die Uhr.« Lady Armstrong stand auf und winkte unwirsch ab. »Ein Erbstück von unschätzbarem Wert, aber wen kümmert das jetzt noch, frage ich dich. Es geht hier nicht um die Uhr, es geht um den Geist. *Es spukt in meinem Haus!*«

»Sicher?«, murmelte Harold. Zweifelnd sah er auf seinen Geisterfinder, der anderer Meinung als die alte Dame zu sein schien – falls er korrekt funktionierte.

»Erlauben Sie mir ein Experiment, Mylady?«, fragte Theo, just als die Alte auf Harolds eigenartige Maschine eingehen wollte.

Lady Armstrong ließ den Arm, den sie in Richtung des Geisterfinders erhoben hatte, wieder sinken. »Ein Experiment? In meiner Wohnstube?«, erkundigte sie sich so perplex, als habe Theo von jonglierenden weißen Pudeln gesprochen.

»Ein Spiritistisches«, sagte das Mädchen. Genau wie zuvor im Park setzte sie sich auf den Fußboden, zog die Beine unter den Körper, straffte die Schultern und legte die Hände auf den Knien ab. »Ich will versuchen, eine Art Echo von Ihrem Geist zu erfühlen. Dafür brauche ich allerdings vollkommene Ruhe.« Der letzte Satz hatte vor allem Harold gegolten, dessen Metallkasten die ganze Zeit leise vor sich hin surrte. Schnell schaltete Harold ihn ab.

»Spiritismus?« Lady Armstrong ließ sich wieder in ihren Kaminsessel sinken. »Ich wusste gar nicht, dass sich Mister Sherlock Holmes auch auf diesem Gebiet versteht. Aber nur zu, junge Dame. Wie könnte ich einer Paddington einen Wunsch abschlagen?«

Lucius, Sebastian und Harold traten an den Kamin. Schweigend sahen sie zu, wie ihre Freundin die Augen schloss und mehrfach tief durchatmete.

Mal sehen, ob es jetzt klappt, dachte Lucius.

Diesmal war es irgendwie anders als im Park und im Wohnzimmer von Professor Brimblewood. Theo schien sich besser konzentrieren zu können, schien das, was Carnacki ihr beigebracht hatte, endlich anwenden zu können. Sekunden vergingen und wurden zu Minuten. Theo saß kerzengerade da. Leise, fremdartige Worte kamen ihr über die Lippen. Ansonsten rührte sie keinen Muskel. Sie schlief nicht. Doch sie war auch nicht wach, oder? Sie war ... irgendwo dazwischen.

In Trance! So heißt das.

Atemlos wartete Lucius ab. Er sah Harold an, der das Mädchen gebannt anblickte. Dann sah er zu Sebastian, der ernst nickte. Und Lady Armstrong in ihrem Sessel saß schweigend daneben, das Gesicht so ausdruckslos wie eine Sphinx.

Weitere Minuten folgten. Erste Schweißperlen erschienen auf Theos Stirn. Die Lider des Mädchens zuckten vor Anstrengung, dann folgten die schmalen Schultern ihrem

Beispiel. Doch Theos Atem ging ruhig und gleichmäßig, und sie wiederholte immer wieder die gleichen Worte, Worte der Macht, die Carnacki ihr beigebracht hatte.

Dann begann Cleopatra zu fauchen! Von einem Augenblick zum nächsten machte die fette Katze einen Buckel und fuhr die Krallen aus. Lady Armstrong mühte sich redlich, sie zu beruhigen, doch Cleopatra blieb aufgeregt. Und den Grund dafür wusste niemand.

Draußen vor den Fenstern setzte das Unwetter ein. Der regendunkle Himmel entlud sich in prasselndem Nass, und helle Blitze zuckten zwischen den Wolken. Trotz der dicken Backsteinmauern konnte Lucius den Donner hören. Binnen weniger Augenblicke waren die Fensterscheiben so nass, dass Lucius sich fast wie unter Wasser fühlte. Wahre Sturzbäche kamen dort draußen herunter.

Und Theo saß auf dem Teppich, murmelte monoton und rief die Geister des Hauses.

Je länger es dauerte, desto größer wurde Lucius' Sorge. *Ich hoffe, du weißt, was du tust*, dachte er. Vermutlich wusste sie das nicht so richtig, aber ... Wer konnte ihr schon helfen?

»Harold.« Theos Stimme war leise und schwach, aber klar. »Hörst du mich?«

Wieder fauchte Cleopatra, doch niemand beachtete sie mehr – nicht einmal Lady Armstrong.

»J... Ja?«, sagte der junge Erfinder, aber es war mehr Frage als Antwort. Nervös sah er zu Theo, die noch immer mit geschlossenen Augen am Boden saß, und zu den anderen.

Wieder kehrte Stille ein. Cleopatra fauchte leise. Regen prasselte gegen die Fenster, und in der Ferne erklang Donnerhall.

»Hast du deinen Wassersprüher dabei?«, hauchte Theo nahezu regungslos.

Harold blinzelte. »Äh, was? Ja. Ja, natürlich.«

Theos Mundwinkel zuckten. Oder bildete Lucius sich das ein?

Wieder sprach das Mädchen. Ihre Stimme klang, als käme sie von ganz weit weg. »Sprüh für mich«, wisperte sie. »Sprüh durch den Raum.«

Das ließ er sich nicht zweimal sagen. Sichtlich froh, etwas zum Geschehen beitragen zu können, kramte Harold den Wassersprüher aus seinem Rucksack. Dann schritt er damit durch Lady Armstrongs Kaminzimmer, als wäre es ein wissenschaftliches Instrument von extremer Bedeutung und Raffinesse. Langsam und bedächtig versprühte er den feinen Wasserstaub, der sanft zu Boden rieselte.

Einmal mehr sprach Theo die Worte der Macht aus, lauter nun, fordernder. Ihre Schultern zuckten immer mehr. Sie legte die Stirn in Falten, verzog angestrengt die Lippen, senkte den Kopf. Ihre Hände ballten sich zu Fäusten.

»Was macht die da?«, flüsterte Lucius und merkte erst hinterher, dass er den Gedanken überhaupt ausgesprochen hatte.

Sebastian hatte ihn gehört. »Es wirkt, als versuche sie mit aller Macht, irgendetwas aus dem Dunkel ans Licht zu zerren«, murmelte er. »Und ich weiß gar nicht, ob ich diesem Ding wirklich begegnen will, das so stark ist.«

Cleopatra drehte beinahe durch. Sie fauchte und buckelte wie wild. Lady Armstrong konnte sie kaum noch festhalten – bis die Katze plötzlich aufhörte, sich wieder auf die Decke legte und herzhaft gähnte.

Dann schoss Theos Kopf in die Höhe. Von einem Moment auf den nächsten schlug sie die Augen auf und sah Lucius und Sebastian an. »Kein Geist«, murmelte sie schwach und sackte bewusstlos zusammen.

KAPITEL 7:

Verzweifelte Jagd

Eins war klar: Seit er in London war, erlebte Lucius Adler Dinge, die er sich früher nicht einmal im Traum vorgestellt hätte. Doch ebenso klar war dies: Nicht selten machten sie ihm Angst.

»Ist wirklich alles in Ordnung?«, fragte er Theo nun schon zum dritten Mal.

Das Mädchen mit der indischen Kleidung schmunzelte. »Immer noch, ja.«

Sebastian stieß Lucius mit dem Ellbogen an. »Jetzt lass sie doch erst mal ausreden, du Glucke.«

Sie saßen wieder in einer Droschke. Ratternd und klappernd ging es über regennasses Kopfsteinpflaster, endlich zurück in Richtung Rabennest. Lady Armstrong und ihr stilles Anwesen lag hinter ihnen, genau wie die Anstrengungen, die Theo kurz hatten ohnmächtig werden lassen.

»Also?«, wandte sich Sebastian nun an sie. »Du hattest gerade erzählt, dass du den Geist nicht finden konntest.«

»Weder ihn noch eine Spur von ihm«, bestätigte Theo. Sie war noch geschwächt, das sah man ihr an, doch die Farbe kehrte allmählich zurück auf ihre Wangen. »Eine Weile dachte ich, da wäre etwas, ganz tief in den Grundmauern des Hauses verborgen. Deshalb habe ich mit aller Macht versucht, es hervorzulocken. Aber ich habe mich geirrt. Da war kein Geist. Nur so eine Art ... Aura. Vielleicht die Seele des uralten Hauses? Ich bin mir nicht sicher.«

»Sah ganz schön schwierig aus«, sagte Lucius. »Und kraftaufwendig. Ganz anders als im Hyde Park oder bei Brimblewood.«

»Das war es auch«, gab Theo zu. »Im Hyde Park und beim Professor war mir irgendwie sofort klar, dass keine Spur existiert. Ich kann nicht erklären, wieso. Es war einfach ein Gefühl von Gewissheit, dass ich mir dort nicht zu viel Mühe geben müsse, weil es ohnehin nichts brächte. Aber hier ... Das war schon seltsam.«

»Du hast also versucht, mehr herauszufinden«, sagte Harold.

Sie nickte. »Ganz genau. Ich wollte Antworten.«

Das konnte Lucius sehr gut verstehen. »Und?«

»Und nichts«, antwortete sie. »Wie gesagt. Nur diese schwache Aura, die aber ganz sicher nichts war, das Uhren schweben lassen würde.«

»Was sollte denn Harolds Wasser?«, erkundigte sich Sebastian.

»Das war ein Versuch«, gestand Theo. »Ein ziemlich verzweifelter, ehrlich gesagt. Weil mir nichts Besseres mehr einfiel. Ich dachte, die Feuchtigkeit in der Luft würde vielleicht Spuren des Geistes offen legen. Wie wir es schon im Zeitungsarchiv dachten. Und so war es ja auch vergangene Nacht in

Mayfair. Im Nebel konnten Lucius und Harold plötzlich etwas erkennen. Hat aber jetzt nicht geklappt.«

»Also haben wir jetzt zwei Geistersichtungen, doch irgendwie ohne Geist?«, murmelte Lucius. Dann runzelte er die Stirn. »Ergibt das für euch einen Sinn? Für mich nicht.«

Harold öffnete den Mund – und ein lauter Schrei ließ Lucius zusammenfahren! Doch es war nicht Harold, der schrie.

»Das kam von draußen!«, entfuhr es Sebastian. Alarmiert sah er seine Freunde an.

Die Droschke, in der sie saßen, bremste abrupt und kam zum Stehen. Sofort steckte Lucius seinen Kopf durch das kleine Fenster in der Tür und sah ins Freie.

Der Abend war endgültig über Lady Armstrongs nobles Viertel hereingefallen. Der Himmel war noch finsterer als vorhin bei dem Unwetter, und die Gaslaternen am Straßenrand leuchteten. Ihr Licht fiel auf eine seltsame Szene.

Vor der Dampfdroschke lag ein Mann rücklings auf dem nassen Kopfsteinpflaster. Er hatte schlohweißes Haar und eine stattliche Halbglatze. Ein besonders buschiger Backenbart ließ ihn beinahe wie ein alt gewordenes Eichhörnchen wirken. Sein Gesicht war teigig, und der Körper, der in einem rot-schwarz karierten und sichtlich teuren Morgenmantel steckte, wirkte ebenfalls nicht gerade schmal.

Der Mann hielt sich den blassen Schädel. Er wirkte ziemlich wütend.

»Haben wir den etwa beinahe überfahren?«, murmelte Sebastian, der nun ebenfalls aus dem Droschkenfenster schaute.

»Ist ... Ist alles in Ordnung?«, fragte Lucius den Fremden laut.

Der Mann stemmte sich vom Kopfsteinpflaster hoch. Er ächzte, und der Blick, den er den Freunden zuwarf, war äußerst tadelnd.

»Sir?«, fragte nun Sebastian. Er öffnete die Tür und stieg aus der stehen gebliebenen Droschke. »Haben Sie sich verletzt? Können wir Ihnen vielleicht helfen?«

Und irre ich mich, ergänzte Lucius in Gedanken, *oder sind Sie uns gerade – schreiend wie ein Wahnsinniger – vor die Droschke gerannt?*

Aus dem Augenwinkel sah er das Haus, vor dem sie angehalten hatten. Es war kleiner als Lady Armstrongs Palast, aber nicht minder alt und nicht minder edel. Und die Haustür stand offen.

»Ihr könnt beim nächsten Mal besser aufpassen«, sagte der Mann knurrend. Nun sah Lucius, dass er mindestens siebzig Jahre alt sein musste. Dafür wirkte er aber noch sehr rüstig. Verletzt hatte er sich allem Anschein nach nicht. Doch sein Atem roch eigenartig süß, und seine Zunge hatte mit einigen Wörtern leichte Schwierigkeiten.

Der ist ja betrunken, begriff Lucius. *Zumindest ein bisschen.*

»Und ihr könnt mir tatsächlich helfen«, fuhr der Fremde im Morgenmantel fort. Besonders die s-Laute bereiteten ihm Schwierigkeiten. »Ich brauche umgehend die Polizei. Kann ich bei euch mitfahren?«

»Polizei?« Harold steckte den Kopf aus der offenen Droschkentür. »Weswegen denn?« Dabei warf er seinen Freunden einen vielsagenden Blick zu, den Lucius völlig unangebracht fand.

Bis er hörte, was der alte Mann antwortete: »Weil ein Gespenst in meinem Haus wütet! Jetzt in diesem Moment!«

Der Rest war schnell erklärt. Der Mann stellte sich den Freunden als »Cameron T. Cameron der Dritte, pensionierter General der britischen Armee« vor und straffte dabei sogar militärisch streng die Schultern. Das sah zwar ein bisschen eigenartig aus – ein Morgenmantel war schließlich keine Generalsuniform –, aber außer Lucius schien sich niemand daran zu stören. Sowie der General hörte, dass die vier Freunde im Auftrag von Mister Holmes unterwegs waren, ließ er sie nur zu gern auf sein Anwesen. Der Trick, der bereits Lady Armstrongs Butler überzeugt hatte, funktionierte auch beim zweiten Versuch fehlerfrei.

»Ich saß friedlich im Salon«, erklärte General Cameron den Freunden, während sie sich vorsichtig seinem Haus näherten, »und polierte meine Sammlung alter Gewehre, wie jeden Dienstagabend. Da hörte ich plötzlich ein Rumpeln im Nebenraum.«

»Ein Haustier?«, erkundigte sich Theo. Sie dachte vermutlich an Cleopatra, die Katze.

Der alte General schnaubte. »Mein liebes Kind, die einzigen Tiere, die mir ins Haus kommen, sind ausgestopft. Die habe ich auf meinen Safaris und Großwildjagden selbst geschossen.« Theo wirkte entsetzt, doch Cameron sprach einfach weiter. »Ich hörte also dieses Rumpeln, und ich reagierte sofort. Ich schnappte mir meine dicke Vicky und eilte los, den Einbrecher zu stellen.«

»Verzeihung«, sagte Lucius. Er und Sebastian wechselten einen fragenden Blick. »Sie schnappten sich *wen*?« Er hatte geglaubt, Cameron wohne allein. War das etwa ein Irrtum?

»Na, die dicke Vicky«, sagte der General. Ein sanfter Glanz trat in seinen sonst so strengen Blick. Fast wirkte er nun liebevoll. »Sie hat mir schon unzählige Male treue Dienste geleistet. In der afrikanischen Savanne, im südamerikanischen Urwald, im Himalaya und in ...«

»Verzeihung«, unterbrach Sebastian ihn nun. »Aber meinen Sie etwa eine Waffe? Die dicke Vicky ist ein Gewehr?«

»Selbstverständlich ist sie das«, erwiderte General Cameron ein wenig schroff. »Das beste seiner Art. Deswegen trägt es ja auch den Namen unserer geliebten Königin Victoria. Die dicke Vicky hat mir schon so manche Jagd versüßt – und sie sollte mir auch die auf den Einbrecher versüßen.«

»Aber?«, fragte Theo knapp.

Lucius sah ihr an, wie wenig sie den so herrisch-exzentrischen General leiden konnte. Er verstand sie gut. Vermutlich begegnete sie Personen von Camerons Schlag sehr häufig, wenn sie mit ihrem Vater unterwegs war.

»Aber da war kein Einbrecher«, antwortete der General. Sie hatten inzwischen die Schwelle seines Hauses erreicht. Cameron blieb stehen und sah die Freunde eindringlich an.

»Keiner, den ich sehen konnte, heißt das. Doch ich spürte ihn, das müsst ihr mir glauben. Ich spürte seine Anwesenheit so deutlich, wie ich damals im afrikanischen Busch diesen Gorilla spürte, der mich hinterrücks angreifen wollte.« Er sah grimmig zu Theo. »Und ich bin kein Narr, junge Dame. Ich habe mehr Länder bereist, als du dir vermutlich vorstellen kannst, und ich weiß, dass es so etwas wie Geister gibt! Es ist ein Geist in meinem Haus. So wahr ich hier stehe.«

»Wohl eher in seiner Sherry-Flasche«, flüsterte Sebastian Lucius zu. Cameron war gerade abgelenkt und merkte es nicht. »Der ist doch betrunken.«

Lucius nickte, und trotzdem spürte er ein Kribbeln in seinem Inneren. Irgendetwas an General Camerons Worten elektrisierte ihn. War es die Erinnerung an Lady Armstrongs Geschichte von vorhin? Die Hoffnung darauf, endlich – und sei es auch durch puren Zufall – auf die Spur des Geists gekommen zu sein? Was es auch war, Lucius war noch nicht bereit, Cameron als Spinner abzutun.

Zumal der alte General immer überzeugender sprach. »Ich spüre ihn noch immer«, sagte er nun und sah mit todernster Miene ins Innere seines Hauses. »Er ist da drin, das garantiere ich euch. Der Geist hat mein Haus noch nicht verlassen.«

»Dann sollten wir ihn finden«, sagte Lucius schnell. Er ignorierte Sebastians überraschten Blick und nickte fest. »Gehen Sie voraus, Sir. Wir sind dicht hinter Ihnen.«

Schweigend betraten sie Camerons Bleibe. Im Inneren des

Hauses – dicke Teppiche, holzverkleidete Wände, schwere Kerzenständer und an den Wänden allerlei Jagdandenken und Vitirinen voller Schusswaffen und Pfeile – roch es so streng, als hätte der General seit Wochen kein Fenster mehr geöffnet. Die Luft stank nach altem Rauch von Pfeifen und Feuerstellen, nach abgestandenem Altmännerschweiß und nach Kohl. Die Fenster waren fast trüb, so lange hatte sie niemand geputzt, und die Gardinen schon beinahe gelb geworden. Und doch verströmte das Haus ein Gefühl von Stolz, Stärke, Würde und einem Leben, das sich wenig um die Meinungen anderer scherte.

General Cameron führte die Freunde in sein Kaminzimmer. Beeindruckend schwere Gewehre hingen so selbstverständlich an den Wänden, als wären es Kunstwerke. In der Ecke stand ein ausgestopfter Grizzlybär in Lebensgröße, über dem Kaminsims prangte der Kopf eines Löwen, das zahnreiche Maul weit geöffnet.

»Und hier hat es angefangen?«, fragte Harold.

Der Alte nickte. »Ich saß hier in meinem Ledersessel, direkt am Fenster. Und auf einmal ...«

Ein lautes Poltern unterbrach den General! Schwere, dumpfe Schläge erklangen aus dem Nachbarzimmer, ganz wie Cameron es beschrieben hatte.

Da erlaubt sich jemand einen Spaß mit uns, schoss es Lucius durch den Kopf. Und doch bekam er eine Gänsehaut.

»Der *ist* noch hier«, rief Harold halb be- und halb entgeistert. »Leute, dieses Mal kriegen wir ihn!« Bevor irgendjemand etwas tun oder auch nur sagen konnte, rannte der junge Erfinder los – raus aus dem Kaminzimmer und zurück in den ebenso schmalen wie muffigen Korridor.

»Harold!«, rief Theo entsetzt.

Lucius sah zu Sebastian. »Hinterher«, sagten die beiden gleichzeitig. Dann liefen sie los, Theo dicht an ihrer Seite.

Das Nebenzimmer hatte keinerlei Fenster und erwies sich als wahres Museum. Es war bestimmt viermal so groß wie das Rabennest, aber nicht minder beeindruckend voll und durcheinander. Lucius sah ein ausgestopftes Nashorn, einen knapp zwei Meter großen Alligator, einen von der Decke hängenden Haifisch mit Zähnen, die größer als Lucius' Hand sein mussten, einen Leoparden – und das waren nur die »Ausstellungsstücke«, die er auf den ersten Blick ausmachen konnte. Insgesamt mussten sich mehrere Dutzend dieser Jagdtrophäen hier drinnen befinden, allesamt in Lebensgröße und so aussehend, als könnten sie jeden Augenblick zubeißen.

»Das reinste Gruselkabinett«, hauchte Theo.

Lucius nickte. »Und ein Irrgarten sondergleichen.« Wie sollten sie sich hier nur zurechtfinden?

Zu den ausgestopften Raubtieren kamen diverse Schätze an den Wänden des Raumes. Aufgepinnt hinter gläsernen Schutzscheiben prangten seltene Schmetterlinge und exotische Insekten, in kleinen Vitrinen ruhten glitzernde Steine und vermutlich ebenso wertvolle kleine Fossilien. Und über allem hing ein kristallener Leuchter in der Deckenmitte und erhellte das Sammelsurium an Trophäen und Reiseandenken mit diffusem, gelblichem Licht, das nicht annähernd reichte, die Dunkelheit zu vertreiben. In der Halbschwärze, die der Leuchter erzeugte, wirkten die Tiere noch bedrohlicher als ohnehin. Noch *lebendiger*.

»Harold?«, rief Sebastian. Er sah sich um, die Hände zu Fäusten geballt. »Wo bist du?«

»Hier drüben«, kam die Antwort von irgendwo hinter dem Nashorn. »Ich ... Ich glaube, hier ist etwas. Merkt ihr das auch, Freunde? Diese ... Diese eigenartige Kälte? Diese böse Aura?«

Lucius merkte sie nicht, konnte aber nicht abstreiten, dass die Atmosphäre als solche allmählich auf ihn wirkte. Mit jeder verstreichenden Sekunde wurde er nervöser. Unsicher sah er sich um.

General Cameron nickte jedoch. »Und ob ich sie spüre, Junge. Das ist *er*. Der Geist.«

»Das ist Einbildung«, widersprach Theo leise genug, dass nur Lucius sie hörte. »Cameron bildet sich den Spuk ein, und Harold ist panisch genug, ihm zu glauben.«

Und doch hatten sie alle das Poltern gehört. Das ließ sich nicht leugnen.

Langsam traten die Freunde zwischen den Tieren hindurch. Harold stand mitten unter dem Leuchter, flankiert von einer im Sprung eingefrorenen Gepardin und einem Puma, der Furcht einflößend seine Beißer präsentierte. »Er ist hier«, sagte Harold leise. »Wir haben ihn, Leute. Der Geist ist in diesem Zimmer und ...«

Theo hob abwehrend die Hand. »Sei nicht albern, Harold«, sagte sie, und auch Sebastian schüttelte verneinend den Kopf. »Ich spüre hier überhaupt nichts, und ohnehin: Was sagt denn dein TraSpuAuSpü zu der ganzen Sache, hm? Bislang hat der jedenfalls noch keinen Mucks von sich gegeben.«

Harold riss die Augen auf. Das Geistersuchgerät schien ihm erst jetzt wieder einzufallen. Schnell griff er hinter sich, um den Überlebensrucksack auszuziehen. Und erstarrte.

Er hatte den Rucksack gar nicht an. Das klobige Ding musste noch immer draußen in der Droschke liegen.

»Oh oh«, murmelte der junge Erfinder.

Einen Herzschlag lang sagte niemand ein Wort. Dann ging das Licht aus – und die Jagd begann!

Lucius wirbelte herum und sah doch nichts. Er hörte nur: lautes Poltern, schnelle Schritte und einen aufkeuchenden General Cameron.

»Hier!«, erklang eine neue Stimme. Harold. »Freunde, er ist hier hinten. Spürt ihr das nicht? Er ist ...« Nun keuchte auch er, und gleich darauf fiel etwas Schweres zu Boden.

»Harold?« Sebastian klang besorgt und gleichzeitig angriffsbereit. »Alles in Ordnung?«

Keine Antwort. Lucius merkte, wie Theo seine Hand ergriff. »Komm«, hauchte das Mädchen. »Wir müssen ihn finden.«

Sofort folgte er ihr. Er hatte keinen Schimmer, wohin sie eigentlich gingen. Ihm fehlte die Orientierung in dieser vollgestopften Finsternis. Mehrfach stießen Theo und er gegen irgendwelche pelzigen Gesellen, und dann spürte Lucius zwei starke Hände im Rücken, die ihn gewaltsam zur Seite schubsten – geradewegs in die weit offenen Pranken eines Gorillas! Taumelnd fiel er in die Umarmung des ausgestopften Menschenaffen. Für einen kurzen Moment sah er Sterne. Wieder erklangen schnelle Schritte irgendwo rechts von ihm, und wieder konnte er sie nicht genauer lokalisieren. Verdammt, was in aller Welt geschah hier? Wo war der Geist?

Theo schrie. Sebastian rief Harolds Namen, doch Harold reagierte nicht. Der Gorilla war gefährlich ins Schwanken geraten, drohte zu kippen und Lucius unter sich zu begraben. Eine Tür fiel knarrend ins Schloss.

Und dann fiel der Schuss!

Der Knall war absolut ohrenbetäubend. Er hallte von den Wänden des Zimmers wider, als wolle er auf ewig bleiben. Lucius neigte eigentlich nicht zur Furcht, nun aber zuckte er zusammen, als wäre ihm der leibhaftige Teufel begegnet. Zumal dem Knall ein ebenso schrilles wie markerschütterndes Lachen folgte – ein Lachen, wie es nur Wahnsinnige ausstoßen konnten. Oder eben Gespenster.

Oder – wie der Junge merkte, sobald das Licht wieder anging – betrunkene pensionierte Generäle.

Cameron T. Cameron stand an der Tür des Zimmers, die dicke Vicky in beiden Händen. Lucius erkannte es genau, denn die Gepardin, die ihm eigentlich die Sicht zum Ausgang hätte versperren müssen, war umgefallen. Ein dünner weißer Rauchfaden stieg aus dem langen, pechschwarzen Lauf des

Großwildgewehrs. Mit dem Ellenbogen hatte der General das Licht wieder eingeschaltet – mittels eines Schalters an der Zimmerwand. Und nun sondierte er den Raum mit suchendem Blick. »Wo bist du, hm?«, fragte er knurrend, und wieder kicherte er wild. »Zeig dich, du Monster. Ich finde dich ja doch. Vorhin magst du mir einen Schrecken eingejagt haben, aber jetzt fürchte ich mich nicht, hörst du? Ich habe keine Angst vor dir! Denn der dicken Vicky ist egal, ob du schon tot bist. Vicky ist noch niemand entkommen!«

»Der schon«, erklang eine deutlich niedergeschlagenere Stimme in Camerons Rücken.

»Harold!«, rief Lucius keuchend. Er löste sich von dem beeindruckend großen Gorilla und eilte zur Tür. Auch Sebastian und Theo kamen nun aus den Untiefen des bizarren Privatmuseums. Sie wirkten unverletzt, nur ein wenig blass. »Harold, wo bist du?«

Der junge Erfinder trat aus dem Schatten eines ausgestopften Löwen, der die hintere Ecke des Zimmers bewohnte. Harolds Brille hing schief, und seine Frisur war so zerzaust wie seine Kleidung zerknittert war. »Ich hab's versucht«, sagte er fast schon entschuldigend. »Ich hörte, wohin der Geist fliehen wollte, und irgendwie bin ich ihm dann hinterher. Aber dann hat mich wer geschubst, und ich flog gegen den Löwen, und die Tür fiel zu, und ...«

»Das war ich«, widersprach der General streng. »Ich habe die Tür zugeschlagen. Sowie ich mit der dicken Vicky zurück war, die ich im Kaminzimmer holen ging.«

Harold nickte. »Die Schritte draußen im Flur, die kurz darauf erklangen, waren aber nicht Ihre, hm?«

Cameron erbleichte. »Du meinst ...«

»Ich fürchte, ja, Sir«, sagte Harold. »Der Geist, den Sie jagen, ist unbemerkt an Ihnen vorbeigelaufen. Und entkommen.«

Sofort rannte Sebastian los, raus aus dem Zimmer und den Korridor hinab. Nach wenigen Augenblicken kam er zurück. »Nichts«, berichtete er niedergeschlagen. »Nicht im Flur, nicht auf der Straße. Keine Spur von irgendwem, erst recht nicht von einem Geist.«

»War denn je wirklich einer hier?«, fragte Theo.

»Was?« Harold sah sie ungläubig an. »Natürlich, Theo. Hast du ihn eben nicht auch gespürt? Als das Licht ausging?«

Das Mädchen schüttelte den Kopf. »Ich habe einen Schubs bekommen, das schon. Und ich habe lautes Poltern gehört. Aber was beweist das schon? Sei ehrlich, Harold: Was beweist es?«

Sebastian sah zu Lucius. Er wirkte hin- und hergerissen. Einerseits schien er überzeugt, dem Geist ganz nah gewesen zu sein, andererseits gab er Theo aber auch recht: Beweisen konnten sie das nicht. Die Schubse, das Poltern ... All das konnte genauso gut vom General gekommen sein. Vielleicht erlaubte sich der vom Sherry und seinen Jagderinnerungen beseelte Cameron T. Cameron ja wirklich einen bizarren Spaß mit ihnen. Es würde Lucius zwar überraschen, aber unmöglich war es deswegen noch lange nicht.

Lucius nickte Sebastian stumm zu. Ihm ging es genauso wie dem Sohn des berühmten Abenteurers. »Hast du diese Schritte draußen im Flur wirklich gehört?«, wandte er sich an Harold. »Also, ganz, ganz, ganz wirklich? Und nicht nur, weil du sie hören *wolltest*?«

Harold nickte überzeugt – und bremste sich dann doch. »Ich ... Ich glaube schon«, sagte er zögernd, und mit jeder Silbe klang er weniger von sich überzeugt. »Oder?«

»Puh«, machte Sebastian und atmete seufzend aus. »Was für ein Reinfall.«

Abermals musste Lucius ihm zustimmen. Ohne Beweise fanden sie diesen Geist nie. So viel war mal sicher.

Wenige Minuten später saßen die vier Freunde wieder in ihrer Droschke und setzten ihre Reise zurück ins Rabennest fort, wo die Erwachsenen sie gewiss schon vermissten und nach Hause wollten. Sie hatten sich niedergeschlagen und ein wenig ratlos von General Cameron T. Cameron dem Dritten verabschiedet. Der alte Mann mit dem buschigen Backenbart war zwar enttäuscht, dass sie – wie er es formulierte – ihm nicht hatten helfen können, aber auch nicht allzu sehr. Er würde sich nun eben doch an die Polizei wenden.

Lucius ahnte, dass er auch dort keine Hilfe fand. Vorausgesetzt, seine Geschichte war tatsächlich wahr und nicht doch der extrem eigenartige Streich eines extrem eigenartigen Ex-Generals.

»Und was jetzt?«, fragte Theo, während die Droschke

durch das nachtfinstere London fuhr. »Jetzt haben wir sogar schon *drei* Geistersichtungen ohne Beweis eines Geistes zu vermelden. Und noch immer ergibt diese ganze Sache von vorne bis hinten keinen echten Sinn.«

Sebastian lehnte sich seufzend in seinem Sitz zurück und fuhr sich durch das kurze Haar. »Nein, das sehe ich ähnlich. Dieser Fall ist alles andere als einfach, Freunde. Wann immer ich denke, ihn endlich begriffen zu haben ...«

»... macht er etwas völlig anderes«, sagte Harold. Traurig sah er auf den Geisterfinder, der aus seinem Rucksack ragte. »Dagegen kommt nicht einmal ein Genie an.«

Und plötzlich kam Lucius eine Idee.

KAPITEL 8:

Eine Studie in Freundschaft

In der Baker Street hatte der Abend Einzug gehalten. Die Laternen am regennassen Straßenrand waren entzündet, und hinter den Fenstern der schmalen Häuser brannte ebenfalls warmes, heimeliges Licht. Dem Mistwetter entsprechend, hielt sich kaum noch jemand im Freien auf, als Lucius Adler nach einem scheinbar endlos langen Tag das Haus mit der Nummer 221b erreichte.

»Brrr«, murmelte der Junge, kaum dass er über die Schwelle und endlich im Trockenen war. Rings um seine Schuhe bildeten sich kreisrunde Pfützen auf dem Teppich, und seine Kleidung klebte ihm ebenso am zitternden Leib wie die Haare auf seinem Kopf.

»Bist du das, Lucius?«, hörte er Doktor Watsons Stimme aus der Küche. Deren Tür stand einen Spalt offen. Das Licht, das durch diesen fiel, war das einzige im ganzen Flur.

»Ja, Doktor.«

»Komm doch mal her, Junge«, bat der Mediziner. »Ich möchte kurz mit dir sprechen.«

Nanu? Lucius hob die Augenbrauen, folgte der Bitte aber sofort. »Sir?«, fragte er, als er die Küche betrat.

Doktor Watson saß an Mrs Hudsons Tisch, eine dampfende

Tasse Tee vor sich. Außerdem befanden sich ein aufgeschlagenes Notizbuch und ein Tintenfüller vor ihm; er arbeitete wohl wieder an einer seiner Geschichten. Gerade beendete er den nächsten Absatz.

»Gut, dass du da bist, Lucius«, sagte er, ohne von seinem Buch aufzusehen. »Ich würde gern ...« Dann hob er den Blick und verstummte. »Großer Gott, wie siehst du denn aus?«

Lucius schaute an sich hinab. »Es regnet, Doktor.«

»Ja, schon, aber ... Junge, du holst dir doch den Tod!«

»Halb so wild«, sagte Lucius und winkte ab. Er würde sich umziehen, bevor es Zeit fürs Abendbrot war, doch zuerst wollte er hören, was dem Doktor auf dem Herzen lag. »Sie würden gern was?«

Doktor Watson schenkte ihm einen tadelnden Blick, fügte sich aber. »Mit dir reden«, antwortete er. »Über ihn.« Dabei sah er kurz zur Zimmerdecke.

Was habe ich denn jetzt schon wieder falsch gemacht?, seufzte Lucius innerlich. *Ich war seit Stunden nicht einmal in der Nähe seiner Zimmer und seines Chemielabors.* »Sir?«

Doch Watson war gar nicht auf eine Standpauke aus. Eher im Gegenteil. »Mir ist klar, wie viel ich von dir verlange, mein Junge«, sagte der Mediziner. »Und ja, es ist unfair. Aber du kennst Holmes inzwischen einigermaßen. Du weißt, wie er ist ... und wie er sein kann. Heute früh war er, nun ja, mal wieder *anders*.«

Staunend begriff Lucius, dass er gerade eine Entschuldigung hörte. »Anders«, wiederholte er leise. Etwas Besseres fiel ihm vor lauter Verblüffung nicht ein.

Der Arzt nickte. »Gemein. So könnte man es auch nennen. Wenn Holmes sich langweilt, kann er ganz schön gemein werden. Das ist leider Teil seines Wesens.«

Das genügte. Seit Wochen nagte eine Frage an Lucius, die ihm noch niemand zu seiner Befriedigung hatte beantworten können, und nun, ausgelöst durch die deutlichen Worte des Doktors, platzte sie endgültig aus ihm heraus. »Und warum schimpft niemand mit ihm? Warum lassen Sie und Mrs Hudson es ihm durchgehen, wenn er so fies zu Ihnen ist?« *Und zu mir*, ergänzte er – aber nur in Gedanken.

Watson lächelte leicht und nickte wieder. Dann schloss er seufzend die Augen. »Weil er unser Freund ist, trotz allem. Und, glaub mir, er ist ein guter Freund. Der beste, den ich je hatte.«

»Ein schöner Freund«, spottete Lucius. Er wusste nicht, woher er den Mut dazu nahm, so offen zu sprechen. Es ging einfach nicht mehr anders. Täte er es nicht, dann würde er platzen. Davon war er überzeugt. »Würden Harold oder Sebastian mich fett nennen, bekämen sie aber was zu hören! Und wenn ich so mit Theo umginge wie er manchmal mit Mrs Hudson, wäre ich die längste Zeit ihr Freund gewesen.«

Da war er, der Kern des Problems. Lucius musste bei Sherlock Holmes wohnen, ob er es wollte oder nicht. Und manchmal – ach was, meistens – wollte er es ganz und gar nicht. Denn unter Freunden, davon war er überzeugt, behandelte man einander anders. Rücksichtsvoller. Der Einzige, auf den in diesem Haus alle Rücksicht nahmen, war Holmes. Hatte der Detektiv schlechte Laune, durfte er sie straffrei an allen anderen auslassen. Doch wenn Lucius mal zu laut nieste, bekam er gleich einen Rüffel. War das vielleicht gerecht?

»Das glaube ich gern.« Watson lächelte wieder, ganz leicht und doch merklich. »Aber du vergisst, *warum* Holmes so ist.«

»Na, weil er es kann. Weil Sie ihn so sein lassen. Weil ihm hier niemand die Meinung sagt. Alle halten ihn für das große Genie, und deswegen erlauben sie ihm das unmöglichste Benehmen!«

Nun schüttelte der Arzt den Kopf. »Nein, Lucius. Du irrst. Holmes ist so, weil ... weil er Dämonen hat.«

Der Junge runzelte die Stirn. Mit einem Mal spürte er die Kälte in seinen Kleidern. »Was?«

»Du hast schon richtig gehört«, sagte Watson sanft. »Holmes ist nicht gemein, weil man ihn lässt. Oder weil er ein schlechter Mensch ist. Ganz und gar nicht.« Sein Blick war klar und herzlich, seine Miene aber von Trauer durchzogen. »Er kann nicht anders. Das ist wie eine Krankheit, Junge. Manche Kollegen von mir bezeichnen es sogar als eine solche, und ich widerspreche ihnen da nicht. Denn ich sehe es ja immer wieder an meinem Freund. Holmes hat Dämonen. Innere Zwänge und Probleme, die ihn plagen. Süchte, denen er manchmal einfach nicht Herr werden kann. Die Deduktion, also die Aufklärung rätselhafter Verbrechen, ist eine solche Sucht für ihn – aber nur eine von mehreren, die ihn plagen. Und wahrscheinlich noch die harmloseste von allen. Holmes muss arbeiten, Lucius. Er muss seine kleinen grauen Zellen beschäftigt halten, immer und überall. Denn wenn nicht, beschäftigen sie sich mit ihm selbst – und das kann er nicht ertragen.«

Der Geist interessiert sich nicht für die Leute, bei denen er spukt, hörte Lucius plötzlich Sebastians Stimme im Ohr. Die Erinnerung war bereits einige Stunden alt, aber die Worte passten auch jetzt. *Es geht ihm allein um das Spuken an sich. Der sucht sich seine Opfer nicht gezielt aus, oder so. Der spukt einfach.*

»Wie eine Krankheit«, sagte er langsam.

»Richtig.« Watson nickte wieder. »Holmes ist krank. Nicht körperlich – jedenfalls nicht auf eine Weise, der wir Mediziner mit unseren Stethoskopen und Pillenkästchen Herr werden könnten –, aber hier oben, im Kopf. Deshalb muss er sich beschäftigt halten. Deshalb ist er unerträglich, wenn er nicht arbeiten kann. Seine Arbeit ist seine Medizin. Sie heilt ihn, weil sie ihn ablenkt. Das gelingt nur ihr.«

Und mit einem Mal begriff Lucius, wie sehr er sich geirrt hatte: Mrs Hudson und der Doktor nahmen Rücksicht auf Holmes, weil Holmes selbst es nicht konnte. Sie ordneten sich ihrem Freund nicht unter, sie beschützten ihn – und zwar vor sich selbst.

»Aber momentan hat er keine Arbeit«, sagte Lucius. Der Schrecken, den ihm diese Erkenntnis versetzte, war größer als die Verblüffung darüber, dass Doktor Watson mit ihm tatsächlich wie mit einem Erwachsenen gesprochen hatte – ohne Tabus, ohne Geheimnisse. »Es gibt doch aktuell keinen Fall.«

Nun schmunzelte der stämmige Mediziner. »Oh doch, jetzt schon. Und das verdankt er allein dir.«

Lucius wollte gerade fragen, wie Watson das nun wieder meinte, da flog hinter ihm die Küchentür auf. Der berühmte Meisterdetektiv erschien auf der Schwelle, ein ebenso strahlendes wie seltenes Lächeln im Gesicht.

»Ah, hier steckst du«, sagte Holmes statt einer Begrüßung. Er wirkte sehr gut gelaunt, ja, beinahe entspannt. Und sehr unachtsam. Dass der Junge klitschnass war, kommentierte er erst gar nicht. »Gut, gut. Du kommst mir gerade recht, Lucius.«

»Weil?«, erkundigte sich Lucius vorsichtig.

»Weil ich etwas für dich habe.« Holmes hatte eine Hand hinter dem Rücken. Nun zog er sie hervor und hielt sie triumphal in die Höhe. Irene Adlers Brief befand sich darin.

Lucius schluckte trocken. Plötzlich bekam er ein ganz schlechtes Gewissen. Der Tag war so ereignisreich gewesen, dass er kaum dazu gekommen war, an seine Mom und ihren Brief zu denken. Das tat ihm nun schrecklich leid. Fast fühlte er sich, als habe er sie vergessen und mit ihren Sorgen allein gelassen.

»Das Rätsel, mein lieber Lucius, ist nicht länger ein solches«, sagte Holmes. Er nahm an Mrs Hudsons Tisch Platz, legte den Brief ab und strich ihn mit dem Handrücken glatt.

»Denn deine Mutter ist zwar sehr schlau, aber nicht so schlau wie ich.«

Lucius trat näher. Ratlos sah er auf das in der so vertrauten Handschrift beschriebene Blatt, doch es gab ihm keine Antworten. »Aha«, sagte er, und es klang mehr nach einer Frage als nach etwas anderem.

»Aha, in der Tat.« Der Meisterdetektiv nickte zufrieden.

»Jetzt spannen Sie uns nicht unnötig auf die Folter, Holmes«, sagte Doktor Watson. »Wo steckt Irene, und wie haben Sie es herausgefunden?«

»Zu Frage eins: in Pisa, der ehemaligen Hauptstadt einer im Mittelalter höchst bedeutsamen Republik, die im heutigen Italien liegt. Pisa ist ideal für Irenes Zwecke. Es ist weit von hier entfernt und liegt direkt am Meer – was ihr ermöglicht, schnell zu flüchten, falls ihr die Verfolger zu nahe kommen sollten. Pisa hat einen großen Hafen.«

Watson hob beide Brauen. »Pisa? Wie in aller Welt sind Sie ...«

Der berühmte Detektiv schmunzelte. »Mit der Kraft des Geistes, mein lieber Watson. So bin ich darauf gekommen.« Er schob dem Doktor den Brief zu. »Schauen Sie. Fällt Ihnen etwas an diesem Schreiben auf?«

Watson betrachtete den Brief konzentriert. Auch Lucius las ihn ein weiteres Mal. Dann schüttelten beide den Kopf.

»Weil Sie zwar sehen, aber nicht aufpassen«, sagte Holmes lachend. »Sie haben alle nötigen Informationen vor sich, erkennen sie aber nicht als solche.«

»Erleuchten Sie uns, Holmes«, seufzte der Arzt.

»Der erste Teil ist voller versteckter Hinweise«, sagte der Detektiv und zwinkerte Lucius verschwörerisch zu. Er war *wirklich* gut gelaunt! »Irenes Zeilen sind ein Code.«

Lucius staunte nicht schlecht. Schnell sah er wieder auf das Blatt und las diesmal nur den ersten Abschnitt.

Geliebter Lucius,
na, wie geht es unserem alten Miesepeter? Hat er Dir schon seine Detektivbibliothek gezeigt, in der Hoffnung, dass Du vor Bewunderung platzt? Und bist Du, genau wie ich damals, stattdessen vor Langeweile fast eingeschlafen, als er Dir aus seinen beinahe unterarmdicken Wälzern über Fingerabdruckkunde, Stoffanalyse und die charakteristischen Eigenheiten italienischer Steinkiefern vorlas? Ja, Sherlock kann ganz schön eigen sein, und seine Hobbys kommen Dir bestimmt ziemlich schräg vor. Glaub mir, ich verstehe Dich.

Für ihn sah das wie ein ganz normaler Text aus. »Sind Sie sicher?«

»Natürlich, mein Junge.« Holmes nahm den Brief wieder. »Hier, sieh sie dir genau an. Sie spricht von den *charakteristischen Eigenheiten italienischer Steinkiefern*. Das hat mich erstmals stutzig gemacht, denn ich besitze gar kein Buch über italienische Steinkiefern, die man übrigens auch Pinien nennt. Es musste also ein Hinweis sein. Pinien nun sind weit verbreitet in Norditalien, also habe ich mein Augenmerk auf

Orte gerichtet, die in Norditalien liegen. Denn wo sollte man nach *diesem* Hinweis sonst nach Irene suchen?«

»Soll man das überhaupt?«, fragte Watson.

»Nicht so mürrisch, lieber Freund«, tadelte Holmes ihn, ein gönnerhaftes Schmunzeln auf den Lippen. In seinen Augen brannte das Feuer derer, die auf der Jagd waren und jede Sekunde davon genossen.

Lucius verstand: Die Analyse des Briefes hatte den großen Detektiv gewissermaßen gesund gemacht, irgendwie, und seine inneren Dämonen wenigstens für den Moment vertrieben.

»Selbstverständlich soll man das«, fuhr Holmes fort. »Dieser Brief, Watson, ist ein versteckter Hinweis an unseren jungen Gast. Warum sonst sollte Irene ihn Lucius schicken, noch dazu ausgerechnet jetzt? Sie will ihn und uns wissen lassen, wo sie sich aktuell aufhält. Damit wir uns keine unnötigen Sorgen machen. Aber lassen Sie mich fortfahren. Nachdem ich die Suche auf Norditalien eingegrenzt hatte, fielen mir zwei weitere, eigenartige Formulierungen ins Auge. Irene schreibt, ich würde dir meine Bibliothek zeigen, Lucius, in der Hoffnung, dass du *vor Verwunderung platzt*. Das ist natürlich Humbug. Nichts läge mir ferner, als Kinder in meiner Bibliothek herumstöbern zu lassen – und das weiß deine Mutter auch.«

Na, danke, dachte Lucius, sagte aber nichts.

»Die Formulierung enthält aber zufällig die Worte ›Wunder‹ und ›Platz‹. Und in Pisa gibt es den berühmten Piazza del Duomo, im Volksmund auch Piazza dei Miracoli genannt:

Platz der Wunder. Darüber hinaus bezeichnete Irene meine Hobbys als *schräg*. Ich wüsste nicht, was an methodischer Detektivarbeit schräg sein soll. Ein weiterer Hinweis? Natürlich! Schräg ist ein anderes Wort für schief und was steht in Pisa? Der schiefe Turm!« Er lehnte sich zufrieden im Sitz zurück. »Wie sich glasklar zeigt: Deine Mutter hält sich in Pisa auf!«

Lucius sah verblüfft von Holmes zu Watson und zurück. Das war das ganze Geheimnis gewesen? Eine Hafenstadt in Italien, die sich in einigen seltsamen Formulierungen versteckte? Lucius kannte Pisa. Seine Mutter und er hatten dort schon mit einer Zaubershow gastiert, in früheren, ruhigeren Zeiten. Die Stadt war schön, das ja. Sonnig und warm. Und das Essen dort war spektakulär. Aber war sie wirklich ein sicheres Versteck für seine Mutter? Und falls ja: Warum durfte er nicht ebenfalls dort sein, bei ihr?

»Unfug.«

Im ersten Moment dachte Lucius, er hätte sich verhört. Doch Doktor Watson wiederholte die Bemerkung. »Das ist Unfug, Holmes. So leid es mir tut.«

»Wie bitte?«, echauffierte sich der berühmte Ermittler. Seine Miene verfinsterte sich plötzlich.

Watson seufzte. »Ich fürchte, Sie verrennen sich da in etwas, alter Freund. Sie sehen eine Lösung, weil Sie unbedingt eine sehen wollen. Nicht, weil sie auch zwingend da ist.«

»Pisa, Watson!«, beharrte Holmes. Pikiert deutete er auf Irenes Schreiben. »Da steht es schwarz auf weiß.«

»Da stehen Worte«, erwiderte der geduldige Arzt. »Weiter nichts. Und Sie? Sie haben sie so lange analysiert, bis sie Ihnen zeigten, was Sie von vornherein sehen wollten: irgendeinen Ortsnamen. Das ist keine Lösung dieses Rätsels, mein lieber Freund, sondern ein Strohhalm, den Sie wahllos ergreifen, um in Ihrer fruchtlosen Suche nach Antworten nicht jämmerlich unterzugehen.«

Der Meisterdetektiv stemmte die Hände an die Hüfte. »Die Nachricht ist codiert und ...«

»Das mag sein«, sagte Watson. »Aber besteht der Schlüssel wirklich darin, dass man willkürlich drei Formulierungen herausgreift und kombiniert? Irenes Brief ist viel länger, und sie schreibt auch von Fischerei, lachenden Sonnen und Windmühlen. Ist sie deswegen in China oder Holland?« Er schüttelte den Kopf. »Ich will Ihnen Ihre Freude nicht nehmen, mein Lieber, aber sagen Sie selbst: Machen Sie es sich hier nicht ein bisschen zu einfach?«

Ein paar Herzschläge lang sagte niemand ein Wort. Watson sah Holmes an, Holmes sah auf den Brief, und Lucius wagte es kaum zu atmen. Nie zuvor hatte er erlebt, dass jemand dem Meisterdetektiv derart deutlich widersprochen hatte – und das Erstaunlichste war: Er gab dem Doktor sogar recht. Holmes' Erklärung klang wirklich nicht gerade nach einer Lösung. Höchstens nach einer *Not*lösung.

Holmes muss arbeiten, Lucius. Das waren Watsons eigenen Worte gewesen. *Er muss seine kleinen grauen Zellen beschäftigt halten, immer und überall.*

Nun ja. Vermutlich hatte sich der Meisterdetektiv heute

von diesem Zwang blenden lassen. Weil er sich andernfalls nicht aushielt, sich nicht und auch niemanden sonst.

Mit einem Mal verstand der Junge noch besser, warum Holmes den Doktor und auch Mrs Hudson brauchte. Sie waren seine Absicherung. Sie bremsten ihn, wenn er sich trotz aller Genialität einmal verirrte.

Genau wie wir manchmal Harold bremsen. Der Vergleich ließ ihn schmunzeln. Dann musste er niesen.

Das laute Geräusch riss die beiden Erwachsenen aus ihrem Schweigen. »Na gut«, sagte Holmes ein wenig schnippisch. Mit einer schwungvollen Handbewegung nahm er den Brief vom Tisch und verstaute ihn in der Innentasche seines schwarzen Jacketts. »Wenn Sie unbedingt wollen, Doktor. Dann fange ich eben von vorn an.«

»*Sie* wollen das, Holmes«, sagte Watson sanft und mit warmem, freundlichem Lächeln. »Sie.«

»Pff.« Holmes stand auf und verließ die Küche.

»In einer halben Stunde gibt's Abendbrot«, rief der Arzt ihm noch nach, doch aus dem Flur kam keine Reaktion. Lucius hörte nur noch das Knarren der Treppenstufen, als der Detektiv wieder im Obergeschoss verschwand.

Nachdenklich sah Lucius zur Tür. Ihm war, als habe er soeben sehr, sehr viel gelernt – über seinen launischen Gastgeber im Besonderen, aber auch über die Menschen als solche. *Wir gehen gern mal den einfachen Weg*, dachte er bei sich. *Aber der ist nicht zwingend der richtige.* Und eine Wahrheit war noch lange nicht wahr, nur weil man sich das wünschte.

Andernfalls wäre Irene Adler niemals aus London aufgebrochen – ohne Lucius.

Er schüttelte den Kopf, als könne er damit das Chaos hinter seiner Stirn aufräumen. So viele Fragen, so wenige Antworten. *Und wir alle rennen im Kreis herum, jeden Tag aufs Neue ratlos.* Sherlock Holmes tat ihm leid. Er mochte launisch sein, das stimmte. Und er ließ seinen Frust gern an Schwächeren aus. Das gehörte sich nicht.

Aber er war auch krank, nicht ganz Herr über sein Denken und Tun. Er hatte »Dämonen«, genau wie der Doktor es gesagt hatte. Einen ganz eigenen Spuk, so eigen wie er selbst es war. Und so unerbittlich gnadenlos wie Lady Brimblewoods strafende Blicke.

»Dabei wollte ich ihn noch etwas fragen«, sagte der Junge niedergeschlagen. Er musste plötzlich an die Idee denken, die ihm vorhin nach Theos vergeblicher Geistersuche gekommen war.

»Damit würde ich jetzt ein Weilchen warten.« Watson stand auf und legte Lucius eine Hand auf die regenfeuchte Schulter. Dabei schmunzelte er schelmisch. »Was war es denn, mein Junge? Vielleicht kann auch ich dir helfen. Aber fasse dich kurz, ja? Denn wenn du nicht bald aus diesen nassen Kleidern herauskommst, muss ich dir morgen eine stattliche Erkältung attestieren.«

»Na ja.«

Mit wenigen Worten beschrieb Lucius, was seine Freunde und er den Tag über erlebt hatten. Er ließ dabei vieles aus, erwähnte beispielsweise den Besuch bei Doktor Carnacki und auch Theos Anwendung ihrer besonderen Gaben nicht. Außerdem verheimlichte er, dass seine Freunde und er gewissermaßen in Mycrofts Auftrag handelten. Davon wusste in der Baker Street niemand, und so würde es auch bleiben. Die Erwachsenen sollten sich nicht unnötige Gedanken machen oder ihnen ihre Ermittlungen verbieten, weil sie sie gefährlich fanden.

»Und jetzt wissen wir einfach nicht weiter«, beendete er seinen kurzen Bericht. »Was wir auch versuchen, jede einzelne Spur, die uns halbwegs sinnvoll erscheint, erweist sich im Handumdrehen als Sackgasse. Die Zeugen schwören Stein und Bein, sie hätten einen Geist gesehen, aber dafür gibt es keinerlei echte Beweise. Im Gegenteil: Es spricht sogar vieles dagegen, zumindest laut der Experten.« Damit meinte er vor allem Sebastian und Theo. Das Wort passte ganz gut auf die beiden, wie er fand.

»Ihr habt euch in die Ecke ermittelt.« Watson schmunzelte. Er nahm den Bericht nicht wirklich ernst, das sah man ihm an, aber er amüsierte ihn. »Das Gefühl kenne ich gut. Das passiert Holmes und mir auch manchmal. Wir denken, ein Fall sei klar wie Mrs Hudsons köstliche Kloßbrühe – und dann passiert etwas, das unsere komplette Theorie über den Haufen wirft. Das allem widerspricht, was wir für eine Tatsache gehalten haben.«

»Ganz genau.« Lucius nickte. Hilfe suchend sah er zu Watson auf. »Ich wollte Mister Holmes fragen, was er in solchen

Situationen tut. Wenn es einfach nicht mehr weitergeht, weil keine Spur mehr übrig ist. Oder besser gesagt, wenn sich die Spuren gegenseitig widersprechen.«

Der Doktor nickte wissend. Dann legte er Lucius den Arm um die Schultern und ging mit ihm in den Flur und zur Treppe, die nach oben in die Wohn- und Schlafräume führte. »Holmes hat da einen Leitsatz, weißt du? Eine goldene Regel, sozusagen. Die ist wirklich hilfreich, und ich glaube, sie hilft auch dir. ›Wenn man alles Unmögliche ausgeschlossen hat, dann muss das, was übrig bleibt, die Wahrheit sein. Auch wenn sie einem unwahrscheinlich vorkommt.‹ Verstehst du?«

Lucius runzelte die Stirn. Unsicher sah er den Mediziner an.

»Das ist Logik«, erklärte Watson. »Und Holmes schwört auf die Logik – völlig zu recht. Kommst du bei einem Rätsel nicht weiter, dann musst du alle Lösungen ausschließen, die zwar theoretisch denkbar sind, praktisch aber auf gar keinen Fall zutreffen können. Irgendwann bleibt dir dann nur noch eine mögliche Lösung übrig. Kann sein, dass sie dir unsinnig erscheint. Kann sein, dass du sie selbst kaum glauben magst. Aber ich garantiere dir: Es wird die richtige – nein: die *einzig* richtige Lösung sein.«

Die einzig richtige Lösung. Ja, genau danach suchte er. Und um sie zu finden, musste er die Unmöglichen eliminieren. Lucius lächelte. Es klang wirklich simpel, wenn man es so formulierte – und vielleicht war es das auch. Zumindest für einen Meister der Deduktion.

»Danke, Doktor Watson«, sagte er und meinte es auch so. Nach einem Tag voller fruchtlos scheinender, anstrengender Recherchen fühlte er sich, als habe er endlich den ersten sinnvollen Ansatz für ihre Ermittlungen gefunden – und das ausgerechnet in den eigenen, garantiert gespensterfreien vier Wänden. Welche Ironie. »Das werde ich versuchen.«

»Aber bitte erst morgen früh«, warnte der Mann mit dem buschigen Schnauzer. »Vorher gibt's für dich nassen Pudel nämlich ein heißes Bad, einen neuen Satz Kleider, ein, wie ich hoffen will, üppiges Abendbrot – und dann eine gesunde Mütze voll Schlaf. Hör auf deinen Hausarzt, Lucius: Die Geister laufen dir nicht weg. Die Gesundheit geht vor.« Watson lachte herzlich und schüttelte dabei den Kopf. »Geister. Nein, was ihr Kinder auch immer für Ideen habt ... Köstlich, wirklich köstlich.«

KAPITEL 9:

Aus den Augen, aus dem Sinn

Die Nacht war kurz und unruhig. Immer wieder schreckte Lucius aus dem Schlaf, und dann lag er mit weit geöffneten Augen wach und starrte ins Dunkel seines Zimmers. Er war noch nie ein schreckhafter Junge gewesen, doch die Ereignisse des Tages ließen seine Fantasie nun Überstunden machen. Das Gewitter, das draußen noch immer wütete, mochte daran Mitschuld tragen.

Außerdem sehnte er sich nach Irene.

Pisa. Zu gern hätte er Sherlock Holmes' Erklärung geglaubt – einfach, um eine Antwort zu haben. Um zu wissen, wo sich seine Mutter gerade aufhielt. Doch Doktor Watsons Einwand von vorhin war berechtigt gewesen. Manchmal erkannte man die Wahrheit nicht, weil man zu sehr etwas anderes erkennen wollte. Der leichteste Weg war leider nicht zwingend auch der richtige.

Irgendwann in den frühen Morgenstunden gab Lucius auf. Hundemüde und doch nicht zum Schlaf fähig, stapfte er barfuß den Korridor hinunter und zur Treppe. Er wollte zur Küche, sich eine schöne Tasse heiße Milch machen. Die half ihm meistens, wenn er nachts wachlag und einfach keine Ruhe fand.

Zu seiner großen Überraschung brannte in der Küche bereits Licht.

»Was machst du denn schon auf den Beinen?«, staunte Mrs Hudson, als Lucius eintrat. Die großmütterliche Hauswirtin war bereits fertig angezogen. Sie stand am Herd und knetete einen großen Teig, während neben ihr der Ofen bullerte. »Es ist doch noch viel zu früh, mein Junge.«

Lucius brummte nur, setzte sich an den Tisch und vergrub das Gesicht in den Händen.

»So schlimm, ja?«, fragte Mrs Hudson sanft. Sie ließ den Teig Teig sein und trat näher.

»Eigentlich gar nicht«, antwortete er durch die Fingerzwischenräume hindurch. Der Frust kam wieder in ihm hoch: die Sorge um seine Mutter, die Sache mit Mister Holmes, die fruchtlose Gespensterjagd. »Es ist nur ... Nur ... Ach, ich weiß auch nicht.«

»Nur anders als es sein soll.«

Nun sah er auf. Das traf genau ins Schwarze.

Mrs Hudson lächelte warm. »Das glaube ich gern«, sagte sie und wischte sich die teigverklebten Hände an der Schürze ab. »Du vermisst sie sehr, oder? Natürlich tust du das. Wie könntest du nicht? Und dieser Brief ohne Absender hilft dabei nur sehr bedingt. Er beruhigt dich, das schon – aber er zeigt dir eben auch wieder, was dir fehlt. *Wer* dir fehlt.«

Lucius nickte. Mit einem Mal fiel ihm das Sprechen schwer, und das lag nicht an der Müdigkeit.

»Weißt du«, sagte die Wirtin und setzte sich ihm gegenüber. »Vielleicht braucht deine Mutter gar keinen Absender, um dir zu zeigen, wo sie gerade ist.«

Er runzelte die Stirn. »Wie meinen Sie das?«

»Vielleicht weiß sie ja genau, dass du weißt, wo du sie findest.«

War das der Schlafmangel? Waren es die Zehen, die ihm doch allmählich kalt wurden? Oder warum verstand er plötzlich kein einziges Wort mehr? »Mrs Hudson, ich habe keine Ahnung, wo meine Mom ist.«

Sie schüttelte den Kopf, doch ihr Blick und ihr Lächeln blieben herzlich und freundlich. »Das denkst du, Lucius. Aber es stimmt nicht. Du weißt es sogar ganz genau.«

Er gab sich geschlagen. Wohnten in diesem Haus denn nur Detektive, die einem Rätsel aufgaben? »Und warum weiß ich das?«, fragte er absolut ratlos.

»Weil sie in dir ist«, antwortete die Wirtin. Sie sah ihm dabei tief in die Augen. »Du bist ihr Sohn, Lucius. Du kennst sie besser als jeder andere, und sie kennt dich. Was immer du auch tust, wo immer du auch bist – du hast Irene stets bei dir. Auch wenn du sie nicht siehst, ist sie da. Weil *du* da bist.«

Auf einmal verstand er. Die Worte mochten kitschig sein, doch in diesem Moment – müde und einsam, am Ende einer Gewitternacht voller Fragezeichen – waren sie genau richtig. Lucius musste schlucken. »Ich würde sie gern wiedersehen«, gestand er leise.

»Selbstverständlich«, sagte Mrs Hudson. »Und das wirst du auch. Es dauert nur noch ein Weilchen. Und bis dahin sei dir sicher: Nur weil du jemanden nicht siehst, ist er noch lange nicht fort. Irene ist immer an deiner Seite.«

Es tat gut, das zu hören. Und es fühlte sich richtig an, beruhigend und tröstend zugleich. Plötzlich musste Lucius gähnen.

Die Wirtin lächelte wieder. »Heiße Milch?«

»Heiße Milch«, antwortete Lucius und erwiderte das Lächeln dankbar.

Sie stand auf und setzte einen kleinen Topf auf den Herd. »Aber danach wird wieder geschlafen, einverstanden? Dies ist ein anständiges Haus, Mister Adler. Da macht man die Nacht nicht zum Tag.«

»Verstanden, Madam«, erwiderte er den scherzhaften Tonfall. Dann lachte er. »Und was machen Sie dann um diese Zeit schon hier unten am Herd?«

Mrs Hudson zwinkerte ihm zu. »Willst du später nun ein Stück Kuchen oder lieber nicht?«

Der frisch gebackene Kuchen stand noch zum Abkühlen auf der heimischen Fensterbank, als Lucius einige Stunden später ins Rabennest kam. Die Sonne hatte das Unwetter vertrieben, und Londons regennasse Dächer, von denen er einige aus den Fenstern des Rabennests sehen konnte, glitzerten in ihrem Schein um die Wette.

Mit der Sonne war auch die Kraft wiedergekommen. Lucius fühlte sich ausgeruht und frisch – und vor allem hatte er einen Plan! »Also dann«, sagte er und drehte sich zu seinen Freunden um. »Legen wir ganz neu los, genau wie echte Detektive es tun würden. Beginnen wir von vorn. Frage: Was genau wissen wir über diesen Fall?«

»Na, dass es in London spukt«, sagte Harold. Er stand hinter seiner Werkbank und arbeitete offenbar daran, seine Geistersuchgeräte zu verbessern.

»Ich fürchte, genau das wissen wir *nicht*«, betonte Sebastian. Er sah zu Lucius. »Darauf willst du hinaus, richtig?«

»Genau.« Lucius grinste. »Sherlock Holmes sagt, wenn das Wahrscheinliche nicht zutrifft, muss das Unwahrscheinliche zutreffen. So verlangt es die Logik. Wir haben gestern den ganzen Tag lang nach einem Geist gesucht, weil wir den für wahrscheinlich hielten.«

»Kein Wunder, nach den vielen Zeitungsmeldungen und dem eigenartigen Geschehen, dem ihr in Mayfair beiwohnen musstet.« Sebastian lehnte sich auf dem Sofa zurück, legte die Beine übereinander – und zuckte überrascht zusammen, als Miss Sophie neben ihm unter einem kleinen Berg an Kissen hervorkam. »Hoppla.«

»Und vergiss die Zeugen nicht«, sagte Theo. Sie hatte bislang an der Tür gestanden, die hinunter in den Diogenes-Club führte. Nun kam sie aber zum Sofa, hob den Python auf und ging mit ihm zu einem Sessel, wo sie sich mit wohligem Seufzer niederließ. »Lady Armstrong und ihr Butler sind felsenfest überzeugt, einen Geist im Haus gehabt zu haben. Professor Brimblewoods armes Dienstmädchen Emma ist es ebenfalls, genau wie General Cameron T. Cameron der

Dritte. Doktor Carnacki hat uns die Existenz von Gespenstern mit großer Überzeugung bestätigt, und Samuel Blythe hält sich zumindest alle Möglichkeiten offen, solange sie ihm große Schlagzeilen versprechen.« Beruhigend streichelte sie Miss Sophie, die Sebastian vorwurfsvoll anzublicken schien.

»Sogar Mycroft glaubt an Geister«, warf Harold ein. »Das hat er uns selbst gesagt. Schon vor Wochen. Und dir, Lucius, erst gestern wieder, wenn auch durch die Blume. Also gibt es sie auch!«

»Natürlich gibt es sie«, stimmte Lucius dem jungen Erfinder zu – und wunderte sich nur ganz kurz, wie leicht ihm dieser Satz plötzlich über die Lippen kam. Geister. Vor seiner Zeit in London hätte er Gespenster für völlig unmöglich gehalten, nun fiel es ihm schwer, nicht an sie glauben. »Daran besteht für uns vier kein Zweifel mehr. Oder?«

Seine Freunde nickten überzeugt.

»Na, dann ist doch alles klar«, fand Harold. Er hob eine ölverschmierte Hand aus den Innereien seines Geisterfinders und schob sich mit dem fast pechschwarzen Finger die Nickelbrille hoch. »Wir suchen einen Geist.«

Lucius legte den Kopf leicht schräg. »Oder ... eben nicht.«

Theo sah ihn ermutigend an. Auch sie schien zu ahnen, worauf er hinauswollte, und es gefiel ihr sichtlich. »Wie meinst du das?«

»Wir waren an mehreren Tatorten, richtig?«, sagte er. »Und überall fanden wir keine Beweise für die Existenz dieses Spuks. Selbst du nicht, Theo.« Sein Blick wanderte von Theo zu Sebastian und zu Harold. »Also frage ich euch: Kann es sein, dass wir von Anfang an auf dem Holzweg waren?«

Harold ließ sein Werkzeug sinken. »Also, jetzt verstehe ich gar nichts mehr.«

»Wir finden keinen Geist«, erklärte Sebastian, »weil gar keiner da war. Das meint Lucius. Gestern war keiner da und auch vorher nicht.« Er nickte und sah zu Lucius. »Ja, das wäre tatsächlich logisch. Wir haben schlicht das Falsche gesucht. Von Anfang an.«

»Aber die Zeugen können doch unmöglich alle lügen«, protestierte der junge Erfinder. »Lady Armstrongs Uhr ist bestimmt nicht von selbst aus dem Kaminzimmer geschwebt, Leute. Und ich für meinen Teil weiß sehr genau, dass ich etwas im Nebel vor Professor Brimblewoods Haus gesehen habe. Den Anblick vergesse ich nie mehr!«

»Etwas«, wiederholte Lucius und nickte ebenfalls. »Aber nicht unbedingt ein Gespenst.«

»Sondern?« Ratlos trat Harold hinter seiner Werkbank hervor. Er wirkte beinahe niedergeschlagen. Schwarzglänzendes Maschinenöl tropfte von seinen Fingern und auf den Teppich, doch er merkte es gar nicht. »Was soll das drüben in Mayfair denn sonst gewesen sein, hm? Dieser Schemen im Nebel.«

»Das ist eine sehr gute Frage«, fand Theo. Sie lächelte hintersinnig, und in dem Blick, den sie nun auf Lucius richtete, lag ehrliche Faszination. »Und ich glaube, auch darauf hat

Mister Lucius Holmes aus der Baker Street schon eine Antwort parat.«

Lucius musste erneut grinsen. Wenn er ehrlich zu sich war, kam er sich momentan tatsächlich ein klein wenig wie ein Meisterdetektiv vor. Schließlich bediente er sich hier einer Methode, auf die Holmes seit Jahren schwor und trat gewissermaßen in dessen Fußstapfen. Irgendwie erfüllte ihn das mit Stolz. »Nur weil man jemanden nicht sieht«, zitierte er Mrs Hudson, »heißt das noch längst nicht, dass er nicht da ist.«

Harold runzelte die Stirn. »Und was soll das jetzt schon wieder bedeuten?«

»Jemand, den man nicht sieht«, murmelte Sebastian. Der Abenteurersohn rieb sich nachdenklich über das Kinn. »Der aber trotzdem da ist.« Dann riss er die Augen auf und starrte Lucius fassungslos an. »Nein!«

»Doch«, sagte der. »Zumindest ist es die einzig logische Schlussfolgerung, findet ihr nicht?«

Der Erfinder ließ seufzend die Arme sinken. »Menno, kann mir bitte endlich jemand sagen, worüber wir hier sprechen?«

»Über einen Unsichtbaren«, sagte Theo leise. Auch sie machte inzwischen große Augen, doch sie nickte. »Einen Menschen, den man nicht sieht.«

Harold glotzte seine Freunde an, als hätten sie allesamt den Verstand verloren. »Ein unsichtbarer Mann? Leute, habt ihr heute früh zu heiß gebadet? Das ist doch wissenschaftlich vollkommen unmöglich. Das *kann* gar nicht sein.«

»Ach ja?« Lucius trat zu ihm und legte ihm den Arm um die Schultern. »Sei ehrlich: Hättest du das nicht vor wenigen Tagen auch noch über Gespenster gesagt?«

»Oder vor ein paar Wochen über den Goldenen Machtkristall?«, fragte Theo.

»Oder vor ein paar Jahren über deinen Freund James?«, fügte Sebastian schmunzelnd hinzu.

Abermals wollte Harold protestieren, doch die Worte seiner Freunde zeigten Wirkung: Der junge Tüftler öffnete den Mund – und verstummte noch vor dem ersten Ton. Erkenntnis trat auf seine Züge, dicht gefolgt von ehrlicher Verblüffung.

»Ein unsichtbarer Mann«, murmelte Sebastian. »Mensch, Lucius, das ist genial! Das muss die Lösung sein.«

Alle nickten. Die Theorie, die Lucius aufgestellt hatte, war einstimmig angenommen, so unglaublich sie auch klang. Denn sie war logisch.

Lucius spürte, wie Stolz in ihm aufwallte. Es war eigenartig: In diesem Moment wäre er am liebsten in die Baker Street 221b zurückgelaufen und hätte Holmes von seinem Ermittlungserfolg berichtet.

Warum das denn?, staunte er über sich selbst. *Ausgerechnet diesem humorlosen Stänkerer, der nur sich selbst im Kopf hat? Was kümmert es mich, ob dem gefällt, was ich hier mache?*

Das war vollkommen richtig. Doch das Gefühl blieb.

»Bleibt nur eine Frage.« Theo seufzte und riss Lucius wieder aus seinen Gedanken zurück ins Hier und Jetzt. »Wie in aller Welt finden wir jemanden, den man nicht sieht?«

In diesem Moment klapperte es jenseits der Tür so laut, dass alle vier Freunde zusammenzuckten und sogar Miss Sophie ihren Schönheitsschlaf für ein missbilligendes Zischen unterbrach. Sebastian sah die anderen ratlos an, stand auf und öffnete die Tür des Rabennests. Im Treppenhaus, das hinunter zum Club der stillen Männer führte, stand James, der Automatenmann, ein Tablett mit Tellern und frischen Backwaren in den quietschenden Metallhänden. Es war in Schieflage geraten, und die ersten Teller drohten zu fallen.

Sebastian reagierte sofort und nahm ihm seine Last ab.

»Oh«, sagte James. Vor lauter Erleichterung stiegen dünne Dampfwölkchen aus seinen Ohren, und seine metallisch glänzenden Schultern zuckten. »Vielen Dank, Master Sebastian. Ich fürchte, die Schrauben in meinen Handgelenken haben sich ein wenig gelockert. Das muss Verschleiß sein. Mit einem Mal hatte ich Mühe, die Hände gerade zu halten.«

»Das haben wir gleich«, versprach Harold und nahm das nötige Reparaturwerkzeug von seinem Tisch. Er wirkte regelrecht erleichtert, sich zur Abwechslung mal wieder einem Problem widmen zu dürfen, das er durch und durch verstand.

»Gebäck?«, fragte Theo, als Sebastian das Tablett vor ihr abstellte.

»In der Tat«, antwortete James und richtete seine Optiken auf sie. Dass Harold an seinen Händen arbeitete, lenkte den künstlichen Mann merklich ab. »Unten im Club wurde soeben das zweite Frühstück serviert. Ich war so frei, Ihnen allen eine kleine Portion zu besorgen.«

Hochzufrieden biss Sebastian in eines der Plunderteilchen. »Dieser Blitzschlag«, sagte er dann kauend, »ist echt das Beste, was dir passieren konnte, James. Und uns, denn wenn künstliche Intelligenz bedeutet, dass ich ungefragt ein zweites Frühstück bekomme, weil mein Automatenmann selbstständig mitdenkt, dann bin ich sehr dafür!«

Wieder dampften die Ohren ihres metallenen Begleiters, doch diesmal taten sie es aus purer Freude.

Begeistert fielen die Freunde über die Backwaren her. Während sie aßen, überlegten sie, welches Motiv der vermutete Unsichtbare wohl haben mochte. Wollte er wirklich Angst und Schrecken verbreiten?

»Das kann unmöglich alles sein«, fand Lucius. »Es wäre so ... so ... so enttäuschend simpel.«

Theo lachte. »Ihr Jungs seid echt ein Fall für sich.« Kopfschüttelnd sah sie die anderen an. »Habt ihr das nicht längst begriffen? Lady Armstrongs Uhr? Das vermisste Diamantencollier im Hause Brimblewood? Der Unsichtbare will niemandem Angst einjagen, ihr Schlafmützen. Schrecken verbreitet der nur nebenbei. Was der Kerl wirklich möchte, ist ...«

»Stehlen«, beendete Sebastian den Satz. Er schnippte mit den Fingern und hob verblüfft den Kopf.

Auch Lucius fiel es nun wie Schuppen von den Augen. Warum waren sie da nicht gleich drauf gekommen? »Ein unsichtbarer Dieb. Das perfekte Verbrechen. Das ... Theo, das ist absolut brillant.«

»Freu dich nicht zu früh«, warnte sie und stellte ihren nun leeren Teller zurück aufs Tablett. »Wir wissen jetzt vielleicht, was unser Unbekannter tut, und wie er es tut. Aber hat einer von euch eine Ahnung, wie wir ihn aufspüren sollten? Einen Unsichtbaren?«

Harold sah nicht einmal von seiner Arbeit auf, als er antwortete. »Na, indem wir herausfinden, wie er unsichtbar wurde.«

»Natürlich!« Lucius klatschte in die Hände. »Das ist der Schlüssel, oder? Dieser Dieb ist bestimmt nicht unsichtbar zur Welt gekommen. Er muss also über eine Methode verfügen, die ihn unsichtbar werden lässt. Wenn wir ihn finden wollen, müssen wir seine Methode finden.«

»Na ja.« Sebastian stand auf, trat zum Fenster und sah nachdenklich ins Freie. »Was für eine Methode soll das sein, hm? Es wird wohl kaum einen Zaubertrank oder eine Mach-dich-unsichtbar-Maschine geben.«

»Warum nicht?«, erwiderte Harold ganz selbstverständlich. Er ließ sein Werkzeug sinken und klopfte James zufrieden auf die frisch reparierte Hand. »Wer sagt dir, dass da draußen nicht irgendwer so etwas entdeckt oder erfunden hat? Vorstellbar ist alles.«

»*Falls* es so eine Erfindung gibt«, sagte Theo betont, »dann entstand sie wahrscheinlich in einem Labor. Bei Forschern.«

»An der Universität«, folgerte Lucius. »Oder bei der Königlich-Wissenschaftlichen Gesellschaft hier in London. Eben dort, wo die ganzen Wissenschaftler ihren Forschungen nachgehen. Oder wenigstens in deren Umfeld.«

»Arbeitet nicht auch dieser Brimblewood für die Königlich-Wissenschaftliche?«, fragte Sebastian.

Harold nickte. »Oh ja. Genau wie mein Vater und viele, viele weitere Menschen.«

»Die können wir aber unmöglich alle abklappern«, meinte Theo. Die Aussicht auf einen weiteren Tag voller Ortswechsel und neuer Gesichter schien sie zu ermüden. Seufzend legte sie Miss Sophie auf den Teppich. Der stolze Python zischte kurz und schlängelte sich dann in die Schatten unterhalb von Theos Sessel, um sein Nickerchen endlich ungestört zu Ende zu bringen.

»Das vielleicht nicht«, stimmte Lucius zu. »Aber wir können uns dort ja mal umhören. Bei der Direktion oder so. Sollte wirklich jemand aus der Gesellschaft an der Unsichtbarkeit geforscht haben, wird man das hoffentlich wissen. So etwas erregt doch Aufmerksamkeit.«

»Vielleicht müssen wir dafür gar nicht aus dem Haus«, warf Sebastian ein. »Sitzen unten im Club nicht lauter kluge Männer? Da sind bestimmt auch einige Wissenschaftler drunter, wie dein Vater, Harold.«

»Der ist heute aber unterwegs«, wandte der junge Erfinder ein.

»Egal. Wir suchen jemand anderen.« Sebastians Augen leuchteten tatendurstig. »Also lasst uns loslegen.«

Eine halbe Stunde später schlenderten Lucius und Sebastian durch die wie üblich totenstillen Räume des Diogenes-Clubs. Überall saßen ältere Herren in den schweren Ohrensesseln oder standen an den zur Straße und zur Themse weisenden Fenstern. Manche von ihnen rauchten Pfeife oder Zigarre, andere nippten an einem Tee oder einem Sherry, und nicht selten schlief jemand hinter einer aufgeschlagenen Ausgabe der *Times* oder anderer Lektüre. Nicht zum ersten Mal fragte sich Lucius, warum der Club, der so streng auf absolute Ruhe pochte, dass sich sogar die schwarz livrierten Kellner hier Lärmschutztücher um die Schuhe wickelten, lautes Schnarchen tolerierte. Vermutlich, weil jedes Mitglied irgendwann mal einschlief, und irgendwie hatten diese gleichmäßigen Sägegeräusche ja auch etwas Beruhigendes. Zumindest, wenn sie nicht vom direkten Sitznachbarn stammten.

Die zwei Jungs hatten eine Mission – und die drohte gerade zu scheitern. Wohin Lucius auch blickte, nirgends fand er einen geeigneten Kandidaten. James hatte zufällig die Namen mehrerer wichtiger Personen aus der Königlich-Wissenschaftlichen Gesellschaft Londons in seinen Datenspeichern gehabt, und eine kurze Recherche in der Mitgliedergalerie, die in einem Raum hing – gerahmte Bilder ernst dreinblickender Leute – hatte den Freunden schnell auch die Fotos zu den Namen gezeigt. Seitdem suchten Lucius und Sebastian nach diesen Männern. Doch keiner von ihnen schien den Club an diesem Morgen zu besuchen.

Nachdem sie dreimal die Runde durch alle Zimmer gemacht – und beinahe eine kostbare Vase umgestoßen hatten, die beim Aufprall gewiss anderen Lärm als ein Schnarchender verursacht hätte –, gaben sie auf. Schweigend zogen sie sich ins Treppenhaus zurück, das zum Rabennest führte.

»Was für ein Reinfall«, flüsterte Lucius, kaum dass sie die Tür zum Treppenhaus hinter sich geschlossen hatten.

»Es war einen Versuch wert«, fand Sebastian, und da hatte er vollkommen recht. »Müssen wir eben zur Gesellschaft selbst. Was soll's?«

Sebastian wollte gerade die Tür zum Rabennest öffnen, da legte Lucius ihm eine Hand auf den Arm.

»Sag mal«, begann Lucius zögernd. Ihm lag eine Last auf den Schultern, und vorhin, als er den schlafenden Allan Quatermain in einem der Clubsessel sah, hatte er sie deutlicher denn je gespürt.

»Hm?« Sebastian ließ die Türklinke los. Überrascht sah er Lucius an. »Was ist?«

Gute Frage, dachte Lucius. Er wusste selbst nicht so richtig, wie er dieses seltsame Gefühl in Worte fassen sollte. Konnte man das überhaupt? Diese Sehnsucht, die ihn packte, wann immer er an seine Mutter dachte. Und dieses ... dieses unbeschreibliche Irgendwas aus Wut, Verblüffung und, ja, auch aus Faszination, das jede Begegnung mit Sherlock Holmes in ihm weckte. »Also, dein Vater, ja?«, begann er. »Der ... Der nimmt dich manchmal mit auf seine Expeditionsreisen, richtig?«

Die Augen des Abenteurersohns leuchteten vor Begeisterung auf. »Oh ja. Immer wieder. Wir waren schon in Afrika, in Russland, in Indien ...«

»Und warum?«

Nun stutzte Sebastian. »Wie, warum?«

»Warum nimmt er dich mit? Bist du ihm da draußen kein Klotz am Bein?« Lucius dachte einmal mehr an Sherlock Holmes' Chemielabor und an ein Haus, in dem man allerhöchstens im Flüsterton spielen durfte und in dem sogar das Licht der Sonne allerhöchstens geduldet, aber nie wirklich willkommen war. »Störst du ihn nicht bei seiner Arbeit?«

Sebastian hob beide Brauen. »Stören? Na, manchmal vielleicht schon. Diese Reisen können ganz schön anstrengend sein, und hin und wieder werden sie auch echt gefährlich. Wenn mein Vater das im Voraus weiß, lässt er mich manchmal auch hier in London zurück. Sicherheitshalber.« Dann lächelte er. »Aber meist nimmt er mich mit.«

»Einfach so?«

»Na klar. Wir sind Vater und Sohn, Lucius. Wir gehören zusammen. Und seine Arbeit ist auch echt, echt toll!«

Zusammengehörigkeit. Das war es, das war das Wort, nein: das Gefühl, das Lucius gefehlt hatte. Sebastian und sein berühmter Vater gehörten zusammen – genau wie Lucius und Irene Adler es zwölf Jahre lang gewesen waren. Unzertrennliche Reisende, die sich der Welt und ihren Abenteuern gemeinsam stellten. Früher war das für Lucius ganz selbstverständlich gewesen, normal. Heute aber ...

»Sherlock Holmes und ich gehören nicht zusammen«,

murmelte er, mehr zu sich als zu Sebastian. Worte wie eine Erkenntnis. »So viel steht fest. Und das werden wir auch nie.«

Er staunte selbst, wie traurig ihn das machte. Es war eine Sache, sich damit abzufinden, dass man auf absehbare Zeit in London bleiben musste. Es war aber etwas ganz anderes, immer wieder von Neuem das Gefühl wegschieben zu müssen, dort nur geduldet und nicht gewollt zu sein – zumindest nicht vom großen Meisterdetektiv. Wieder hörte er Holmes' tadelnde Worte vom Vortag in seiner Erinnerung: *Hast du auch nur den Anflug einer Ahnung, wobei du mich gerade störst?* Dämonen hin oder her – es waren sehr, sehr typische Worte für den strengen Mann aus der Baker Street. Zusammengehörigkeit klang anders. Ganz anders.

Sebastian sah ihn fragend an. Er schwieg einen Moment lang, wirkte nachdenklich. »Noch nicht, das mag sein«, stimmte er dann zu. »Aber so, wie du vorhin über seine Methoden gesprochen hast, über das Unwahrscheinliche und das Unmögliche, findest du seine Arbeit doch genauso spannend wie ich die meines Vaters. Richtig?«

»Schon«, gab Lucius zu.

»Dann gib euch eine Chance. Ihr seid euch nämlich ziemlich ähnlich, du und Mister Holmes.«

Lucius öffnete den Mund zum Protest, doch Sebastian redete schnell weiter.

»Mindestens mal darin, dass ihr euch beide für Rätsel interessiert«, sagte der junge Afrikareisende schmunzelnd. »Das kann ein Anfang sein.«

Lucius schnaubte. *Ich und Sherlock Miesepeter? Das ist doch lächerlich!* »Dann bist du ihm aber auch ähnlich. Genau wie Theo und Harold.«

Sebastian lachte leise und legte ihm einen Arm um die Schultern. »Und deswegen sind wir vier ebenfalls ein Spitzenteam, findest du nicht?«

Nun musste auch Lucius lachen. Dass sie dabei zu laut wurden, bemerkten die zwei Jungs erst, als am Fuß der Treppe jemand pikiert hustete. Schnell verschwanden sie durch die Tür im Rabennest.

KAPITEL 10:

Die Analysemaschine

Der Schatten, der über sie fiel, war gewaltig. Eben noch waren Lucius, Sebastian, Harold und James im mittäglichen Sonnenschein den belebten Piccadilly hinuntergeschlendert, um zum Burlington House zu gelangen, wo die Königlich-Wissenschaftliche Gesellschaft ihren Sitz hatte. Nun wurde die Sonne von einem riesigen, schwebenden Körper verdunkelt. Mit brummenden Motoren schob sich das mächtige, bronzefarbene Luftschiff keine zweihundert Fuß über ihren Köpfen über den Himmel. Sein Ziel war ein hohes Metallgerüst, das nicht weit entfernt zwischen den Gebäuden aufragte und dem zigarrenförmigen Fluggefährt als Andockplatz diente.

»Schaut euch das an!« Harold hatte den Kopf in den Nacken gelegt und starrte mit großen Augen auf das Luftschiff. »Mit so einem Ding würde ich gerne mal fliegen.«

»Meine Mutter und ich sind mal in einem Luftschiff von New York nach Paris gereist«, sagte Lucius. »Das war ungefähr vor zwei Jahren. Man konnte dort ganz bequem an Tischen sitzen und etwas essen und trinken. Es gab sogar einen Klavierspieler, der auf einem extra leichten Klavier Musik gemacht hat. Man kam sich vor wie in einem Club – aber in einem deutlich lebendigeren als dem unten an der Themse. Erst wenn man aus dem Fenster sah, merkte man, dass man in Wahrheit hoch über dem Meer war.«

»Wussten Sie, Master Harold, dass so ein Luftschiff bis zu zweihundertvierzig Tonnen schwer ist?«, warf James ein. Der Automatenmann begleitete die drei Jungs auf diesem Ausflug in den Sonnenschein, was ihn sichtlich mit Stolz erfüllte. »Das entspricht dem Gewicht von fast hundertzwanzig Dampfdroschken.«

Harold riss die Augen auf. »Hundertzwanzig Dampfdroschken schweben da gerade über meinem Kopf?«

»Sozusagen.«

Sebastian legte den Kopf in den Nacken. »Ich frage mich, wie die in der Luft gehalten werden. Verwenden die die gleiche Technik wie Harolds Onkel, der diese schwebenden Metallkugeln baut, um damit zum Mond zu fliegen?«

»Mitnichten, Master Sebastian.« James schüttelte den metallenen Kopf. »Das Cavorit, das Sie meinen, ist eine ganz neue Erfindung. Aber wenn es zuverlässig funktioniert, könnte es die Luftschifffahrt für immer verändern. Nein, Luftschiffe werden durch sogenanntes Traggas in der Luft gehalten; meist handelt es sich um Helium, weil das nicht brennbar ist. In diesem Schiff über uns dürften sich etwa sieben Millionen Kubikfuß Traggas befinden. Darum ist es auch so groß.«

»Wie kommt es, dass du so viel über Luftschiffe weißt, James?«, wollte Lucius wissen.

»Ich weiß eine Menge Dinge über eine Menge Dinge«, erwiderte der Automatenbutler, und Lucius glaubte einen Hauch von Heiterkeit in seiner Stimme zu vernehmen. »Vielleicht erinnern Sie sich nicht mehr, aber Harold hat mich mit allen Informationen aus der Wissenschaftsbibliothek seines Vaters gefüttert.«

Lucius nickte verstehend. Er erinnerte sich sehr wohl, schließlich erwähnte James es bei jeder sich bietenden Gelegenheit. »Richtig. Du bist ein wandelndes Lexikon. Eigentlich sollten wir dich viel häufiger mit auf unsere Ausflüge nehmen. Du könntest dann und wann recht nützlich sein.«

»Es wäre mir eine Ehre, Ihnen allen auch außerhalb des Rabennests häufiger zu Diensten zu sein, Master Lucius. Ich gestehe, dass ich mich ein wenig unterfordert fühle, immer nur auf Miss Sophie aufpassen zu müssen – zumal diese Schlange zwar durchaus sympathisch, aber, falls Sie mir die Bemerkung erlauben, keine sonderlich unterhaltsame Gesellschafterin ist.«

»Dann hattest du ja Glück, dass Theo mit Miss Sophie heute Nachmittag zum Tierarzt muss und du nicht gebraucht wurdest«, meinte Sebastian. Warum genau der Tigerpython zum Arzt musste, wusste keiner von ihnen. »Es ist ein Schlangenproblem«, hatte Theo nur gesagt. »Miss Sophie redet nicht gerne darüber.«

Aus James' Metallnähten pufften ein paar heitere Wölkchen. »Ich verspreche Ihnen, Master Sebastian, dass Sie es nicht bereuen werden, mich mitgenommen zu haben. Elise und ich kennen uns nämlich schon seit ihrer Inbetriebnahme, müssen Sie wissen. Sie werden deutlich schneller in Erfahrung bringen, was Sie von Elise wissen wollen, wenn ich bei Ihnen bin. Sie ist, nun ja, wie sage ich es am diplomatischsten? Sie ist etwas eigen.«

»Die Analysemaschine der Königlich-Wissenschaftlichen Gesellschaft heißt Elise?«, hakte Lucius nach. *Und sie hat Launen wie Sherlock Holmes?* Ungläubig sah er von Sebastian zu Harold und dann zum Automatenmann.

»Ganz richtig.« James nickte. »Ich glaube, sie trägt den Namen einer Jugendliebe ihres Erfinders. Aber das ist nur ein Gerücht, das weder Elise noch Mister Babbage, der sie konstruiert hat, je bestätigt haben.«

Sebastian erwiderte Lucius' ratlosen Blick und zuckte mit den Schultern.

»Erst mal reden wir mit meinem Vater, wie besprochen«, sagte Harold, der all dies gar nicht zu bemerken schien. »Wenn er uns nicht weiterhelfen kann, wenden wir uns an die Analysemaschine.«

»Ist dein Onkel nicht auch Mitglied der Gesellschaft?«, warf Sebastian ein.

Der bebrillte Junge schüttelte den Kopf. »Nicht mehr. Er hat sich ein Haus irgendwo auf dem Land gekauft, um sich dort eine Werkstatt einzurichten. Mein Vater erzählt, Onkel Joseph habe gesagt, man könne in der Einsamkeit besser arbeiten. Vermutlich war er es nur leid, als Verrückter abgetan zu werden, nur weil er zum Mond fliegen will.«

»Na ja, ein bisschen verrückt ist das schon, oder?«, sagte Sebastian.

Entschieden schob Harold seine Brille die Nase hoch. Mit einem Mal lag Trotz in seinem Tonfall. »Es gibt keine verrückten Wissenschaftler. Es gibt nur Wissenschaftler mit kleinen Visionen und solche mit großen Visionen. Nur weil die einen auf die anderen neidisch sind, weil sie nicht selbst so gute Ideen hatten, ist das noch lange kein Grund, jemanden zu verunglimpfen.«

»Ich frage mich, zu welcher Sorte unser Unsichtbarer gehört«, murmelte Lucius.

»Das werden wir bald herausfinden«, sagte Sebastian fest.

Vor ihnen legte sich das riesige Luftschiff in eine kleine Kurve, dann dockte es mit der Spitze an dem Mast an. Eine metallene Gangway wurde herumgeschwenkt und an der Gondel unterhalb der bronzefarbenen Hülle festgemacht. Eine Luke öffnete sich, und Passagiere begannen auszusteigen.

»Da wären wir«, sagte Harold und deutete auf das Gebäude, das zwischen dem Mast und ihnen aufragte.

Das Burlington House war ein imposanter Bau. Mit seinen unzähligen, hohen Fenstern und den kleinen Zinnen, die das Flachdach zierten, sah es aus wie ein Stadtpalast. Ein hoher Durchgang mit gewölbter Decke führte zu einem großen, quadratischen Innenhof, der von den vier Flügeln des Gebäudes umgeben war. In der Mitte des Hofs erhob sich eine Bronzeskulptur. Sie zeigte eine Gestalt, halb Mensch, halb Automat, die einen Arm und den Blick zum Himmel gerichtet hielt, als wolle sie nach den Sternen greifen. »Keine Grenzen« stand auf dem Sockel eingraviert.

»Ist das das Motto der Gesellschaft?«, erkundigte sich Sebastian bei James, den er nun offenbar für eine Autorität in allen Wissensfragen hielt.

»Oh, nein, das ist lediglich der Name des Kunstwerks. Der Künstler wollte zum Ausdruck bringen, dass man im Streben um neues Wissen seiner Vorstellungskraft keine Grenzen setzen darf. Ich finde es ausgesprochen inspirierend.« Der Automatenmann legte versonnen den Kopf schief, um die Skulptur zu betrachten.

Ein inspirierter Roboter? Lucius beugte sich einmal mehr staunend zu Sebastian hinüber. »Manchmal kommt mir James schon fast unheimlich menschlich vor«, flüsterte er.

Sein Freund nickte. »Wem sagst du das.« Dann grinste er.

»Keine Grenzen ...« Harold schnaubte nur. »Diese Langweiler können sich doch nicht mal vorstellen, zum Mond zu fliegen.«

»Das tatsächliche Motto der Gesellschaft lautet übrigens *Nullius in verba*«, verriet James. »Das ist Latein und bedeutet ›auf niemandes Wort‹.«

»Was ist das denn für ein Motto?«, wunderte sich Lucius.

»Es soll heißen, dass die Gesellschaft ihr Wissen allein auf nachweisbaren Experimenten gründet, und nicht bloß den Worten irgendwelcher Experten traut.«

Der Junge nickte. *Ein Leitsatz, der Mister Holmes gefallen dürfte.*

Harold runzelte die Stirn. »Muss Wissenschaft nicht immer auf hieb- und stichfesten Fakten aufbauen?«

»Heutzutage mag das der Fall sein«, stimmte James ihm zu, merklich begeistert ob des plötzlichen Interesses an seinem immensen Wissen. »Aber als die Königlich-Wissenschaftliche Gesellschaft vor mehr als zweihundert Jahren gegründet wurde, war es unter ihren Mitgliedern noch weitverbreitet, nur *scheinbar* klug daherzureden, fürchte ich.«

Ihr Gespräch wurde von einem Mann unterbrochen, der aus einer Seitentür trat. »He, ihr da!«, rief er mürrisch. »Verschwindet von hier. Kinder haben hier nichts verloren.« Um seinen Worten Nachdruck zu verleihen, machte er scheuchende Bewegungen mit den Händen, während er eilig näher humpelte. Bei jedem zweiten Schritt quietschte es unter seinem Hosenbein, und als Lucius genauer hinsah, gewahrte er den Metallfuß, der aus dem Stoff ragte. Offensichtlich trug der Mann eine Prothese.

»Es ist doch immer das Gleiche«, schimpfte Sebastian. »Hier nur für Erwachsene, da nur für Erwachsene. Wo sollen wir uns nach Meinung der Erwachsenen eigentlich aufhalten?«

»Im Rabennest«, meinte Lucius schmunzelnd. »Wo wir Tee trinken, kluge Bücher lesen und auf gar keinen Fall irgendein Geräusch machen. Aber das können sie vergessen.« Er trat einen Schritt vor und hob schon zu einer weiteren Ausrede an, aber Harold hielt ihn auf.

»Lass mich das diesmal machen«, sagte er. »Guten Tag, Mister Clamoring«, wandte er sich an den Neuankömmling.

»Wie geht es Ihrem Metallbein? Ich höre, dass es wieder quietscht.«

Der ließ überrascht die Hände sinken. »Oh, Mister Cavor. Verzeihen Sie. Ich habe Sie gar nicht erkannt.« Auf einmal klang er deutlich zahmer.

»Schon gut, Mister Clamoring.« Harold winkte gönnerhaft ab. »Ich bin mit meinen Freunden auf dem Weg zu meinem Vater. Soll ich ihm Grüße ausrichten und ihn fragen, ob er sich das Gelenk mal ansieht?«

Unwillkürlich rieb sich der Mann übers linke Knie. »Das ... äh ... das wäre sehr freundlich von Ihnen, Mister Cavor. Es ist wieder das Wetter. Vermutlich muss das pneumatische Gelenk einfach nur ordentlich geölt werden, aber ich komme hier ja zu nichts, bei all der Arbeit. Versuchen Sie mal, ein Haus voller verrückter ... äh ... exzentrischer Wissenschaftler in Schuss zu halten. Professor Abberton hat erst heute früh drüben im frisch renovierten Südflügel sein unseliges Kanonenexperiment wiederholt. Jetzt muss ich schon wieder die Maurer rufen, um die Wand auszubessern.« Er seufzte theatralisch.

Sebastian hob die Brauen. »Kanonenexperiment?«, fragte er neugierig.

»Ach, Abberton hatte die Theorie, man könne eine Kugel statt mit Schwarzpulver auch mit Magneten beschleunigen.« Clamoring schüttelte den Kopf und rollte die Augen. »Was soll ich sagen: Er hatte leider recht. Kinder, Kinder, ich könnte vielleicht Geschichten erzählen! Was man jeden Tag so erlebt, wenn man als Hausmeister einer Gesellschaft von Eierköpfen angestellt ist ...«

»Wir würden liebend gerne weiterplaudern«, sagte Harold, »aber mein Vater wartet auf uns. Guten Tag, Mister Clamoring.«

»Guten Tag, Mister Cavor. Und vergessen Sie bitte nicht, den Professor anzusprechen. Wegen meines Beins, meine ich.«

»Das werde ich, keine Sorge.«

Rasch eilten die Freunde dem Ostflügel des Burlington House entgegen, während der Hausmeister brummend mit der Hand über den Sockel des Kunstwerks strich, als wolle er eingebildeten Schmutz abwischen.

»Der hat dir ja aus der Hand gefressen«, staunte Lucius.

Harold grinste. »Mister Clamoring bellt zwar laut, aber er beißt nicht – zumindest nicht mich, weil er meinen Vater braucht. Der kann hier nämlich als Einziger wirklich gut Kunstprothesen warten und reparieren. Das kommt mit seiner Arbeit als Automatenbauer daher.«

»Ich hätte nicht gedacht, dass dein Vater so viel mit Wissenschaftlern zu tun hat«, sagte Sebastian. »Als Automatenbauer wäre er doch besser freier Unternehmer statt Wissenschaftler geworden.«

»Er ist sogar beides«, erwiderte Harold. »Nein, so ganz stimmt das nicht. Wir besitzen keine Fabrik oder so, in der dumpfe Blechmänner in Serie gefertigt werden. Mein Vater war immer eher ein Forscher und Künstler. Er baut nur die besten Automatenmenschen, und diese nur für ausgewählte Kunden. Wenn er gerade keine Automaten baut, dann lehrt er an der Universität von London oder experimentiert in seinem Labor in der Königlich-Wissenschaftlichen Gesellschaft, deren Mitglied er seit fünf Jahren ist. So hängt das alles irgendwie zusammen.« Der Junge lächelte stolz. »Wenn ich groß bin, will ich auch so werden wie mein Vater.«

Lucius lächelte. »Das schaffst du bestimmt. Immerhin hast du mit James schon ein ganz eigenes Kunstwerk gebaut.«

»Vielen Dank, Master Lucius«, warf der Butler ein. Er klang ein wenig stolz, und ein kleines Dampfwölkchen stieg zischend aus der Schweißnaht auf seinem haarlosen Schädel.

Auch ihm schenkte Lucius ein Lächeln. Innerlich hingegen versetzten ihm Harolds Worte einen kleinen Stich. Harold konnte nichts dafür. Der war stolz auf seinen Vater, und das offenbar mit Recht. Genau wie Sebastian schien er gut mit ihm auszukommen.

Und ich? Ich kenne meinen Vater nicht mal, dachte Lucius. *Ich habe ihn nie gesehen, und Mom hat nie wirklich über ihn sprechen wollen. Alles, was ich habe, sind Sherlock Holmes und Doktor Watson – beides nicht die besten Ersatzväter. Der eine ist genial, aber oft ein rechtes Ekel, der andere ist liebenswert, aber auch sehr gemütlich. Mycroft Holmes ist ganz in Ordnung. Der hat was im Kopf und interessiert sich trotzdem für mich. Außerdem ist er Geheimagent oder so etwas. Das kann mit einem berühmten Afrikaforscher und einem bekannten Automatenbauer schon mithalten.*

Allerdings war Mycroft nicht allein Lucius' Freund. Er pflegte auch zu Harold, Sebastian und Theo ein gutes Verhältnis. *Aber mit mir verbringt er besonders viel Zeit!*, dachte Lucius fast schon aus Trotz. Es war kleinlich und irgendwie beschämend, selbst wenn er nur so darüber nachdachte; aber er fühlte sich jetzt auch ein klein wenig besser. Nicht ganz so benachteiligt gegenüber seinen Freunden.

Sie betraten den Ostflügel, und Harold führte sie weitläufige Korridore entlang, deren Wände von den Abbildern und Steinbüsten gewichtig dreinschauender Männer gesäumt waren. Lucius nahm an, dass es sich dabei um ehemalige Mitglieder der Gesellschaft handelte. Die meisten Namen sagten ihm überhaupt nichts. Nur mit Sir Isaac Newton, der eine Weile Präsident der Gesellschaft gewesen war, konnte er etwas anfangen. *Das war doch der Kerl, der sich über die Schwerkraft Gedanken gemacht hat, nachdem ihm ein Apfel auf den Kopf gefallen war*, dachte Lucius.

Sie erreichten eine Tür, an der ein Bronzeschild prangte, das den Namen Professor William Cavor trug. Direkt darunter hing ein Zettel mit einer handgeschriebenen Notiz. »*Bin heute den ganzen Tag in einer Konferenz. Gez. Cavor.*«

»So ein Mist«, entfuhr es Harold. »Davon hat er mir gar nichts erzählt.« Der junge Erfinder drehte sich zu den anderen um. »Dann müssen wir uns wohl an Elise wenden. Ob die uns weiterhelfen kann, weiß ich allerdings auch nicht.«

»Nicht verzagen, Master Harold«, sagte James fröhlich. »Elise mag nicht meine guten Umgangsformen haben, aber wenn etwas im wissenschaftlichen London vor sich geht, weiß sie darüber Bescheid. Ganz sicher. Folgen Sie mir bitte.«

Nun übernahm der Automatenmann die Führung, und er tat dies mit sichtlichem Stolz. Aufrecht stakste er vor den Freunden her und grüßte sogar den ein oder anderen Gelehrten, den sie passierten, als wäre dieser ein Kollege. Manche der Wissenschaftler grüßten sogar, wenn auch leicht irritiert, zurück.

Am Ende eines Korridors erhob sich eine hohe Flügeltür. Auch hier gab es ein Bronzeschild. »Analysemaschine Nr. 3« stand darauf geschrieben, und darunter hatte jemand ein zweites Schild angebracht mit dem Wort »Elise«. Ein dumpfes Klacken und Brummen war zu vernehmen.

James deutete auf die Tür. »Da sind wir. Möchten Sie mich ins Innere begleiten oder hier warten? Es ist recht laut dort und auch warm, eine Maschinenhalle eben.«

»Wir kommen natürlich mit«, sagte Lucius sofort. Er hatte schon einiges von mechanischen Intelligenzen gehört, war aber noch keiner begegnet – sah man von dem mysteriösen Sonderfall namens James ab. Harold und Sebastian nickten beifällig.

»Wie Sie wünschen«, sagte James. Er öffnete die Tür und ließ sie ein.

Der Raum, den sie betraten, hatte tatsächlich die Größe eines mittleren Ballsaals. Im vorderen Bereich fanden sich einige Stehpulte, an denen seltsame Regler angebracht waren. Außerdem gab es eine Art Flüstertüte, in die man hineinsprechen konnte, und ein Hörrohr, um der Gegenseite zu lauschen. Lucius kannte diese Art der Kommunikation von großen Schiffen, auf denen die Brücke so Verbindung mit dem Maschinenraum tief unten im Rumpf hielt.

Der hintere Teil des hohen Raums wurde vollständig von etwas ausgefüllt, das Lucius an eine gewaltige Orgel erinnerte. Bloß handelte es sich bei den Orgelpfeifen nicht um Orgelpfeifen, sondern um Kolben, die sich stampfend auf und ab bewegten. Gleichzeitig ratterten Hunderte von großen und kleinen Zahnrädern, rasteten klickend Schalter ein und surrten irgendwelche Spulen, deren Zweck sich Lucius vollkommen entzog. Im Zentrum der schnaufenden, dampfenden Konstruktion befand sich eine ballgroße, schimmernd leuchtende Optik, die den Jungen irgendwie an das Auge eines Zyklopen aus der griechischen Mythologie erinnerte. Als die Freunde den Raum betraten, drehte sie sich ihnen zu. Linsen verschoben sich surrend. Elise schien die Neuankömmlinge in Augenschein zu nehmen.

»Hallo, James«, drang eine blechern klingende, sanfte Frauenstimme aus einem Sprachrohr an der Wand.

Lucius staunte so sehr, dass es ihm die Sprache verschlug. Auch Sebastian sagte kein Wort. Fast schon ehrfürchtig verharrte er vor der gewaltigen Apparatur.

Harolds Automatenmann stellte sich vor das Maschinenungetüm. Im Vergleich mit der wuchtigen Analysemaschine wirkte er noch fragiler und schlaksiger als sonst. »Guten Tag, Elise«, sagte James. »Wie geht es Ihnen?«

»Sehr gut, danke«, erwiderte die Analysemaschine. Sie machte sich nicht die Mühe, nach James' Befinden zu fragen, was Lucius als etwas unhöflich empfand.

»Meine Begleiter und ich benötigen Ihre Hilfe bei einem wissenschaftlichen Problem.«

»Es tut mir leid, dass Sie ein Problem haben, James.«

James neigte den Kopf. »Sehr freundlich von Ihnen, Elise. Aber vielleicht können Sie uns ja helfen. Wir suchen nach einer gewissen Person.«

»Sie suchen nach einer gewissen Person?«

Irrte sich Lucius, oder äffte Elise den Automatenmann nach?

James schien es jedenfalls nicht zu bemerken. »Ja, er ist ein Wissenschaftler und womöglich Mitglied der Königlich-Wissenschaftlichen Gesellschaft.«

»Welche Tätigkeit übt er aus?«

»Wir denken, dass er daran gearbeitet hat, eine Formel für Unsichtbarkeit zu entwickeln.«

Die Analysemaschine ratterte und dampfte. »Erlauben Sie sich einen Spaß mit mir, James?«, fragte Elise. Nun klang sie tatsächlich ein wenig spöttisch.

»Nein, keineswegs«, beteuerte Harolds' Automatenmann. Hektisch stieß er einige kleine Dampfwölkchen aus. Der Verdacht schien ihn aufrichtig zu verunsichern. »Diese Person versucht wirklich, ein Mittel zu entwickeln, das unsichtbar macht. Wir gehen sogar davon aus, dass sie Erfolg hatte. So unglaublich es auch klingen mag.«

Elise klang besänftigt – zumindest für den Moment. »Fahren Sie fort.«

»Wir suchen diesen Mann und wüssten gerne, ob Sie zufällig jemanden kennen, der in der Vergangenheit mit Unsichtbarkeit experimentiert hat.«

»Vielleicht war er auch in einem verwandten Feld tätig«, warf Harold nun ungefragt und unbekümmert ein. »Vielleicht hat er sich mit Optik beschäftigt.«

Elise schwieg einen kurzen Moment. »Was wäre, wenn ich so einen Mann kennen würde?«, fragte sie schließlich.

»Dann hätten wir gerne mehr Informationen über ihn«, sagte Lucius, der nun auch nicht weiter stillhalten konnte. Diese Halle und ihre »Bewohnerin« waren hochgradig faszinierend und konnten einem gehörig die Sprache verschlagen, aber ein Fall war eben auch ein Fall. »Seine Adresse wäre sehr hilfreich.«

»Wer sind Sie?«, fragte Elise den Jungen. Bildete er es sich nur ein, oder klang sie nun pikiert?

»Ich ... äh ... mein Name ist Lucius Adler.«

»Erzählen Sie mir mehr über sich.«

»Was?« Verwirrt sah Lucius die Maschine an. »Aber wir sind doch nicht hergekommen, um über mich zu sprechen. Wir wollen mehr über den Unsichtbaren wissen.«

»Es gibt nicht auf jede Frage eine einfache Antwort«, erwiderte der riesige Apparat.

»Hä?« Lucius wechselte einen Blick mit Harold und Sebastian.

»Verzeihen Sie, Master Lucius«, mischte James sich ein. Seine Arme zuckten nervös auf und ab. »Aber ich fürchte, Sie haben Elise neugierig gemacht. Ein großer Fehler, wenn ich das anmerken darf. Nun wird sie sich nur noch mit Ihnen befassen wollen, nicht mit unserem Problem. Darf ich vorschlagen, dass Sie allesamt doch vor die Tür gehen? Ich werde deutlich schneller Antworten erhalten, wenn ich allein mit Elise spreche. Ohne Ablenkung.«

»Sprechen Sie mit mir, James?«, fragte Elise.

»Nein, mit den Jungen«, erwiderte James.

»Dann spreche ich auch nicht mehr mit Ihnen. Es ist unhöflich, sich mit anderen an mir vorbei zu unterhalten.«

Harolds Butler ließ ein Geräusch hören, das ein mechanischer Seufzer hätte sein können. Vielleicht klemmte aber auch nur ein Kolben in seiner Blechbrust.

»Ich bin schon weg«, sagte Lucius schnell. Er wandte sich der Analysemaschine zu. »Verzeihen Sie, Miss Elise, aber ich muss dringend gehen. Wir können gerne ein anderes Mal plaudern.«

»Geht mir genauso«, fügte Sebastian zögernd hinzu. »Es war, nun ja, schön, Sie kennengelernt zu haben. Guten Tag.«

»Aber bitte beantworten Sie trotzdem unsere Frage«, sagte Harold dringlich. »Wir müssen den Unsichtbaren unbedingt finden.«

»Vertrauen Sie mir, Master Harold«, antwortete James. »Ich gebe mein Bestes, um die gewünschten Informationen zu erlangen.«

»Ich weiß, James«, sagte Harold, legte seinen Freunden die Arme um die Schultern und drängte sie aus dem Raum – niedergeschlagen und doch hoffnungsvoll.

Überraschenderweise dauerte es keine zehn Minuten, bis James sich wieder zu den drei auf dem Gang gesellte. Der Automatenbutler wirkte außerordentlich zufrieden mit sich, als er die Tür zur Halle der sehr eigensinnigen Analysemaschine hinter sich schloss. »Junge Masters, ich freue mich, Ihnen bekannt geben zu dürfen, dass der Mann, den Sie suchen, wahrscheinlich gefunden ist.«

»Das ging jetzt aber schnell«, staunte Sebastian.

»Schnell?« James schnaufte, und ein weißes Dampfwölkchen trat aus den Nähten an seinem Mundmodul. »Mitnichten, Master Sebastian. Elise war heute ausgesprochen störrisch und bestand auf einer umfangreichen Plauderei, bevor sie sich die gewünschten Informationen aus den Dampfkolben ziehen ließ.«

»Aber du warst doch nur zehn Minuten allein mit ihr«, wunderte sich der Junge.

»Sie dürfen das Gespräch zwischen zwei hochentwickelten Automaten nicht mit dem Gespräch zwischen Menschen vergleichen«, erklärte James. »Ich habe mich direkt mit Elise gekoppelt, sodass unsere Unterhaltung etwa zehnmal so schnell stattgefunden hat.«

»Was du so alles kannst, versetzt mich immer wieder in Staunen.«

»Ja, manchmal überrasche ich mich sogar selbst.«

»Was hat Elise denn nun genau gesagt?«, mischte Lucius sich ungeduldig ein.

»Was sie *genau* gesagt hat?« James legte den Blechkopf schräg. »Wollen Sie tatsächlich, dass ich Ihnen das Gespräch in voller Länge wiedergebe? Ich versichere Ihnen, Master Lucius, dass Sie die nächsten hundert Minuten ihres Lebens durchaus sinnvoller nutzen könnten. Elise ist keine sehr geistreiche Gesprächspartnerin, wenn Sie verstehen, was ich meine.« Die winzigen Glühbirnen in seinen Optiken gingen aus und wieder an.

Hat der uns gerade wirklich zugeblinzelt?, fragte Lucius sich ungläubig.

Sebastian winkte lachend ab. »Lass es gut sein, James. So hat Lucius das nicht gemeint. Wir wollen einfach wissen, wer unser Unsichtbarer ist. Hatte Elise Informationen darüber?«

James hielt inne, zuckte einmal perplex mit dem Blechschädel und nickte dann. »Selbstverständlich«, wandte er sich an Sebastian. »Der Name des Gesuchten lautet vermutlich Doktor Jack Griffin. Er ist ein Wissenschaftler, der an der Universität von London tätig war und sich mit Optik beschäftigt hat. Sein Ziel war es, die optische Dichte von normalen Gegenständen denen der Luft anzugleichen, sodass diese unsichtbar werden würden. Warum er Dinge unsichtbar machen wollte, weiß Elise nicht. Allerdings haben seine Formeln angeblich nie funktioniert, und er wurde von seinen Kollegen gemeinhin als exzentrisch belächelt. Das führte schließlich dazu, dass er der Universität den Rücken kehrte und sich ins Privatleben zurückzog. Recht beleidigt, wie man offenbar munkelt.«

»Das passt doch wie die Faust aufs Auge«, meinte Sebastian. »Ein Wissenschaftler, der wegen seiner seltsamen Forschung den Arbeitsplatz verliert, erfindet unbemerkt ein Unsichtbarkeitsserum. Und weil er kein Geld hat, wendet er es an sich selbst an, um Leute zu bestehlen. Wie die Uhr von Lady Armstrong.«

»Oder das Collier von Lady Brimblewood«, erinnerte sich Lucius. »Sie dachte, ihr Butler Archie hätte es verlegt, aber ich wette, es wurde ebenfalls gestohlen – und zwar von einem unsichtbaren Griffin in der Nacht der Mumienauswicklung. Als alle abgelenkt waren.« Auf einmal ergab alles einen Sinn. Lucius sah zu James auf. »Wo finden wir diesen Jack Griffin?«

Der Automatenmann hob einen dürren Metallarm und deutete aus dem Fenster nach Nordosten. »In London Fields.«

KAPITEL 11:

Eingesperrt!

Der Stadtteil London Fields lag weit nördlich der Themse, ganz am Rand der Innenstadt von London. Und je länger Lucius ihn durchstreifte, desto schöner fand er ihn. Die Parkanlage, die dem Ort seinen Namen verlieh, war weitläufig, die Häuser im Gegenzug viel kleiner und gemütlicher als in Londons Zentrum. Spaziergänger flanierten im Schein der Nachmittagssonne über die Wiesen, Menschen auf Fahrrädern befuhren die Straßen. An einer Ecke spielten Kinder, die nur wenige Jahre jünger als die Freunde aus dem Rabennest wirkten, mit einem ledernen Ball. Ihr fröhliches Gelächter wehte im Frühlingswind.

Lucius war allerdings nicht zum Lachen zumute. Stattdessen runzelte er kritisch die Stirn. »Und da gehen wir jetzt einfach rein, oder was?«

Sie standen im Schatten einer mächtigen Buche. Dort, so glaubten sie, fielen sie kaum auf, während sie das Haus auf der gegenüberliegenden Straße beobachteten. Das Haus war sehr schmal, hatte zwei Etagen, ein Satteldach und ziemlich hohe Fenster. Seine recht schmucklose Fassade war weiß, brauchte aber schon seit Jahren dringend einen neuen Anstrich. Und es war still.

»Sieht ganz so aus«, antwortete Sebastian. »Wir können ja mal anklopfen und schauen, wer öffnet.«

»Niemand«, sagte Theo leise.

»Hm?« Harold sah sie fragend an. »Was soll das heißen, niemand?«

Das Mädchen schüttelte den Kopf. »Ist nur so ein Gedanke.«

Theo war zeitgleich mit den Jungs eingetroffen, als diese nach ihrem Ausflug zur Königlich-Wissenschaftlichen Gesellschaft ins Rabennest zurückkehrten, um etwas zu essen und den Besuch bei Doktor Griffin zu planen. Seitdem begleitete sie die anderen wieder. Miss Sophie ging es blendend, sagte sie, und James sorgte nun im Nest dafür, dass es auch so blieb.

Außerdem war James ihre Rückversicherung. »Falls wir nicht pünktlich zum Abendessen wieder auftauchen«, hatte Lucius ihm eingeschärft, »gehst du zu Mycroft Holmes und erzählst ihm alles, verstanden?« Das hielt er für sinnvoll; man konnte schließlich nie wissen, wie sich so eine Verbrecherjagd entwickelte. Und wenn ihnen jemand aus der Patsche helfen konnte, dann der stattliche Mann mit den vielen Geheimnissen.

»Nicht pünktlich zum Abendessen?«, hatte der Automatenmann erschrocken gefragt. »Oje oje.« Die Vorstellung schien ihn zu entsetzen. Dann aber hatte er versichert, dass er natürlich wie immer sein Bestes geben würde. Prompt waren die Freunde losgezogen.

Und nun waren sie hier. »Ihr müsst doch zugeben«, fuhr Theo nach einer kurzen Pause fort, »dass das Haus dieses Doktor Griffin nicht sonderlich bewohnt aussieht. Findet ihr nicht? Der Weg von der Straße hin zur Tür ist doch seit dem letzten Gewitter nicht gekehrt worden, im Garten wuchert das Unkraut, und die Fenster könnte man auch mal wieder putzen.«

»Es ist das richtige Haus«, betonte Sebastian und deutete auf den Zettel mit der Adresse. »Hier wohnt Jack Griffin.«

»Oder er *wohnte* hier«, sagte Theo. »Und eure merkwürdige neue Freundin Elise weiß noch nicht, dass er längst weggezogen ist.«

»Theo hat recht«, gestand Lucius widerstrebend. »Das Ding wirkt tatsächlich verlassen.«

»Ein Grund mehr, hinzugehen und sich umzusehen«, fand Sebastian. »Wo niemand ist, müssen wir uns auch niemandem erklären.«

Dem konnte Lucius nicht widersprechen. Schweigend traten sie aus dem Schatten des großen Baumes und auf Griffins kleines Grundstück. Blätter, Dreck und kleine Stöckchen knirschten unter ihren Schuhsohlen, als sie sich der schweren Haustür näherten. Lucius rechnete halb damit, eine kleine Armee nicht hineingeholter Milchkännchen vor ihr zu finden, doch auf der schmalen Treppenstufe, die ins Haus führte, lag nur eine abgewetzte Fußmatte.

»Wir schauen ihn uns nur mal an, in Ordnung?«, sagte Sebastian leise und klopfte an. »Falls er aufmacht.«

»Einen Unsichtbaren anschauen«, murmelte Harold. »Der Witz ist nicht übel.«

Sie warteten eine halbe Minute. Dann eine zweite halbe. Nichts geschah. Lucius beobachtete die Fenster, doch hinter ihnen regte sich nichts, und die einzigen Geräusche, die an seine Ohren drangen, waren der sanfte Wind, Vogelgezwitscher und das Lachen der spielenden Kinder.

»Zweiter Versuch.« Seufzend wiederholte Sebastian sein Klopfen, schien aber schon zu ahnen, dass es nichts bringen würde.

Lucius trat derweil um das Haus herum. Auch hier lag noch alles auf dem Boden, was der Sturm der vergangenen Nacht hergeblasen hatte. Nirgends bemerkte der Junge Fuß- oder andere Spuren menschlichen Lebens. Auch einen Automatenmann, der für den Herrn des Hauses putzte, schien es hier nicht zu geben.

Doch dann stutzte er.

Griffins Bleibe war unterkellert, wie einige kleine halbrunde Fenster in Bodennähe bewiesen. Hinter dem Haus hatte der Sturm einen dicken Ast in eines dieser Fenster gerammt. Das Glas war zerbrochen, und das krumme Holzstück ragte aus dem Loch wie ein lockender Zeigefinger.

»He«, rief Lucius. »Ich glaube, ich hab da was.«

Sofort kamen seine Freunde ebenfalls um die Ecke. »Was denn?«, fragte Harold.

Lucius deutete auf den Ast. »Einen Eingang, findest du nicht auch?«

Sebastian ging neben dem kaputten Fenster in die Hocke. »Breit und hoch genug wär's jedenfalls«, sagte er. »Sofern wir uns ganz flach auf den Bauch legen.«

Theo hob tadelnd eine Braue. »Moment mal. Ihr wollt doch wohl nicht hier einbrechen!«

»Ist es überhaupt Einbruch«, fragte Lucius, »wenn das Fenster schon offen steht?«

»Ja, ist es«, sagte das Mädchen streng. »Außerdem steht das Fenster nicht auf!«

Sebastian hatte inzwischen die Jacke ausgezogen und sich um Hand und Arm gewickelt. Nun schlug er mit dem Knäuel aus Stoff gegen die ohnehin durchlöcherte Scheibe. Das Glas gab sofort nach, und das vom Ast erzeugte Loch wurde ein gutes Stück größer.

»Jetzt schon«, sagte der Abenteurersohn grinsend.

»Das ...« Harold stand vor Entsetzen der Mund offen. »Leute, das ist kriminell. Theo hat recht, wir haben da drin nichts verloren.«

Lucius nickte. »Und doch kommen wir nicht weiter, wenn wir nicht mutig sind. Mister Griffin ist der Unsichtbare. Da sind wir uns dank James und Elise endlich sicher. Und wir müssen ihn überführen, bevor er den nächsten Diebstahl begeht. Aber das gelingt uns nicht, wenn wir drüben unter der Buche sitzen und Däumchen drehen.«

»Ich stimme Lucius zu«, sagte Sebastian. Da im Haus auch auf das Klirren der Scheibe niemand reagiert hatte, griff er nun in das entstandene Loch im Glas. Im Nu hatte er das

Fenster entriegelt und gänzlich geöffnet. »Wir haben bereits viel zu viel Zeit vergeudet, als wir einen ganzen Tag lang Geister suchen gingen, die nicht da waren. Jetzt müssen wir handeln. Schließlich sind wir Detektive!«

Vorsichtig trat Harold auf das kleine Fenster zu. Er ging auf ein Knie und spähte ins Dunkel des Kellers. »Mein Vater hat mich mal gewarnt«, sagte er sorgenvoll. »Vor falschen Freunden. Vor schlechtem Umgang.«

»Und?«, fragte Lucius. Grinsend wechselten er und Sebastian einen Blick.

»Na ja«, antwortete Harold mit einem kapitulierenden Seufzer. »Ich hätte nie gedacht, dass *ihr* der schlechte Umgang seid.«

Sebastian klopfte ihm auf die Schulter. »Wir tun das Richtige.«

Harold nickte.

Auch Theo ging nun in die Hocke. Sie kroch auf das Fenster zu, warf Lucius dabei aber einen vorwurfsvollen Blick zu. »Also dann«, sagte sie. »Hat zufällig jemand ein Licht dabei? Harold?«

Begeistert griff der junge Erfinder in seinen Rucksack. »Eins? Machst du Witze? Ich habe ein Feuerzeug, eine kleine Laterne, eine Pechfackel ...«

Nun musste Lucius lachen. »Harold Cavor, der Mann für alle Fälle.«

Harold platzte fast vor Stolz, als er seine Schätze verteilte. Lucius bekam die Fackel, Theo die kleine Laterne. Sebastian ging mit dem Feuerzeug herum und entzündete beide, dann hielt er es in die Fensteröffnung und spähte kritisch ins Dunkel. »Da unten scheint ein ziemliches Durcheinander zu herrschen. Ich sehe Holzkisten, Einmachgläser, jede Menge Bücher ... Ordnung scheint Mister Griffin jedenfalls nicht so wichtig zu sein.«

»Du kannst ja aufräumen, während wir nach Spuren suchen«, sagte Lucius schelmisch, schob sich an Sebastian vorbei und kletterte ins Innere des Gebäudes.

Eine Viertelstunde später musste Lucius Sebastian eindeutig recht geben. Ordnung war gewiss nicht Griffins zweiter Vorname! Auf einen regelrecht zugemüllten Keller folgte ein Erdgeschoss mit dicken Teppichen, deckenhohen Bücherregalen und jeder Menge Staub. Tische, Stühle, die Sessel am kalten Kamin – kaum eine Oberfläche, die nicht mit irgendwelchem Zeug vollgestellt war. Lucius' Blick streifte über bedrohlich schief wirkende Stapel aus wissenschaftlichen Büchern, ungespültem Geschirr, leeren Flaschen und Gläsern sowie mehr alten *Times*-Ausgaben, als er zählen konnte. An den Wänden hingen Ölgemälde, die ebenso schief wie hässlich waren, und die uralt aussehenden Bodendielen knarrten bei nahezu jedem Schritt der Freunde.

Doch Griffins Haus war nicht nur verdreckt, es war auch unheimlich! Eine Totenstille herrschte im Heim des Akademikers. Außerdem war es auch fast so finster wie in einer Gruft. Die vielen Bäume und die dichten Gardinen verschluckten einiges vom einfallenden Sonnenlicht. Selbst in den überirdisch gelegenen Etagen war Lucius daher beinahe froh um die Fackel.

»Nicht gerade ein heimeliger Ort«, wisperte Theo. Das Mädchen mit der Laterne ging gleich neben Lucius und sah sich ebenso ratlos um wie er. »Und es scheint, als sei seit Ewigkeiten niemand mehr hier gewesen.« Sie blickte auf eine alte Standuhr im Wohnzimmer, die stehen geblieben war, weil sie niemand aufgezogen hatte.

Lucius nickte. Das Haus wirkte von allen guten Geistern verlassen, und dennoch hatte er das Gefühl, hinter jeder Zimmertür mochte der Besitzer bereits auf sie warten – mit geballten Fäusten und bereit zum Angriff. »Spürst du das auch?«, fragte er leise. »Da ist doch etwas. Oder bilde ich mir das nur ein?«

»Ich spüre es auch«, antwortete sie. »Irgendeine Art von … von Präsenz. Aber nicht so wie bei Lady Armstrong. Es ist nicht das Haus selbst …«

»Leute, nennt mich verrückt«, sagte Sebastian. Er kam gerade aus der Küche heraus und zu ihnen in den Korridor. Seine Miene war finster, und auch er sprach auffallend leise. »Aber ich komme mir die ganze Zeit vor, als würde ich beobachtet.«

»Hier ist jemand«, meinte Lucius bestätigend und ließ den Blick von Neuem schweifen. »Auch, wenn's nicht so aussieht.« *Der unsichtbare Mann*, dachte er grimmig. Und gleichzeitig zweifelte er. Würde der so gerissene Griffin wirklich in solch einem Chaos leben? Selbst die Luft roch hier doch staubig! Und von gestohlenen Schätzen keine Spur.

Laute Schritte aus dem Obergeschoss ließen die Freunde zusammenfahren. Lucius rannte zur Treppe, sah nach oben – und fand Harold. Der junge Erfinder erschien an der obersten Stufe und strahlte über das ganze Gesicht. »Das müsst ihr euch unbedingt ansehen«, sagte er. »Echt, das glaubt ihr nicht!«

Schnell folgten Lucius, Sebastian und Theo der Aufforderung. Die oberste Etage ähnelte dem Erdgeschoss: Auch sie strotzte vor Staub und Durcheinander. Lucius sah ein Schlafzimmer mit ungemachtem Bett und klobigem Kleiderschrank, ein Bad mit winzigem Fenster, eine verschlossene Holztür, die vermutlich auf den kleinen Speicher führte – und den Grund für Harolds Begeisterung.

»Hier«, sagte der Erfinder und blieb mit vor der Brust verschränkten Armen auf der Schwelle des entsprechenden Raumes stehen. »Hier würde ich echt gern einziehen.«

Das Zimmer war groß, es nahm etwa zwei Drittel der Etage ein. Und es war voll. »Ein Labor«, staunte Lucius. Sein Blick wanderte über fremdartige Apparaturen aus Keramik und Metall, über bauchige Glasbehälter, Schiefertafeln voller mathematischer und chemischer Formeln, ein Mikroskop, einen Bunsenbrenner, mehrere Zirkel und Rechenschieber sowie über ein wirres Durcheinander aus Notizzetteln und aufgeschlagenen Büchern. Der Rest des Hauses mochte eine Wohnstatt sein, dieses Zimmer aber war ein Arbeitsplatz. Und der war weit weniger staubig als der Rest!

»Passt ins Bild«, fand Sebastian. Auch er sah sich interessiert um. »Griffin lebt für seine Forschung, hm? Die anderen Zimmer interessieren ihn kaum. *Hier* fühlt er sich wohl.«

»Ich dachte, als Wissenschaftler hätte er ein Labor bei der Gesellschaft«, wunderte sich Lucius. Er sah sich gewaltig an Mister Holmes' kleines Chemielabor hinter der Bücherwand erinnert, Griffins »Spielplatz für Forscher« war allerdings um einiges größer. Und deutlich chaotischer.

»Das hatte er bestimmt auch«, sagte Harold. »Dort arbeitete er früher und tagsüber. Aber hier«, er breitete die Arme aus, und ein seliger Ausdruck trat auf seine Züge, »arbeitet er nachts weiter.«

»Und woran?« Theo ging durch den Raum, vorbei an den langen Arbeitstischen, an den bauchigen Glaskolben und dem ganzen Rest. Vor einer der Tafeln blieb sie stehen. »Ich habe keinen blassen Schimmer, was da steht.«

Harold kam neben sie. »Hier geht es um Licht«, sagte er und deutete auf irgendwelche Zeilen voller Zahlen, Buchstaben und Pfeile. Dann zog er eines der aufgeschlagenen Bücher vom nächstbesten Tisch und hielt es Theo so selbstverständlich hin, als sei damit alles erklärt. »Lichtbrechung, Lichtspektrum – das ganze Zeug, eben.«

»Das ganze Zeug«, wiederholte Sebastian leise und sah Lucius schmunzelnd an.

»Hier«, Harolds ausgestreckter Zeigefinger wanderte zur nächsten Tafel weiter, die anders, aber doch recht ähnlich beschrieben war, »scheint es um Chemie zu gehen. Ich kenne mich da vergleichsweise wenig aus, aber auf mich wirkt das fast wie der Beginn eines Rezepts, einer Formel oder so.«

»Für Unsichtbarkeit?«, fragte Sebastian. Neugierig trat er vor. »Das wäre vielleicht ein Fund!«

Was Mister Holmes wohl dazu sagen würde?, dachte Lucius. Dann ärgerte er sich über den Gedanken.

Harold zuckte mit den Schultern. »Möglich«, sagte er, und es klang enttäuscht. »Ich weiß es aber nicht.«

Lucius nahm die Regale und Vitrinen an den Laborwänden genauer in Augenschein. Sie enthielten allerlei Gefäße unterschiedlicher Größe und unterschiedlichen Inhalts: Gläser mit Flüssigkeiten, hölzerne Kistchen voller flacher Objektträger, Zettelkästen, aber auch einige abgewetzte Kladden und nicht minder ramponiert aussehende Notizbücher. »Vielleicht steht's ja hier drin«, schlug er vor und deutete auf eines der kleinen Büchlein.

Harold eilte herbei, nahm es und schlug es auf. Dann machte er große Augen. »Hört euch das an!«, sagte er laut und begann, die letzte Seite vorzulesen. »*5. Mai 1895. Der Durchbruch steht unmittelbar bevor, daran hege ich keinerlei Zweifel. Mehr noch: Ich spüre es mit jeder Faser meines Seins. Die jüngsten Experimente verliefen höchst zufriedenstellend. Edwards, mein minderbemittelter Adlatus, bleibt zwar zweifelnd, aber ...*«

»Mein was?«, unterbrach Lucius die Lektüre.

»Adlatus«, sagte Theo. »Das heißt Gehilfe. Doktor Griffin hat oder hatte offenbar einen Mitarbeiter – übrigens auch noch nach seiner Entlassung. Der 5. Mai ist ja gerade einmal eine gute Woche her. Von diesem Adlatus hält Griffin allerdings wenig, wie mir scheint.«

»... aber was kümmert mich die Einschätzung eines so törichten Kerls?«, fuhr Harold nickend fort. »Nein, mein Werk ist die einzige Bestätigung, die ich benötige. Meine Ergebnisse zeigen mir, dass ich auf dem richtigen Weg bin. Endlich! Endlich werde ich es schaffen.«

»Die Unsichtbarkeitsformel«, murmelte Sebastian. Er machte große Augen und lauschte fasziniert. »Darum geht es, oder? Doktor Griffin hat sie tatsächlich gefunden.«

Harold las weiter. »Gleich morgen Nacht werde ich die Mixtur testen – an mir selbst, denn ich kann sonst niemandem vertrauen. Nicht auszudenken, was geschähe, wenn diese wissenschaftliche Sensation einem tumben Gesellen wie Edwards in die Hände fiele! Nein, ich selbst werde sie ausprobieren. Ich, der so lange so eifrig für sie gekämpft und gearbeitet hat. Jahrelang haben meine Kollegen mich verspottet. Jahrelang hat man an mir und meinem Verstand gezweifelt. Doch morgen Nacht, wenn die Salbe endlich fertig ist, bekomme ich meinen gerechten Lohn. Diesmal wird es gelingen, bei Gott! Es muss.« Nun sah der Junge auf. »Das war's. So endet der letzte Eintrag.«

Während Harold das Notizbuch durchblätterte, sah Lucius zu den anderen beiden. »Meint ihr, er hat es geschafft?«, fragte er. »Sehen wir ihn hier vielleicht deswegen nicht? Weil er zwar hier ist, aber seine Mixtur benutzt hat?«

Theo trat nachdenklich zu einem der Arbeitstische und betrachtete eines der bauchigen Gläser. Eine weiße, cremeartige Substanz befand sich darin. »Falls ja, könnte das hier sie vielleicht sein.«

»Oder es ist einfach nur eine Salbe«, sagte Sebastian. Er hielt die Nase über das Glas und schnupperte. »Riecht nach gar nichts.« Dann steckte er die Hand in das Glas.

»Vorsicht!«, warnte Harold. »Theo hat recht: Das könnte Griffins Entdeckung sein. Zumindest theoretisch. Und falls ja, wird deine Hand vielleicht unsichtbar, sowie du dieses Zeug berührst. Keine Ahnung, wie wir das dann wieder rückgängig machen sollen.«

Der Abenteurersohn lächelte zuversichtlich. »Du findest schon einen Weg, Harold. Du doch immer.« Er wollte die Finger gerade in die cremefarbene Masse tunken, da hallte ein Schlag durch das Haus!

Die vier Freunde erstarrten. »Was in aller Welt ...«, murmelte Harold.

Und der Schlag wiederholte sich. Hart, laut, gewaltig. Dann ein drittes Mal. Es klang, als schlüge ein Toter von innen gegen das steinerne Tor einer Gruft.

»Das kommt von dort hinten«, erkannte Lucius und verscheuchte das gruselige Bild, das sich vor seinem geistigen Auge gebildet hatte, wieder. Schnell ging er zurück in den schmalen Flur der ersten Etage. Tatsächlich: Vor der geschlossenen Holztür, die zum Speicher führte, tanzten auf einmal deutlich mehr Staubkörner in der dämmrigen Luft als vorhin. Und es wurden noch viel mehr, als der Schlag zum vierten Mal erklang und die hölzerne Tür dabei zitterte.

»Da ist jemand drin!«, sprach Sebastian aus, was auch Lucius inzwischen ahnte. Die Tür war von außen verriegelt. »Und der will raus.«

Lucius trat vorsichtig auf die Tür zu. Wartete dort drin etwa doch ein Toter? »Hallo?«

Dumpfes Gemurmel erklang jenseits der Schwelle, doch er verstand kein Wort. Kurzerhand nahm er seinen Mut zusammen und zog den Riegel zurück. Die Tür schwang auf – und ein fremder, durchaus lebendiger Mann erschien auf der Schwelle!

Er war fast so groß wie Doktor Watson, aber deutlich jünger und schlanker. Sein kastanienbraunes Haar war zerzaust, und ein stoppeliger Dreitagebart zierte sein markantes Kinn. Er trug ein weißes, schmutziges Hemd, dessen Stoff mehrere kleine Risse aufwies, und eine ebenfalls vor Dreck strotzende dunkle Hose. Schwere Ringe lagen unter seinen Augen, und er roch entsetzlich ungewaschen. Auf seiner Stirn prangte eine Beule, die auf einen kräftigen Hieb zurückgehen mochte und schon ein paar Tage alt sein musste.

»Doktor ... Griffin?«, fragte Lucius perplex.

Der Mann nickte erleichtert. »Gott sei Dank«, keuchte er und hielt sich die rechte Schulter. Damit, so schien es, war er soeben vierfach gegen die geschlossene Speichertür gerannt. »Gott sei Dank, endlich findet mich jemand. Ich dachte schon, ich müsste da oben sterben!«

Wenige Minuten später saßen sie alle unten im Wohnzimmer. Der frisch aus seinem Speichergefängnis befreite Doktor hatte ein paar Bücher- und Tellerstapel beiseitegeräumt und zwei Sessel sowie das breite Sofa vor dem kalten Kamin freigemacht. Nun lehnte er sich in einem der Sessel zurück und schloss die Augen. »Sechs Tage«, seufzte er. »So lange stecke ich nun schon auf diesem elenden, winzigen Dachboden fest. Ohne Licht, ohne frische Luft. Als ich dann eure Stimmen hörte ... Ich glaubte zuerst wirklich, ich würde bloß träumen. Doch es war kein Traum. Zum Glück nicht.« Erleichtert vergrub er das Gesicht in den zitternden Händen.

Lucius fiel auf, dass seine Fingerkuppen wund und einige Nägel gesplittert waren. »Sie haben versucht, sich zu befreien«, begriff er. »Mit bloßen Händen.«

»Tagelang«, bestätigte Doktor Griffin leise. Niedergeschlagen sah er zu Lucius. »Aber immer vergebens. Diese verfluchte Tür ist stabiler als die Brücken unten am Fluss, und ihre Scharniere sind unfassbar stur. Wärt ihr nicht plötzlich gekommen ...« Er verstummte kopfschüttelnd.

Theo nutzte die Pause sofort. »Sie *sind* tatsächlich Doktor Jack Griffin?«, erkundigte sie sich abermals. »Der Wissenschaftler von der Universität?«

Griffin nickte. »Höchstpersönlich, junge Dame. Und ich stehe gewaltig in eurer Schuld.«

»Aber Sie sind gar nicht unsichtbar«, sagte Harold und klang abermals fast enttäuscht.

Ihr Gastgeber ballte die Fäuste. »Oh, das liegt nicht an

mir.« Sein Blick ging ins Leere. »Glaub mir, mein Junge. Das liegt nicht an mir.«

Lucius runzelte die Stirn. »Sondern an wem?«

»Na, an Edwards, diesem elenden Schuft!« Griffin stand auf. Unruhig ging er auf und ab. Es brannte ein Zorn in ihm, der ihm neue Kraft gab und irgendwie raus musste. »Ich war ein Narr, diesem Gauner zu vertrauen. Ein törichter Narr!«

»Moment mal«, sagte Sebastian und hob eine Braue. »Edwards? Ihr eigener Atlas ...«

»Adlatus«, korrigierte Theo.

»... Aladin hat sie da oben eingesperrt?« Sebastian deutete auf die Wunde an Griffins Stirn. »Verdanken Sie ihm etwa auch das da?«

Der Wissenschaftler verzog grimmig das Gesicht. »Ich hätte ahnen müssen, dass er mich hintergeht. Aber ich war zu blind, die Wahrheit zu erkennen. Zu blind für seine schlichte, skrupellose Gier.«

Dann begann Doktor Griffin zu erzählen. Wie er den Freunden schilderte, hatte sein Laborgehilfe ihn bei Nacht und Nebel überwältigt, just als das Unsichtbarkeitsserum fertig war. Er hatte Griffin in einem Moment der Unachtsamkeit eins mit dem Mikroskop übergezogen und ihn bewusstlos geschlagen. Wochenlang musste er auf diesen Moment gewartet haben.

»Als ich wieder zu mir kam, lag ich auf dem Dachboden«, beendete der befreite Doktor seinen Bericht. »Und sosehr ich mich auch anstrengte, ich bekam die Tür nicht mehr auf.

Ich war eingesperrt – und Edwards stellte Gott weiß was mit meiner Erfindung an. Mit dem Mittel zur Unsichtbarkeit. Ich wage mir gar nicht vorzustellen, welchen Schindluder er damit treibt ...«

Lucius sah zu seinen Freunden. »Ich fürchte, das wissen wir sehr genau«, sagte er.

Und Jack Griffin erbleichte.

KAPITEL 12:

Kampf mit dem Unsichtbaren

»Wir müssen etwas gegen diesen Edwards unternehmen!« Sebastian schlug mit der Faust auf Griffins Küchentisch, um den sie eine Stunde später alle versammelt saßen. »Wir dürfen doch nicht zulassen, dass er weiter sein Unwesen in der Stadt treibt. Er bestiehlt ja nicht nur einzelne Leute, er versetzt auch halb London in Angst und Schrecken.«

»Das ist wahr«, fügte Harold hinzu. »Immerhin steht in allen Zeitungen, dass es auf den Straßen spukt. Ich habe selbst in den vergangenen zwei Nächten kein Auge zugetan.«

»Dabei wären Geister so viel angenehmer als ein skrupelloser Unsichtbarer«, meinte Theo. »Nun, die meisten jedenfalls.«

Lucius blickte von einem zum anderen und er sah auch zu Griffin hinüber. Der von seinem Adlatus hintergangene Wissenschaftler hatte sich zwischenzeitlich frisch gemacht, seine wunden Finger versorgt und neue Kleidung angezogen. Nun, während er hungrig einen Teller mit aufgewärmten Dosenbohnen verspeiste, sah er schon deutlich eher nach dem Gelehrten aus, der er war. Und er wirkte auch überhaupt nicht so verrückt, wie seine Kollegen an der Universität angeblich behaupteten.

»Was machen wir also?«, fragte Lucius.

»Sollten wir nicht Scotland Yard rufen?«, fragte Harold.

»Ich bezweifle, dass die Herren dort uns glauben werden, wenn wir sagen, wir möchten einen Unsichtbaren anzeigen«, warf Theo spöttisch ein.

»Aber Doktor Griffin kann es doch bezeugen.«

Griffin blickte auf die Uhr, die an der Küchenwand hing. »Ich fürchte, uns bleibt nicht genug Zeit, um die Obrigkeiten zu rufen. Edwards kommt einmal täglich hier vorbei und bringt mir etwas zu essen. Meist taucht er zwischen der sechsten und siebten Abendstunde auf. Es ist bereits halb sechs. Wenn er eintrifft und mich nicht mehr in meinem Gefängnis vorfindet, wird er, so rasch es geht, das Weite suchen.«

»Können wir Sie nicht wieder einsperren?«, wandte Theo ein. »Dann würde Edwards keinen Verdacht schöpfen, Ihnen Ihre Mahlzeit bringen und wieder verschwinden. Danach hätten wir bis morgen Abend Zeit, um ihm mithilfe der Polizei eine Falle zu stellen.«

Griffin schüttelte den Kopf. »Ich sage es dir ganz ehrlich, Theodosia: Es wäre mir lieber, wenn Scotland Yard sich nicht in meinem Haus umschaut. Je weniger Menschen wissen, dass mein Unsichtbarkeitsserum funktioniert, desto besser. Ich war besessen von der Idee, wollte unbedingt beweisen, dass es klappt. Aber nun erkenne ich, wie gefährlich es in den falschen Händen sein kann. Wenn irgendwie machbar, möchte ich Edwards unauffällig dingfest machen, um ihn dann als gewöhnlichen Dieb mitsamt seiner Beute bei der Polizei abzuliefern. Und danach vernichte ich meine Forschung, damit niemals wieder jemand damit solchen Schindluder treiben kann.«

Seine Worte klangen vernünftig in Lucius' Ohren. »Ist Ihr Gehilfe unsichtbar, wenn er Sie besucht?«, fragte er.

Griffin nickte. »Leider ja. Er ist ein feiger und extrem vorsichtiger Geselle. Und da er ohne mich freien Zugriff auf mein Labor hatte, standen ihm meine Vorräte der Mixtur ebenfalls ungehindert zur Verfügung.«

»Aber wie wollen wir einen Unsichtbaren schnappen?«, überlegte Theo.

»Wie du es schon selbst sagtest«, erwiderte Sebastian mit entschlossener Miene. »Wir müssen ihm eine Falle stellen. Ich kenne das aus der Savanne, wenn man ein scheues Tier einfangen will. Man muss einen unwiderstehlichen Köder auslegen und um diesen Köder eine Falle errichten, die das Tier nicht bemerkt, bis sie zuschnappt.«

»Wie soll die aussehen?«, fragte Theo. »Willst du ein Loch in den Dielenboden sägen und einen Teppich darüberlegen? Wir sind hier nicht im Urwald, Sebastian, sondern in einem Haus.«

»Das Wichtigste wäre doch, dass wir den Schurken sichtbar machen«, fand Lucius. »Danach fängt er sich von ganz alleine. Schließlich sind wir in der Überzahl.«

»Und ich habe auch noch das hier«, warf Harold ein, kramte in seinem Überlebensrucksack und zog etwas daraus hervor.

»Was um Himmels willen ist das denn?«, fragte Doktor Griffin, als er das Ding sah. Es erinnerte vage an einen Revolver, besaß aber keine Patronentrommel oder einen gewöhnlichen Lauf. Stattdessen wies es ein seltsames Konstrukt aus Glas und Metallfolie auf, das in einer Metallspitze endete.

»Ich nenne es Blitzschocker«, verriet Harold vor Stolz glühend, während er den Holzgriff mit der Kurbel umfasste. »Damit kann man Leute ausschalten. Man muss nur mit der Kurbel im Griff, an der ein Dynamo angebracht ist, diese Kondensator-Anordnung hier oben aufladen. Danach drückt man ab, und es gibt einen Mordsblitz, der Edward umhauen sollte.«

Griffin hob zwischen zwei Löffeln Bohnen die Augenbrauen. »Normalerweise würde ich jetzt sagen, Jungen in deinem Alter sollten nicht mit solch gefährlichen Spielsachen hantieren. Aber in diesem Fall bin ich ausnahmsweise glücklich darüber, dass du diesen ... Blitzschocker ... dabeihast.«

»Aber du kannst Edwards erst treffen, wenn du ihn auch tatsächlich siehst«, gab Theo zu bedenken.

»Auch daran habe ich schon gedacht«, sagte Harold freudestrahlend. Es schien ihm zu gefallen, dass seine Ausrüstung, die er ständig mit sich schleppte, endlich mal wieder zum Einsatz kam. »Wir könnten den Wassersprüher verwenden, um Edwards sichtbar zu machen.« Er holte die Flasche mit dem Sprühaufsatz aus dem Rucksack, mit der er in den letzten zwei Tagen erfolglos Geister gesucht hatte. »Bei unserer ersten Begegnung tauchte Edwards schemenhaft im Nebel über dem Hyde Park auf. Wenn wir den Unsichtbaren also selbst ansprühen, sehen wir vielleicht genug von ihm, um ihn auch mit dem Blitzschocker zu erwischen.«

Lucius schüttelte den Kopf. »Ich glaube, da habe ich einen besseren Vorschlag. Aber dazu müsste ich noch eins wissen: Kann man mit der Unsichtbarkeitssalbe nur Menschen unsichtbar machen oder auch Gegenstände?«

»Die Salbe macht unsichtbar, was immer damit eingerieben wird«, sagte Griffin ein wenig stolz.

»Auch das, was drin ist? Also könnten wir einen Eimer mit Mehl unsichtbar machen? Oder nur den Eimer und nicht seinen mehligen Inhalt?«

Der Erfinder nickte langsam. »Ja, das würde in der Tat klappen. Eimer *und* Inhalt.«

Sebastian klatschte in die Hände. »Großartig. Dann füllen wir einfach einen Eimer mit Mehl, stellen ihn über die Tür, und wenn Griffin hindurchgeht, schütten wir ihm das Mehl über. Danach kann Harold ihn mit seinem Blitzschocker ausschalten.«

Abwehrend hob Doktor Griffin die freie Hand. »Und dabei brennt mein halbes Haus ab? Eine Mehlstaubwolke ist hoch entzündlich. Ein Funke und es gibt einen Feuerball, der uns allen schwerste Brandverletzungen zufügen würde.«

»Das hätte ich auch gewusst«, warf Harold ein.

»Oh«, machte Sebastian enttäuscht.

»Aber die Idee ist nicht schlecht«, fuhr Doktor Griffin fort. »Nur nehmen wir statt Mehl vielleicht lieber einen Eimer alte

Farbe. Ich will schon seit Langem die Eingangstür meines Hauses neu streichen. Die Farbe sollte im Keller stehen. Ich gehe gleich mal nachschauen.« Er legte den Löffel beiseite und tupfte sich den Mund mit einer Serviette ab. Dann stand er auf und verließ mit raschen Schritten die Küche.

»Jetzt brauchen wir nur noch einen guten Köder, der diesen Fiesling dorthin lockt, wo wir ihn haben wollen«, sagte Sebastian zu den anderen.

»Edwards liebt Schmuck und andere Wertsachen«, meinte Lucius. »Eine 5-Pfund-Note würde es vermutlich auch tun.«

Harold lachte auf. »Eine 5-Pfund-Note? Woher sollen wir bitte schön eine 5-Pfund-Note nehmen?«

»Vielleicht kann ich helfen«, meldete sich Theo zu Wort.

Ungläubig riss Harold die Augen auf. »Du hast so viel Geld bei dir?«

»Natürlich nicht«, erwiderte das Mädchen. »Aber ich habe das hier.« Sie nestelte am Ausschnitt ihres indisch aussehenden Kleides herum und zog ein Amulett an einer dünnen Goldkette hervor. Es handelte sich um eine kleine, kreisrunde Schreibe, auf der ein fremdartiges Symbol prangte, das wie eine geschwungene Dreißig aussah. Darüber befanden sich eine liegende Mondsichel und ein einzelner Punkt.

»Was ist das?«, fragte Lucius neugierig.

»Ich weiß es nicht«, erwiderte Theo. »Die Frau, die mir bei meiner Geburt das Leben rettete – ich habe euch ja davon erzählt –, schenkte es mir später, kurz bevor mein Vater und ich nach England aufbrachen. Es soll mir Glück bringen. Ich glaube zwar nicht daran, denn es fühlt sich einfach nur wie ein Stück Schmuck an, aber ich finde es hübsch. Daher hätte ich es gerne nachher wieder, verstanden?«

»Keine Sorge.« Sebastian grinste, als er die Hand nach dem Kleinod ausstreckte. »Mit *diesem* Schmuck wird Edwards nicht verschwinden. Dafür sorgen wir schon.«

Mit klangvollem Gong schlug die alte Standuhr im Wohnzimmer zur neunten Stunde. Lucius duckte sich hinter den dunkelbraunen Lederohrensessel, den Blitzschocker fest umklammert. Er unterdrückte ein Gähnen. *Was machen wir hier noch?*, dachte er. Alles war vorbereitet. Edward musste nur durch die Tür in Doktor Griffins stilles Haus kommen, und dann schlugen sie zu.

Doch Edwards hatte sich in den letzten drei Stunden nicht gezeigt, und mittlerweile war er wirklich überfällig. *Vielleicht kommt er heute gar nicht*, überlegte Lucius. *Dann sitzen wir hier noch bis Mitternacht. Und in der Baker Street machen sich Doktor Watson und Mrs Hudson Sorgen.*

Vorsichtig spähte der Junge an der Lehne vorbei zur Schwelle zwischen Wohnzimmer und Eingangsbereich. Vor der Zimmertür, etwa zwei Schritte ins Wohnzimmer hinein, lag das exotische Amulett, das Theo ihnen geliehen hatte.

Auf einem Bücherbrett über der Tür stand der Eimer mit weißer Farbe. Das wusste Lucius, auch wenn er den Eimer nicht sehen konnte, weil sie ihn zuvor vorsichtig mit der Unsichtbarkeitssalbe von Griffin eingeschmiert hatten.

Eine Dose der Unsichtbarkeitssalbe steckte außerdem in Lucius' Jackentasche. Er hatte sie vorhin unauffällig in Griffins Labor mitgehen lassen. Eigentlich stahl Lucius nicht gerne. Nach einer Beinahekatastrophe in Schanghai vor zwei Jahren hatte er sich diese üble Neigung abgewöhnt. Aber Doktor Griffins faszinierendes Mittelchen mochte ihnen noch nützlich bei zukünftigen Abenteuern sein, und da Lucius nicht davon ausging, dass Griffin – oder sonst ein Erwachsener – es ihm später überlassen würde, hatte er sich kurzerhand bedient. *Für den guten Zweck*, sagte er sich.

Lucius blickte zu Theo, die sich hinter der Tür versteckt hatte. Danach glitt sein Blick weiter zu Sebastian hinter der Kommode und Griffin neben dem Bücherregal. Bloß Harold war für ihn nicht zu sehen. Der junge Erfinder verbarg sich im Flur, um die Haustür zu beschatten und Edwards den Fluchtweg abzuschneiden, sobald die Falle zuschnappte. *Falls* sie überhaupt zuschnappte.

Auf einmal waren leise Schritte zu hören. Lucius spürte, wie sich sein Herzschlag beschleunigte. *Wie ist Edwards unbemerkt ins Haus gelangt?*, durchfuhr es ihn erschrocken.

Doch es war nur Harold, der plötzlich im Türrahmen erschien. Der Junge ließ die Schultern hängen. »Wie lange wollen wir noch warten?«, fragte er flüsternd in den Raum hinein. »Es ist schon neun. Müssen wir nicht zum Rabennest zurück? Mein Vater macht sich bestimmt schon große Sorgen.«

»Ich will gar nicht daran denken, was *mein* Vater sagt, wenn ich so spät nach Hause komme«, gab Theo missmutig zurück.

»Habt euch nicht so«, ging Sebastian dazwischen. »Wir haben doch James, der inzwischen längst Mycroft informiert hat. Den beiden fällt sicher eine gute Ausrede ein, um unsere Eltern zu besänftigen, wenn sie auftauchen, um uns abzuholen.«

Lucius hoffte, dass das stimmte.

»Außerdem«, fuhr der blonde Junge fort, »weiß ein echter Jäger, dass er Geduld mitbringen muss, wenn er seine Beute fangen will.«

»Glauben Sie, dass Edwards noch kommt, Doktor Griffin?«, fragte Lucius den Wissenschaftler.

Dieser wirkte unsicher. »Eigentlich kam er an jedem Abend, und das auch recht pünktlich. Heute verspätet er sich tatsächlich ungewöhnlich stark.«

Harold schob seine Brille die Nase hoch. »Ich sage, wir gehen nach Hause und versuchen es morgen ...«

In diesem Augenblick vernahmen sie an der Eingangstür ein Geräusch. Es klang nach einem Schlüssel, der im Schloss gedreht wurde.

»Ach du Kacke«, hauchte Harold.

»Schnell, versteck dich wieder«, zischte Lucius, und sofort huschte sein Freund nach draußen in den Flur zurück.

Es klickte, dann quietschten leise die Angeln, als die Haustür von außen geöffnet wurde.

Lucius spannte die Muskeln an. Jetzt ging es gleich los. *Hoffentlich hat Griffins Gehilfe uns nicht reden hören*, schoss es ihm durch den Kopf. *Und hoffentlich hat Harold es wieder in sein Versteck geschafft.*

Doch nichts deutete darauf hin, dass Edwards Verdacht geschöpft hatte. Es war kein Rufen und kein Poltern zu hören. Stattdessen näherten sich Schritte durch den Korridor. Wenn er in anderer Leute Häuser einstieg, gab sich Edwards alle Mühe, so lautlos zu sein, wie der Geist, für den man ihn halten sollte. Hier fühlte er sich jedoch in seinem Revier und trat daher wohl ohne jede Vorsicht auf.

Plötzlich hielten die Schritte inne. Lucius wagte kaum zu atmen. Nun musste Edwards das Amulett bemerkt haben.

»Was ist das denn?«, brummte jemand im Korridor, direkt jenseits der Tür. Die Stimme war rau, aber noch recht jung.

Bitte, schau es dir an, flehte Lucius lautlos. Wenn Edwards nicht durch die Wohnzimmertür kam, war ihr ganzer Plan hinfällig.

Ein kaum merklicher Windzug verwirbelte den Staub, der träge im Schein der Gaslampen durch die Luft trieb. Dann knarrte eine hölzerne Bodendiele. Zu sehen war nichts. Doch Lucius spürte regelrecht die Anwesenheit des Unsichtbaren. Sein Herz klopfte wie wild. Edwards durfte keinen von ihnen zu früh bemerken.

»Das Ding lag doch gestern noch nicht da«, murmelte die Stimme. Das Amulett fing an zu schweben. Das war das Zeichen!

»Jetzt!«, rief Lucius, der den besten Blick auf das Amulett gehabt hatte.

Mit einem Ruck zog Theo an dem Farbeimer. Ein Schwall weißer Farbe ergoss sich vom Buchregal in die Luft. Ein Teil fand auf halber Höhe ein Hindernis und tränkte dieses. Der Rest landete klatschend auf dem Holzboden. Ein Stück Kopf, Schulter und Rücken wurde mitten im Durchgang sichtbar, die bizarre Form eines Menschen, die jedem Unwissenden einen Heidenschreck eingejagt hätte.

Doch Lucius war bereit. Während Edwards noch überrascht brüllend in die Höhe fuhr, sprang Lucius auf und drückte den Abzug des voll aufgeladenen Blitzschockers durch. Eine krachende, elektrische Entladung zuckte quer durch den Raum und traf das Fragment von einem Mann.

Erneut brüllte Edwards auf. Er zuckte heftig zusammen, ließ das Amulett fallen, wirbelte dann herum und prallte dabei gegen den Türrahmen. Keuchend taumelte er, doch zu Lucius' fassungsloser Verblüffung fiel er nicht zu Boden. Griffins Adlatus war hart im Nehmen, das musste man ihm lassen. »Schnappt ihn euch!«, rief der Junge aufgeregt.

Doktor Griffin und Sebastian ließen sich das nicht zweimal sagen. Sie nutzten Edwards' zeitweilige Orientierungslosigkeit, um aus ihren Verstecken hervorzuspringen und sich auf den Dieb und Entführer zu stürzen. Beide trugen Wolldecken, mit denen sie vorhatten, Edwards festzusetzen und kampfunfähig zu machen.

Aber der nicht mehr ganz so Unsichtbare überraschte sie alle! Er knurrte wie ein wildes Tier und schüttelte sich so heftig, dass die Farbtropfen nur so durch den Raum flogen und Bücherstapel und Möbel sprenkelten. Dann holte ein nur vage erkennbarer Arm aus und schlug mit voller Wucht zu.

Griffin wurde ins Gesicht getroffen. Er schrie überrascht auf und zuckte zusammen, als wäre er gegen eine unsichtbare Wand gelaufen. Zwei Schritte nach hinten wankend hielt er sich mit der Hand die schmerzende Wange.

»Oh, verflixt«, entfuhr es Lucius, und er fing wie wild zu kurbeln an, um den Blitzschocker wieder aufzuladen. Eine zweite Ladung *musste* Edwards einfach zu Fall bringen!

Sebastian duckte sich unterdessen und warf sich gegen die Beine des Unsichtbaren. Erneut taumelte dieser, und beinahe wäre er zu Boden gestürzt. Im letzten Moment konnte Edwards sich am Türrahmen festhalten. Er trat nach hinten und zur Seite aus.

Sebastian wurde abgeschüttelt und rollte gegen ein Bücherregal. Mehrere der dort gelagerten Werke fielen auf ihn hinunter. »Autsch, verdammt«, fluchte der blonde Junge, als ihn ein besonders schwer aussehender Foliant am Kopf erwischte.

»Das werden Sie büßen, Griffin«, verkündete ein nur teilweise sichtbarer Mund fauchend. Blut besudelte das Kinn des diebischen Mannes und tropfte auf den Fußboden. Er musste sich die Nase angeschlagen haben, als er gegen den Türrahmen geprallt war.

»Geben Sie auf, Edwards«, beschwor der Erfinder seinen Adlatus. »Machen Sie es nicht noch schlimmer. Sie sind enttarnt, Mann! Schon bald wird ganz Scotland Yard nach Ihnen jagen. Die werden Sie auf jeden Fall schnappen.«

»Heute nicht«, gab Edwards wütend zurück. Der nur halb

sichtbare Kopf zuckte herum, und Lucius sah sich von Augen angestarrt, die in der Luft zu schweben schienen. Er hob den Blitzschocker erneut und drückte ab.

Mit einem Hechtsprung warf sich Edwards durch den Türrahmen und flog hinaus in den Korridor. Der künstliche Blitz aus Harolds Erfindung knallte funkensprühend gegen das Holz und verkohlte es. Mehr Schaden richtete er allerdings nicht an.

Lucius fluchte. »Ihm nach!«

Auf dem Korridor kam es zu Gepolter. »Zum Teufel, wer hat die Eingangstür zugeschlossen?«, brüllte Edwards.

Harold stieß einen spitzen Schrei aus. Wieder war Poltern zu hören.

»Komm her, du kleine Mistgöre«, schimpfte Edwards. »Gib mir den Schlüssel.«

»Niemals«, schrie Harold. Dann, deutlich panischer: »*Lucius!*«

»Auf ihn mit Gebrüll«, tönte Sebastian und rannte als Erster aus dem Wohnzimmer. Griffin und Lucius schlossen sich ihm an. Theo bildete das Schlusslicht. Nun galt es: Alle für einen – und alle *auf* einen. Sonst entkam Edwards nachher doch noch.

Der schien einzusehen, dass er mit so einer Meute aus Gegnern auf Dauer nicht fertigwurde, und suchte sein Heil in der Flucht. Schritte polterten knarrende Holzstufen hinauf, als Edwards auf unsichtbaren Beinen ins Obergeschoss floh.

Die anderen folgten ihm. Lucius warf Harold den Blitzschocker zu. »Hier, lade du das Ding neu auf.« Er selbst rechnete sich bessere Chancen im Kampf gegen Edwards aus, als der bebrillte Junge haben würde. Zwar war ein Zwölfjähriger kein Gegner für einen erwachsenen Mann, schon gar nicht für einen hartgesottenen Kämpfer wie Doktor Griffins Adlatus. Aber gemeinsam sollten Griffin, Sebastian und Lucius den Burschen schon aufhalten können. *Wenn Theo doch bloß richtige Zauberkräfte hätte*, ging es Lucius durch den Kopf. *So ein Lähmzauber wäre jetzt wirklich hilfreich.*

Auch James wäre jetzt hilfreich gewesen. Er mochte klapperdürr und aus allen möglichen Ersatzteilen zusammengebaut sein – aber der Automatenmann war und blieb eine Maschine, und als solche sollte er über einige Kraft verfügen. Aber James war nicht hier. Er kümmerte sich ja um Miss Sophie und hielt das Rabennest sauber. Sie mussten also mit dem auskommen, was sie hatten.

Edwards hatte mittlerweile den oberen Treppenabsatz erreicht. Er rannte den Korridor hinunter und verschwand dann nach links ins Labor.

Lucius, Sebastian und Griffin stürmten ihm furchtlos nach. Sie hatten den Türrahmen gerade erreicht, als ihnen der erste Reagenzkolben entgegenflog. Klirrend zerschellte er an der Wand neben der Tür, und eine scharf riechende Flüssigkeit verbreitete sich dampfend im Korridor.

»Zurück!«, rief Griffin, packte Lucius am Kragen und zog ihn in Richtung des Schlafzimmers. »Der Dampf ist stark reizend. Er wird eure Augen angreifen.«

Auch Theo und Harold gesellten sich zu ihnen. Der Erfindersohn fluchte leise und rieb sich die tränenden Augen. Rasch nahm Lucius ihm wieder den Blitzschocker ab und übernahm das Kurbeln selbst.

Ein weiteres Reagenzglas flog in den Korridor hinaus, landete klirrend auf dem Boden und verteilte einen Sprühregen aus hellbrauner Flüssigkeit. Weitere Reagenzien folgten. Zischend fraßen sie sich in den Teppich, und gelblicher Dampf stieg auf.

»Hören Sie auf, Edwards!«, schrie Doktor Griffin. »Sie bringen uns alle um.«

»Ich lass mich nicht schnappen!«, rief sein Adlatus zurück. Seine Stimme klang eigenartig gedämpft. »Niemals.«

»Aber Sie kommen hier doch nicht mehr raus. Sie sitzen in der Falle. Ganz London weiß bald, wer Sie sind und was Sie getan haben.«

»Wir werden sehen.« Eine im Dampf schemenhaft erkennbare Gestalt trat in den Türrahmen. Farbe und Blut tropfte von ihrem Körper auf den Boden. Vor dem Gesicht trug sie eine Gasmaske. Das erklärte, warum Edwards keine Angst vor den Chemikalien hatte, die er in der Gegend herumwarf.

Sofort richtete Lucius den Blitzschocker wieder auf den Mann. »Stehen bleiben!«, befahl er von der Schwelle des Schlafzimmers aus.

»Vergiss es, Junge«, erwiderte Edwards mit verächtlichem Knurren. Eine halb sichtbare Hand hielt ein Fläschchen mit einer klaren Flüssigkeit hoch.«Wenn du mich triffst, lasse ich das hier fallen – und dann *BUMM*.«

Doktor Griffins Augen weiteten sich. »Sie haben doch nicht ...«

»Oh, doch, Griffin, ich habe«, unterbrach ihn Edwards. »Und ich werde es benutzen, wenn es sein muss. Ist mir völlig egal, ob wir hier alle draufgehen.«

»Was ist das?«, wollte Sebastian wissen.

»Nitroglyzerin«, keuchte Griffin. »Ein hoch gefährlicher Flüssigsprengstoff. Mit dem Fläschchen können wir mein halbes Haus in die Luft jagen.«

»Warum haben Sie so etwas auch in Ihrem Labor?«, entfuhr es Theo. »Wollen Sie sich umbringen?«

»Er wollte unbedingt Erfolg haben«, höhnte Edwards. »Da geht man auch mal das ein oder andere Risiko ein.« Er lachte abfällig. »Jetzt zahlen Sie den Preis dafür, Sie elender Narr.«

Lucius kniff die Augen zusammen. Er wünschte sich, erkennen zu können, ob Edwards bluffte oder nicht. Aber der Mann trug eine Gasmaske vor dem Gesicht, und seine Haltung war kaum zu erkennen. Zu viele Teile seines Körpers waren noch unsichtbar.

»Sagen Sie, Doktor Griffin«, meldete sich Harold plötzlich zu Wort. In seiner Stimme schwang Angst mit, aber auch ein wenig verzweifelte Hoffnung. »Sind Sie ein ordentlicher Wissenschaftler?«

»Was soll das denn jetzt heißen?«, fragte der Akademiker verdutzt.

»Halten Sie Ordnung in Ihrem Labor?«

»Ja, natürlich.«

»Dann ...« Harold deutete auf das Fläschchen. »... ist da kein Nitrogylcerin drin. Denn es fehlt der Hinweis auf die Explosionswirkung. Das ist bloß irgendein Giftstoff.«

Doktor Griffin starrte das Fläschchen an. »Du hast recht. Er will uns austricksen.«

»Kleiner Mistkerl«, fauchte Edwards. Ertappt warf er ihnen das Fläschchen entgegen.

»Hoppla«, rief Sebastian, als er es auffing.

Lucius zog den Abzug des Blitzschockers durch. Es knallte, dann flog die Spule funkensprühend in Richtung Decke. Mit einem erschrockenen Aufschrei warf Lucius die Waffe von sich.

»Oh, Mist«, fluchte Harold. »Das Ding ist wohl überlastet.«

Edwards riss sich die Maske vom Gesicht. Dann stürmte er erneut los, diesmal zurück zur Treppe. Doktor Griffin warf sich auf ihn. Schreiend und polternd kullerten die beiden ungleichen Partner die Stufen hinunter ins Erdgeschoss. Lucius, der ihnen nacheilte, sah vom oberen Treppenabsatz aus, wie Griffin gegen ein Regal im Eingangsbereich prallte. Keuchend wurde dem Doktor die Luft aus den Lungen getrieben, und er ächzte schmerzerfüllt auf.

Edwards schien es nicht viel besser zu gehen, zumindest sah es für Lucius so aus. Taumelnd kam der Dieb auf die Beine. Er schüttelte sich wie ein nasser Hund, fluchte wie ein Bierkutscher – und setzte sich danach tatsächlich wieder in

Bewegung, und zwar in Richtung Küche. Lucius konnte es nicht fassen. Dieser Mann schien niemals aufzugeben!

Stöhnend stemmte Griffin sich in die Höhe. Mit der einen Hand hielt er sich die Seite, mit der anderen deutete er Edwards nach. »Schnell«, rief er. »Er flieht zur Hintertür.«

»Nicht, wenn wir es verhindern können«, gab Lucius zurück und stürmte die Treppe hinunter. Sebastian, Harold und Theo waren ihm dicht auf den Fersen.

Der unsichtbare Mann floh in die Küche, und die vier Freunde folgten ihm.

KAPITEL 13:

Flucht in die Tiefe

»Hinterher!«, rief Lucius. »Er darf nicht entkommen!«

Doch Edwards war schneller. Schon hatte Mister Griffins verschlagener Adlatus die in der Küche liegende Hintertür erreicht. Mit Wut und beeindruckender Körperkraft trat er sie auf, was ihm schon beim ersten Versuch gelang. Dann verschwand er ins Freie.

Die Freunde zögerten nicht. »Wenn er sich jetzt irgendwie Blut und Farbe abwischt«, keuchte Harold, als sie an den Stühlen und am Esstisch vorbei zum Ausgang rannten, »dann haben wir ihn verloren.«

Lucius biss die Zähne zusammen. So weit durfte es nicht kommen. Verdammt, sie hatten Edwards doch bereits gestellt gehabt! Nach all den Sackgassen und falschen Abbiegungen, die dieser Fall ihnen geboten hatte, waren sie endlich am Ziel angekommen – und nun drohte es ihnen trotzdem zu entwischen.

Vor dem Haus erwartete sie die hereinbrechende Nacht. Nichts erinnerte mehr an die Sommerfrische und den Sonnenschein, der London Fields bei ihrer Ankunft geprägt hatte. Statt spielender Kinder und schattiger Bäume herrschte nun Dunkelheit über dem Viertel. Dichte Wolken hingen am Himmel, und die Grünflächen und schmalen Gässchen wirkten plötzlich wie finstere Flecken in einer nunmehr alles andere als heimelig anmutenden Gegend.

»Wohin?«, fragte Theo. Ratlos sah sie sich um. Ihr Atem ging schnaufend, und ihre Stirn war schweißnass.

»Ruhig.« Lucius legte den Kopf leicht schräg. Er konnte Edwards nirgends mehr sehen – der Halb-Unsichtbare war mit den Schatten verschmolzen –, aber irrte er sich, oder hallten da Schritte durch die Nacht?

Auch Sebastian waren sie aufgefallen. »Da lang!«, sagte der Abenteurersohn und deutete nach links, die menschenleer wirkende Straße hinab.

Lucius nickte. Dann liefen sie los. Doktor Griffin schloss sich ihnen ebenfalls an. Der Erfinder war sichtlich geschwächt, denn die vielen Tage im Speichergefängnis hatten seiner körperlichen Verfassung ganz schön zugesetzt. Auch belastete ihn die Verletzung, die er sich eben zugezogen haben musste, sichtlich. Immer wieder hielt er sich die Seite, und er verzog bei jedem Schritt schmerzerfüllt das Gesicht. Doch ihn schien die Hoffnung zu beflügeln, seinen Peiniger endlich dingfest zu machen.

Am Ende der Straße wartete eine Kreuzung. Wieder lauschte Lucius, und wieder war ihm, als höre er Edwards' Schritte in der Ferne. »Da!«

Sie rannten nach rechts. Obwohl sie alles gaben, merkten die Freunde, dass die Schritte immer leiser wurden. Edwards' Abstand vergrößerte sich. In dieser Gegend – und vor allem in dieser Finsternis – schien sich der Schuft weit besser auszukennen als die Bande aus dem Rabennest.

Zeit verging. Sosehr sich die Freunde und ihr Begleiter auch anstrengten, sie bekamen den Dieb nicht mehr zu sehen. Zwar hörten sie seine Schritte, aber sie kamen ihm nicht näher. Alles, was sie tun konnten, war, den Abstand nicht noch mehr zu vergrößern.

»Wir schaffen es nicht«, sagte Harold schnaufend, als sie zum gefühlt tausendsten Mal in eine neue Straße bogen. Das junge Techniegenie machte große, traurige Augen hinter seiner Nickelbrille. Sein Gesicht war schweißnass, und das Haar klebte ihm an der Stirn.

»Wir *müssen* es schaffen«, erwiderte Lucius grimmig, und auch Doktor Griffin wirkte fest entschlossen, jetzt nicht aufzugeben. Niemals!

Doch schon an der nächsten Weggabelung standen sie erneut ratlos in der Finsternis herum. Und dieses Mal hörte Lucius keine Schritte mehr.

»Verdammt!« Theo verzog das Gesicht. Sie stemmte die Hände auf die Oberschenkel und stand vornübergebeugt da, schnaufend und keuchend. »Wir waren so nah dran ...«

»Moment«, sagte Sebastian. Er war der Einzige von ihnen, der bis jetzt kaum schwer atmete. »Noch haben wir nicht verloren, Leute.« Schweigend ging er in die Hocke. Dann sah er zu Harold. »Hast du die Laterne noch?«

Schnell zog der das Gewünschte aus seinem Überlebensrucksack. Sebastian nahm die Laterne, entzündete sie und hielt sie dicht über das Kopfsteinpflaster der verlassenen Straße.

»Was machst du da?«, fragte Harold leise.

Lucius trat zu ihm. »Still«, bat er. »Ich glaube, ich weiß, was Sebastian vorhat.«

Der Sohn des großen Allan Quatermain ließ die Laterne nach rechts und nach links schwenken, ging im Watschelgang zwei Schritte vor und stand dann ruckartig auf. »Hier«, sagte er. »Hier ist Edwards langgelaufen. Ich erkenne es an den frischen Blutspuren auf dem Pflaster.«

»Blut?« Theo kniff die Lider enger zusammen und betrachtete die Straße skeptisch. »Ich sehe da gar nichts.«

»Es sind auch nur sehr kleine Sprenkel«, sagte Sebastian erklärend. »Aber wenn man weiß, wonach man sucht, findet man sie.«

»Zumindest, wenn man in Afrikas Savanne gelernt hat, Fährten zu lesen, hm?«, sagte Lucius. Begeistert und dankbar schlug er seinem weit gereisten Freund auf die Schulter.

Sie zögerten nicht lange. Schnell nahmen sie die Verfolgung wieder auf, doch nun war die Jagd eine andere geworden. Statt hektisch voranzupreschen, gingen sie deutlich geordneter vor. Sebastian hatte die Führung der Gruppe übernommen. Die kleine Laterne fest im Griff, ging der Junge langsamen Schrittes die Straße hinab, den Blick stets auf den Boden und das Kopfsteinpflaster gerichtet. An jeder Häuserecke, jedem Baum und jeder Kreuzung blieb er stehen und studierte den Boden wie ein Großwildjäger sein Revier. Kein

Dreckklumpen, kein Grashalm und kein letzter Rest einer vertrocknenden Regenpfütze schien seiner Aufmerksamkeit zu entgehen. Überall hoffte er, im Schein von Harolds Laterne oder der Gaslampen am Straßenrand ein paar Hinweise zu finden, die ihnen Edwards' Fluchtweg aufzeigen mochten.

Und Sebastians Mühen blieben von Erfolg gekrönt. Immer wieder erklang sein zuversichtliches »Hier lang« und »Dort drüben« in der Stille der Nacht. Jedes Mal gab es Lucius neuen Mut.

Minuten vergingen, wurden zu Viertelstunden. Schweigend und zielsicher führte Sebastian seine Begleiter durch die Stadt, der Spur eines Wahnsinnigen nach. Lucius hätte gerne eine Dampfdroschke genommen, um schneller zu sein, aber das hätte nicht funktioniert. Sebastian musste Fährten lesen, und das ging nicht, wenn man mit einigen Pferdestärken über die Fährte hinwegratterte.

Nur Geduld, sagte sich der Junge und sah zu den dunklen Häuserfassaden. Er hatte längst jede Orientierung verloren. *Du musst Geduld haben. Solange Sebastian Edwards' Spur noch sieht, ist alles in Ordnung.*

Aber je länger diese langwierige Suche dauerte, desto größere Schwierigkeiten hatte er, sich selbst zu glauben. Geduld war nicht gerade Lucius' Stärke – nicht heute Nacht und auch nicht in der Baker Street. Das, so begriff er nun verblüfft, hatte er wohl tatsächlich mit einem gewissen Meisterdetektiv gemeinsam.

Der Gedanke an Sherlock Holmes ließ Lucius schlucken.

Wie spät war es mittlerweile? Zehn Uhr? Er hoffte, dass sich James und Mycroft wirklich eine gute Geschichte ausgedacht hatten, die Lucius', Sebastians, Harolds und Theos Abwesenheit erklärte. Doch trotzdem: Um diese Uhrzeit hatten die vier Freunde eigentlich nichts mehr auf Londons Straßen zu suchen.

Und das völlig zu Recht, schien die Spur, der Sebastian folgte, doch allmählich in eine der übelsten Gegenden der Stadt zu führen! Die Grünflächen und pittoresken Wohnhäuser von London Fields lagen schon eine ganze Weile lang hinter der Rabennest-Bande. Statt schmucker Fassaden, gepflegter Vorgärten und idyllischer Leere umgab sie nun eine Mischung aus Dreck und Verfall. Vereinzelte Nebelschwaden, die von der Themse aufgestiegen sein mussten, zogen hier durch die Straßen, weißen Geisterleibern gleich. Sie vermochten den ramponierten Zustand der Bauten, die die Freunde aus dem Rabennest nun passierten, aber auch nicht zu verbergen. Wo in Griffins Nachbarschaft noch Ruhe und Frieden geherrscht hatten, sah Lucius inzwischen schon vereinzelt Licht hinter den Fenstern, gelegentlich sogar rasche Bewegungen in den Schatten. Große hölzerne Kisten standen an den Häuserwänden, und so manches Gebäude stellte sich bei genauerem Blick als Lagerhalle mit breitem Tor heraus. Die Luft, die deutlich kälter geworden war, roch zunehmend nach Brackwasser.

»Die Themse«, flüsterte Lucius und sah zu Theo, die neben ihm ging. »Wir müssen in der Nähe des Flusses sein.« Waren sie wirklich schon so weit gegangen?

Das Mädchen nickte. »Kein angenehmes Pflaster«, sagte sie leise und blickte sich vorsichtig um. »Erst recht nicht zu dieser späten Stunde. Mein Vater sagt, hier treiben sich nachts nur Trunkenbolde und Mörder herum.«

Na, das passte ja. Lucius ballte die Hände zu Fäusten, sicherheitshalber. Er war beileibe kein Feigling, aber er hegte auch kein Interesse, einem echten Mörder zu begegnen.

Dann erklang ein lauter Alarmton in seinem Rücken. Lucius zuckte zusammen, wirbelte herum, hob die Faust zum Schlag – und sah in Harold Cavors entsetztes Gesicht.

»'tschuldigung«, wisperte der junge Erfinder. Er war ganz blass geworden, das sah Lucius trotz der Dunkelheit sehr genau. »Das wollte ich nicht.«

Erst jetzt bemerkte Lucius den Geisterfinder in Harolds Händen, zweifellos die Quelle des lauten Signals von eben.

»Was wolltest du denn dann?«, fragte Theo grimmig. Auch ihr schien vor Schreck kurz das Herz in den Hals gesprungen zu sein.

»Sichergehen.« Harold klang ganz kleinlaut. Er deutete mit der linken Hand in die nebelverhangenen Schatten einer kleinen Seitengasse rechts der Straße. Mit der anderen Hand verstaute er zeitgleich den inzwischen wieder ausgeschalteten Metallkasten in den Tiefen seines Rucksacks. »Mir war, als hätte sich da drüben irgendwas bewegt, und da dachte ich, es wäre vielleicht ein Geist ...«

»Du hast echt keine anderen Sorgen, was?«, murmelte Theo, während eine rothaarige Frau in kurzem Rock aus dem

Nebel trat, sich desinteressiert umschaute und wieder im Nebel verschwand. Sonderlich gespenstig sah sie nicht aus, eher ziemlich verbittert. Theo schmunzelte entschuldigend. »Du und deine Geister.«

Sie legte Harold eine Hand auf die Schulter. Die Geste sollte beruhigend wirken, auf Harold hatte sie jedoch einen gegenteiligen Effekt: Der Erfinder kam Lucius plötzlich noch nervöser als ohnehin vor. Aber *anders* nervös. Lag das etwa an Theo?

Er hat *andere Sorgen*, dachte Lucius. *Auch*. So beunruhigt er auch war, konnte er sich doch nur mit Mühe ein Schmunzeln verkneifen.

Dann drang ein gellender Schrei an seine Ohren!

»Hierher.« Sebastian drehte sich zu seinen Begleitern um. »Das kam von dort hinten, Freunde.«

Schnell folgten sie dem Abenteurersohn in eine der dunklen Gassen. Sebastians Laternenschein riss schmutzige Fassaden und mit allerlei Dreck und Abfällen bedecktes Straßenpflaster aus der Dunkelheit. Ratten krochen umher, aufgescheucht von dem plötzlichen Licht und dem Menschenandrang, und einmal war Lucius, als sähe er eine dunkle, krumme Gestalt sich tiefer in eine Ecke drängen.

Ein Obdachloser? Oder hat die Frau von dort vorn hier einen Aufpasser stehen?

Doch nicht der ohnehin bloß vermuteten Gestalt galt Sebastians Interesse, sondern einem ganz und gar realen Mann, der am hinteren Ende der Gasse lag. Der Mann war schmutzig wie die Sünde. Sein ehemals weißes Hemd wies mehr Flecken auf als Mrs Hudsons Tischdecke, nachdem Doktor Watson sich am Fünfuhrtee gütlich getan hatte. Seine dunkle Hose war speckig, sein rechter Schuh fehlte, und der Gestank, der aus seinem Rachen drang, spottete jeder Beschreibung.

»Puh«, machte Theo und hielt sich dezent die Hand vor Mund und Nase.

»Hm?« Der Mann sah auf. Er lag seitlich auf dem Kopfsteinpflaster, eine Glasflasche im Arm, deren unteres Drittel mit einer bernsteinfarbenen Flüssigkeit gefüllt war. Seine grauen Haare klebten ihm am eckigen Schädel, und die Bartstoppeln von mindestens vier Tagen prangten an seinem Kinn. »Wersn da? Mackie, bissu das?«

Sebastian blieb stehen. »Ist, äh, alles in Ordnung, Sir?«, fragte er ein wenig verwirrt – und auch, wie Lucius heraushörte, enttäuscht.

Der Betrunkene – dieser Gestank war eindeutig eine Alkoholfahne – hob eine buschige Braue. »Du biss ja garnich Mackie!« Es gelang ihm, gleichzeitig anklagend zu klingen und zu nuscheln. Mit jedem neuen Satz wurde er lauter, aggressiver. »He, unn du biss aunich allein! Wasn los mit euch Görn? Habter kein Zuhause?«

Lucius sah sich um. Etwa ein Dutzend Schritte weiter vorn glaubte er das Schild einer Hafenschänke zu erkennen: *Gump's Breakers*. Es hing windschief an einer nicht minder schiefen Häuserfront, und nach dem ruppigen Gemurmel zu urteilen, das aus dem Lokal ins Freie drang, war es kein angenehmer Ort. Stammte der Zecher vielleicht von dort und hatte es auf seinem Heimweg nur wenige Schritte weit geschafft?

»Verzeihung, Sir«, sagte Sebastian. »Wir wollten Sie nicht erschrecken. Wir hatten nur einen Schrei gehört und ...«

»*Was* habter?« Der Mann stemmte sich vom Boden hoch – was ihm beim dritten Versuch auch gelang – und setzte sich auf. Dabei stieß er seine Flasche um, fing sie aber gleich wieder auf. Die Bewegung gelang ihm deutlich geschickter als alle anderen. »'nen Schrei? So'n Unfug.«

»Ich glaube«, sagte Doktor Griffin, »Sie haben geschrien, Sir.« Sichtlich außer Atem, ließ er sich neben dem Betrunkenen auf dem Bordstein nieder. Ein dunkler Blutfleck durchnässte sein Hemd und wurde immer größer. Die Verletzung, die er sich bei seinem Treppensturz zugezogen hatte, war offenbar schlimmer als von Lucius vermutet. »Mag allerdings sein, dass Sie sich schon nicht mehr daran erinnern.«

»Na, und ob imich erinner!«, brauste der Mann mit dem grauen Haar auf. »Sie hättn sicher augeschrien, wenner an Ihnn vorbeigerannt gekommn wär.«

Theo runzelte die Stirn. »Wenn *wer* vorbeigerannt wäre?«, hakte sie nach.

Der Mann auf der Straße sah zu ihr auf. Mit einem Mal schien alle Wut aus seinen Zügen gewichen. Stattdessen lagen dort Angst ... und eine gewisse Ehrfurcht, wie Lucius staunend begriff. »Der Tod!«, flüsterte der Mann, als spräche er ein Geheimnis aus, vor dem er sich selbst fürchtete. »Ich habn Tod gesehn. Dn Schnitter höhspehsönlich.« Dazu nickte er, langsam und ernst.

Harolds sorgenvoller Blick ging zu Lucius und Sebastian. Mit zitternden Fingern umklammerte er seinen Rucksack »Wie bitte?«

»Keine Sorge.« Sebastian schüttelte den Kopf. »Das ist nicht wahr.«

»Was issas nich?« Abermals packte der Zorn den Betrunkenen. »Unn ob das wahr is, du kleiner Besserwisser, du! Dn leibhaftijen Tod habich gsehen. Gleich hier vor mir.«

Sebastian griff nach Harolds Arm. »Kommt, Leute. Lasst uns weiterziehen. Hier finden wir keine Spuren, sondern nur die Ammenmärchen eines Trunkenbolds.«

»Ich geb dir gleich 'n Trunkn...«, brauste der Mann mit dem grauen Haar auf, schwang sich vom Straßenpflaster – und verlor prompt das Gleichgewicht. Unsanft plumpste er wieder auf seine vier Buchstaben. Diesmal verschüttete er ein paar Tropfen seines Flascheninhalts. »Au!«

Lucius kam ein Verdacht. »Wann war denn das?«, fragte er. »Als der Tod hier vorbeikam.«

»Na, grad ebn«, sagte der Mann. »Keine ...« Er sah zu seiner Flasche. »Keine fünf Schluck is das her. Könn auch sechs Schluck gwesen sein.«

»Oder sieben«, seufzte Griffin, »oder siebzehn.«

Lucius nickte. Verlässliche Zeitangaben durften sie von diesem vermeintlichen Zeugen nicht erwarten. Aber vielleicht etwas anderes. »Und wie hat er ausgesehen?«

Die Miene des Betrunkenen wurde wieder ganz ernst, seine Augen groß. »Wie'n halber Mensch«, antwortete er leise, und griff nach dem Flaschenhals, als wolle er sich an ihm festhalten. »'n halber Mensch unn halb 'n Teufl.«

»Teufel?« Theo verzog kritisch das Gesicht.

»Er war nur halb sichtbar?«, hakte Lucius jedoch sofort nach. »Meinen Sie das, Sir? Dass Sie einen Mann gesehen haben, der nur halb sichtbar war?«

Der Betrunkene nickte so fest, als hinge sein Leben davon ab. »Halb da unn halb nich. Wie so'n Teufl. Unn geblutet hatter. Oh ja. Überall geblutet.«

»Da spricht doch bloß der Suff aus ihm«, fand Sebastian.

»Vielleicht«, wandte sich Lucius an den anderen Jungen. »Vielleicht aber auch nicht.« *Oder nicht nur.*

Theo schien das inzwischen ähnlich zu sehen. »Und können Sie uns zeigen, wohin der ... Teufel gelaufen ist?«

Der Mann auf dem Bordstein hob die freie Hand und deutete zitternd die Straße hinab, Richtung Themseufer. »Da lang«, antwortete er. »Inne Schattn und innen Nebel. Dem Wasser entgegen. Verschwundn isser, als hätt's ihn nie gebn.«

Doktor Griffin stand auf und trat ächzend zu den Freunden. »Das wäre möglich«, meinte er. »Edwards war verletzt. Und er muss irgendwann wieder komplett sichtbar werden. Das Mittel, das ich entdeckt habe, wirkt nämlich nur auf Zeit. Und falls er es nicht rechtzeitig zurück in sein Versteck geschafft hat, um es neu aufzutragen, kann es durchaus sein, dass er mitten in der Flucht wieder Gestalt annimmt – Stück für Stück und Arm für Arm, gewissermaßen. Er muss ja hier irgendwo entlanggeeilt sein.«

Lucius sah vor sich in die Schatten. Helle Nebelschwaden, die im Licht von Sebastians Laterne aufleuchteten, waren alles, was er dort ausmachen konnte. Doch er wusste, dass irgendwo dort vorn der Fluss wartete. »Hatte Mister Blythe nicht in der *Times* geschrieben, es würden besonders am Themsenufer viele Geistersichtungen gemeldet?«, fragte er nachdenklich. »Was, wenn da tatsächlich etwas dran ist, Leute?«

»Dann haben wir Edwards' Versteck gefunden?«, rief Harold staunend aus.

»Zumindest könnten wir ihm sehr nahe sein«, antwortete Lucius. Entschlossen wandte er sich an seine Begleiter. »Ich gehe weiter«, sagte er. »Nachsehen. Sichergehen. Es zu Ende bringen. Wer kommt mit?«

Theo hob sofort die Hand. »Ich.«

Sebastian nickte. »Na klar.«

Und Harold hielt den Überlebensrucksack in die Höhe, als wäre er eine Waffe gegen unheimliche Gegner aller Art. »Allzeit bereit, du Meisterdetektiv.«

Doktor Griffin trat vor. Er ging gebückt, die Schmerzen mussten inzwischen unerträglich sein. »Da vorn«, sagte er mit leichtem Stocken in der Stimme, »da kommt aber nicht mehr viel. Nur noch ein paar Lagerhallen, dann die steinernen Treppen hinunter zum Fluss … und zuletzt die Themse selbst. Sandiges Ufer, dunkles Wasser. Was in aller Welt sollte Edwards ausgerechnet dort wollen?«

»Das wissen wir, wenn wir es sehen«, sagte Lucius entschieden. Er nickte Sebastian zu, daraufhin hob der die Laterne und machte sich zum Aufbruch bereit. »Aber ich meine, ›wir‹, Doktor Griffin – und nicht Sie. Verzeihen Sie meine direkten Worte, Sir, doch wenn Sie nicht schnellstens einen Arzt aufsuchen ...«

Der Forscher lachte leise – und hielt sich sofort wieder schmerzerfüllt die Seite. »Ist schon gut, Lucius. Ich stimme dir voll und ganz zu.« Er keuchte leise. »Das Royal London Hospital ist hier ganz in der Nähe. Aber bevor ich die Mediziner dort aus den Federn reiße, werde ich noch in der Schänke da vorn Station machen und mir einen Bobby herbeirufen lassen. Ich sage es nicht gern, aber wir sollten doch Scotland Yard einschalten. Zu eurer eigenen Sicherheit, Freunde.«

Lucius nickte. »Abgemacht. Wir finden den Dieb ... und Sie schicken uns Verstärkung.«

»So machen wir das.« Die Hand des erstaunlichen Doktors zitterte, als er sie Lucius reichte, doch sein Griff war fest und sicher. »Viel Glück euch allen.«

»Ihnen auch, Sir«, sagte Harold, ein Kollege zum anderen.

Dann trennten sie sich. Lucius und seine Freunde traten in die Nebelschwaden, dem Dunkel und dem Unbekannten entgegen.

Ein Gutes hatte dieser elende Schlamm ja: Man sah darin jeden Fußabdruck. Das war aber auch sein einziger Vorteil.

Die Rabennest-Bande hatte das Themsenufer erreicht,

einen ebenso schmalen wie matschigen Landstreifen ganz dicht am Fluss. Unrat, den die Strömung angespült haben musste, diverse Steine und allerhand ausrangierter Schrott lagen hier im Weg. Lucius trat über zerbrochene Flaschen hinweg, über aufgeweichtes Zeitungspapier und morsches Holz. Überall huschte und raschelte es in den Schatten. Ratten und ähnliche Kleintiere fühlten sich in ihrer Nachtruhe gestört. Möwen krächzten protestierend gegen die Eindringlinge an.

Aber wir sind nicht die Ersten, die sie heute Nacht stören, dachte Lucius grimmig. *Edwards war auch schon hier. Das steht fest.*

Sebastians Talente als Fährtenleser waren beachtlich. Der Abenteurersohn hatte seine Begleiter zielsicher ans Wasser geführt – und nun, wo die Fußabdrücke des Diebes ganz deutlich im Schlamm erkennbar waren, wussten sie alle, dass sie auf der richtigen Fährte waren.

»Uuuuh«, machte Harold. Aus den Augenwinkeln sah Lucius, wie er das linke Bein hochhob. Er musste mit dem Fuß ins Flusswasser getreten sein, und die Themse war in seinen Stiefel geschwappt. »Das ist vielleicht kalt!«

»Psst«, sagte Sebastian. Warnend sah er hinter sich und zu den anderen. »Ich glaube, wir sind gleich da. Jetzt müssen wir leise sein, andernfalls scheuchen wir hier nicht nur die Ratten auf.«

Lucius trat zu ihm. »Woher weißt du, dass Edwards hier sein muss?«, fragte er leise.

Sebastian nickte in Richtung eines kreisrunden Lochs, das in etwa zwei Fuß Höhe und mittig in der Steinmauer prangte, die das Ufer begrenzte. »Wo sollte er hier unten sonst hin?«

Das Loch stellte sich bei näherer Betrachtung als Rohr heraus. Es maß gut fünf Fuß im Durchmesser, stank zum Himmel, und ein dünnes Rinnsal brackigen Wassers floss aus ihm hinaus ins Freie. Tatsächlich: Kurz vor dem Rohr endeten die Fußspuren des Diebes.

»Ein Abwasserkanal?«, staunte Theo, als Sebastian die Laterne hob. »Du meinst, Edwards versteckt sich in der Kanalisation? Pfui, da ist es doch sicher entsetzlich schmutzig.«

Harold nickte. »Vielleicht ist es deshalb so ein geniales Versteck für ihn. Wer sucht schon freiwillig im Dreck?«

»Wir«, entschied Lucius. Er setzte den Fuß auf den unteren Rand des Rohrs und machte Anstalten, hineinzuklettern. »Kommt, Leute. Wir müssen diesen Ganoven finden. So schnell es geht. Sonst cremt er sich neu ein und entwischt uns ein weiteres Mal.«

»Und was ist mit der Verstärkung?«, fragte Harold ein wenig ängstlich.

Sebastian winkte ab. »Die Polizei wird uns schon finden«, sagte er überzeugt. »Die sieht die Fußabdrücke ja so deutlich wie wir. Und dann weiß sie genau, wohin sie muss. Außerdem ...« Er ging ein paar Schritte zurück, hob drei halb verrottete Bretter auf und bildete mit ihnen einen behelfsmäßigen Pfeil Richtung Rohr. »... können wir ja einen Hinweis hinterlassen.« Grinsend sah der Abenteurersohn die anderen an.

»Also gut.« Theo trat neben Lucius. »Tauchen wir in Londons Unterwelt ein. Geh voran, Lucius, wir sind dicht hinter dir.«

Das ließ sich der Junge nicht zweimal sagen. Sebastian reichte ihm die Laterne, dann kletterte Lucius in das Abwasserrohr. Hinter ihm folgten Harold, Theo und Sebastian. Harold kramte seine kleine Fackel aus dem Rucksack und entzündete sie, sodass es noch etwas heller wurde.

Schweigend folgten die Freunde dem Verlauf des Rohres. Sie mussten gebückt gehen, um vorwärtszukommen. Mehrmals drohten sie auszurutschen, denn der Boden war sehr feucht und schmutzig. Kleine pelzige Leiber streiften um ihre Füße, und Harold mühte sich nach Kräften, die Ratten mittels seiner Fackel zu verscheuchen.

Nach einigen Schritten endete das Rohr in einer Art unterirdischen Kammer, deren Wände aus braunem Backstein bestanden. Sie war kaum größer als Lucius' Zimmer in der Baker Street. Und in drei ihrer vier Wände befanden sich Durchgänge zu langen steinernen Korridoren, durch die dünne Abwasserbäche flossen. Die Luft stank wie eine Mischung aus faulen Eiern und altem Käse, und ohne Fackel und Laterne wären die Freunde hier völlig aufgeschmissen gewesen.

»Und jetzt?«, fragte Theo. Sie hielt sich die Nase zu.

Sebastian ging vor einem der Steinflure in die Hocke. »Hier«, sagte er und deutete vor sich auf den Boden.

Lucius beugte sich über den Jungen. Tatsächlich, nun sah

er es auch. »Blut!« Es sah frisch aus. Edwards musste erst vor ganz kurzer Zeit hier vorbeigekommen sein.

»Also weiter«, seufzte Harold leise. Dann setzten sie sich in Bewegung. Der Gestank wurde immer schlimmer, aber wenigstens konnten sie nun aufrecht gehen.

Zeit verstrich. Lucius wusste nicht zu sagen, wie lange sie Edwards nun schon auf den Fersen waren. Hier unten in der Finsternis, wo jede Ecke und jeder Stein gleich aussah, verlor man das Gefühl dafür. Auch die Orientierung fiel ihm schwer. Befanden sie sich immer noch nahe der Themse? Oder waren sie den unterirdischen Gängen schon bis weit ins Stadtinnere gefolgt?

Wenn ich jetzt nach oben klettere, dachte er, als sie abermals an einer metallenen Sprossenleiter vorbeizogen, ohne sie zu benutzen, *wo käme ich dann raus?*

In Gedanken sah er sich einen Gullydeckel öffnen und mitten in Sherlock Holmes' Chemielabor auftauchen. Die Vorstellung, den Meisterdetektiv in seinem ach so wichtigen Arbeitszimmer zu erschrecken, war albern, gefiel ihm aber. Sie hatte etwas Tröstendes, irgendwie. Sie beruhigte seine Nerven.

Nach einer kleinen Ewigkeit hörte Lucius jemanden husten. Sofort blieben die Freunde stehen. Sebastian sah zu Harold und nickte, woraufhin Harold seine Fackel löschte. Lucius drehte an dem kleinen Rädchen in der Laterne und verringerte so den Ölverbrauch der Flamme. Prompt wurde diese deutlich kleiner, und ihr Lichtschein nahm ab.

»Wir sind da«, flüsterte Sebastian. Er war ganz dicht an Lucius herangetreten. »Gleich dahinten muss er sein.«

Lucius nickte. Der Kanal hatte eine Biegung erreicht, und das Husten war von jenseits der Kurve gekommen.

»Wartet mal«, wisperte Harold. Er kramte in seinem Rucksack und zog seine Spezialbrille hervor, die er dann aufsetzte.

Das Nachtsichtgerät! Lucius hatte die Erfindung seines Freundes, die der ihm vor ein paar Wochen gezeigt hatte, ganz vergessen.

Vorsichtig schlich Harold um die Biegung des unterirdischen Abwasserkanals. Er ging ganz langsam, um kein Geräusch zu machen. Dann war er fort, aus Lucius' Sichtfeld verschwunden.

Lucius hielt den Atem an. Edwards, denn es konnte sich um niemand anderen handeln, hustete erneut. Sonst geschah nichts. Das Abwasser plätscherte leise, und Lucius' Herz pochte wie wild.

Bis Harold wieder um die Ecke bog. Der Junge mit dem klobigen Spezialbrillengestell grinste übers ganze Gesicht und hob den Daumen. Dann winkte er die anderen zu sich.

»Es ist Edwards«, flüsterte er, kaum dass sie die Köpfe zusammengesteckt hatten. »Er hat uns nicht bemerkt. Ich glaube sogar, er rechnet gar nicht mehr mit uns. Und er ist auch nicht mehr unsichtbar. Kein bisschen.«

»Was macht er?«, fragte Sebastian.

»Packen, wenn du mich fragst«, antwortete der Erfinder

leise. »Da hinten ist eine kleine Kammer, in der sitzt er, hat sich frisch verarztet, und legt allerhand Zeug aus Kistchen oder Schatullen in einen Seesack. Sieht aus, als wolle er von hier verschwinden.«

»Das muss sein Diebesgut sein«, ahnte Theo. Auch ihre Stimme war kaum mehr als ein Hauch. »Er will es in Sicherheit bringen. Er weiß ja jetzt, dass wir ihn suchen und Doktor Griffin wieder auf freiem Fuß ist.«

Lucius sah hinter sich in das Dunkel des Kanals, und ein mehr als mulmiges Gefühl breitete sich in ihm aus. Er dachte an Griffin, der Scotland Yard rufen wollte. Wie hieß noch dieser mürrische Ermittler, den sie bei ihrem letzten Abenteuer getroffen hatten? Inspektor Lestrade? Lucius hatte ihn vom ersten Moment an nicht gemocht, aber jetzt ... *Jetzt wäre ein sehr guter Moment für Ihren Auftritt.*

Doch nichts rührte sich in der Finsternis, Scotland Yard war nirgends zu sehen. Sie waren allein mit dem Unsichtbaren!

KAPITEL 14:

Die Lage spitzt sich zu

»Was machen wir jetzt?«, flüsterte Lucius den anderen zu.

Dass sie etwas unternehmen mussten, um Edwards aufzuhalten, stand außer Frage. James hatte Mycroft Holmes unterrichtet, Doktor Griffin Scotland Yard. Es konnte daher nur noch eine Frage der Zeit sein, bis Hilfe nahte. Doch bis diese eintraf, mussten sie den Schurken hinhalten, auf Biegen und Brechen.

»Erinnert ihr euch noch an den unheimlichen Automatenbutler dieses Kerls, der Sebastians Vater vor ein paar Wochen zum Mörder machen wollte?«, fragte Harold leise.

»Kelvin, klar«, erwiderte Sebastian. Er schien das Abenteuer um den Goldenen Machtkristall noch gut im Kopf zu haben. »Was ist mit dem?«

Harold machte ein sehnsüchtiges Gesicht. »Ich wünschte, James hätte die gleichen Tricks drauf, wie der. Und dass James jetzt bei uns wäre. Der könnte es dann mit Edwards leicht aufnehmen.«

Auch Lucius dachte noch gelegentlich an den schwarz lackierten, Furcht einflößenden Automatenmann, der seinem Besitzer zufolge in zwei Dutzend Arten bewandert war, jemanden in wenigen Sekunden zu töten. Er war sich nicht sicher, ob er solche Fähigkeiten gerne an James gesehen hätte. Aber in jedem Fall wäre ein kampfstarker Automat jetzt praktisch. *Hätte, könnte, wäre,* dachte er. *Das hilft uns nicht weiter.*

»James ist nicht da«, raunte Lucius streng. »Theo kann keine Feuerbälle aus den Händen verschießen. Und Sebastian hat die Donnerbüchse seines Vaters nicht bei sich. Wir müssen uns auf das konzentrieren, was wir haben.« Seine Gedanken rasten. Dann fiel der Blick des Jungen auf den Überlebensrucksack seines Freundes, aus dem ein Stück Lauf des kaputten Blitzschockers herausragte. Harold hatte die Waffe in Griffins Haus tatsächlich noch eingesteckt, während sie sich im Laufschritt an die Verfolgung des flüchtigen Edwards gemacht hatten.

»Gib mir mal den Schocker«, bat Lucius.

»Aber der ist kaputt«, wandte Harold ein.

Lucius nickte. »Ich weiß, aber Edwards weiß das nicht. Ich glaube nicht, dass er mitbekommen hat, wie der Apparat durchgebrannt ist. Es war alles zu hektisch, und er sprang bereits wieder zur Treppe.«

Vorsichtig zog der junge Erfinder die nutzlose Waffe hervor und reichte sie Lucius. Bei oberflächlicher Betrachtung sah sie wirklich noch ganz gut aus. Nur wenn man genauer hinsah – und wusste, worauf man schauen musste –, fiel auf, dass die zuvor abgeplatzte Spule geschwärzt und nur behelfsmäßig in die gesprungene Halterung eingesetzt war. Außerdem war die Spitze ein wenig verbogen, weil Lucius den Schocker erschrocken von sich geworfen hatte und dieser etwas hart auf den Boden aufgeprallt war.

Lucius fuhr sich mit der Zunge über die Lippe, dann bog er die Metallspitze des Apparats wieder gerade und wischte mit dem Ärmel seiner Jacke über die Spule. »Muss reichen«, murmelte er.

»Was hast du vor?«, raunte Sebastian.

»Ich will mal schauen, ob ich besser bluffen kann als Edwards«, erwiderte Lucius.

Harold sah ihn erschrocken an. »Du willst den Unsichtbaren mit einem kaputten Blitzschocker bedrohen? Bist du verrückt?«

»Hast du eine bessere Idee?«, zischte Lucius zurück. »Uns bleibt keine andere Wahl – außer Edwards laufen zu lassen. Dann war alle Mühe umsonst.«

»Es wird schon klappen«, meinte Sebastian zuversichtlich. »Ich bin ja auch noch da.« Mit diesen Worten zog er sein Wildnismesser unter der Jacke hervor, das immer bei ihm hinten im Gürtel steckte. Die blanke Klinge schimmerte im Schein ihrer schwachen Lichtquellen.

»Also dann«, sagte Harold und holte den Geisterfinder aus der Tasche. Entschuldigend sah er die anderen an. »Bringt zwar nichts, aber ich will mich an irgendetwas festhalten.«

Lucius sah Theo an. »Was sagst du? Irgendeine Ahnung, wie das hier ausgeht?«

Das Mädchen blickte nachdenklich den Tunnel hinunter, aus dem die Geräusche des hektisch Packenden zu ihnen herüberdrangen. »Ich habe kein gutes Gefühl ... aber ich glaube, dass wir trotzdem Erfolg haben werden.«

»Besser als nichts«, meinte Lucius. Er packte den beschädigten Blitzschocker fester. »Los geht's.«

Im Gänsemarsch schlichen sie am Rand des gluckernden Abwasserkanals entlang um die Biegung, hinter der sie Edwards wussten. Nach wenigen Metern wurde es rechts vor ihnen heller. Dort schien sich eine Nische in der Tunnelwand zu befinden. Der gelbe Schein einer schwach glimmenden Gaslaterne drang in den dunklen Abwassertunnel. Auch das Rumoren wurde nun deutlicher. Wieder hustete Edwards. Außerdem war ein Rascheln und leises Klirren zu hören, während er hastig packte.

Lucius, der vorausschlich, duckte sich und spähte vorsichtig um die Ecke. Tatsächlich öffnete sich eine kleine Kammer in der rechten Tunnelwand, nicht viel mehr als ein gemauertes Quadrat, in dessen Rückwand eine Öffnung klaffte, durch die man in einen weiteren Tunnel, wenn auch einen ohne Abwasserrinne, gelangte. Welchem Zweck die Kammer normalerweise diente, konnte Lucius nicht sagen. Vielleicht war sie ein Zugangspunkt und Rastplatz für Kanalarbeiter. Offensichtlich wurde sie aber schon lange nicht mehr genutzt, ansonsten hätte Edwards sich hier inmitten von Gestank und Dunkelheit nicht so häuslich eingerichtet.

Und eingerichtet hatte er sich. Lucius sah eine schmutzige Matratze, die gemeinsam mit einer braunen Wolldecke in einer Ecke auf dem Boden lag. Ein kleiner Tisch und zwei

Stühle standen in der Mitte der Kammer. An einer Wand war eine Werkbank aus Backsteinen und Brettern aufgebaut, auf der Edwards eine behelfsmäßige Chemieküche eingerichtet hatte. Neben einigen klaren Reagenzien lagen auch deutlich als solche erkennbare Einbruchswerkzeuge – ein Dietrich und ein Brecheisen.

Edwards stand vor dem Tisch und stopfte hektisch Gegenstände aus verschiedenen Schatullen und Kästchen in einen Seesack, der vor ihm auf der Tischplatte ruhte. Schmuck schien es ihm besonders angetan zu haben. Fast sein gesamtes Diebesgut bestand aus Ketten, Ringen und Armreifen.

Der Unsichtbare, der nun nicht mehr unsichtbar war, entpuppte sich als junger Mann. Lucius schätzte, dass er Mitte zwanzig war. Er hatte einen drahtigen Körperbau, ein kantiges Gesicht und sein braunes Haar glänzte fettig. Abschürfungen und Prellungen verunzierten seine Züge, denen Furcht gepaart mit grimmigem Widerstandsgeist abzulesen war.

Ein Straßenkämpfer, erkannte Lucius. *Einer von diesen Kerlen, die im Leben nichts geschenkt bekommen und die sich ständig durchbeißen müssen.* Er hatte solche Männer schon kennengelernt. Sie waren in ärmlichen Verhältnissen aufgewachsen und kannten nichts anderes als den ständigen Überlebenskampf. In den dreckigen Vierteln der großen Städte hieß es: fressen oder gefressen werden. Nun erstaunte Lucius nicht mehr, dass Edwards sogar Harolds Blitzschocker überstanden hatte. Dieser Mann war es gewohnt, Schläge wegzustecken.

Andererseits wunderte es Lucius durchaus, wie Edwards in die Dienste von Doktor Griffin getreten war. Man konnte ihn nicht gerade einen Akademiker nennen. Aber vielleicht irrte er sich hier auch. Manche Leute kämpften sich von der Straße bis in die höheren Kreise hoch – mit dem gleichen Ehrgeiz und der gleichen Verbissenheit, mit denen sie sich in der Schattengesellschaft der Banden und Verbrecherkönige an Orten wie Hell's Kitchen in New York oder Whitechapel in London behaupteten.

Er muss den Weg nach oben gefunden haben, dachte Lucius. *Aber seine Vergangenheit hat ihn wieder eingeholt. Als er die Chance sah, dank Mister Griffins Entdeckung rasch zu Reichtum zu kommen, hat er sie ergriffen.* Diese Einstellung konnte Lucius sogar verstehen. Aber das bedeutete nicht, dass er sie richtig fand. Weswegen sie Edwards hier stoppen würden.

Er packte den kaputten Blitzschocker fester. Dann nickte er seinen Freunden zu und sprang in die Kammer. »Hände hoch, Mister Edwards!«, rief er mit aller Entschlossenheit, die er aufbringen konnte. Gleichzeitig richtete er die exotische Waffe auf den Dieb.

Hinter ihm strömten Sebastian, Harold und Theo in die Kammer. Sebastians Messer glänzte, Harolds Geisterfinder blinkte rätselhaft und Theo hatte ihre Hände auf seltsame Weise in die Höhe gereckt, als wolle sie Feuerlanzen aus ihren Fingern verschießen.

Edwards zuckte heftig zusammen, was bewies, wie nervös

er wirklich war. Sein Blick huschte von einem zum anderen und blieb schließlich auf Lucius und dem Blitzschocker liegen. Unsicherheit flackerte über seine Züge. Offensichtlich erinnerte er sich noch mit schmerzhafter Deutlichkeit an die Waffe.

»Gehen Sie auf die Knie«, befahl Sebastian grimmig. »Heben Sie die Hände dann hoch über den Kopf. Wir wollen sie sehen können. Und immer schön langsam.«

Lucius musste gestehen, dass er beeindruckt war. Der Befehl hätte auch von einem Offizier von Scotland Yard stammen können.

Edwards dagegen schien weniger überzeugt. Genau genommen erweckte er den Eindruck, endlich den Schreck überwunden und sein Selbstbewusstsein wiedergefunden zu haben. Er ließ die Hände locker an den Seiten hängen, und seine Mundwinkel verzogen sich zu einem spöttischen Grinsen. »Sonst was, du halbe Portion? Denkst du etwa, dein Zahnstocher macht mir Angst?« Er nickte in Richtung des Messers. »Denkt irgendeine von euch Gören, mich beeindrucken zu können?«

»Sie sollten besser beeindruckt sein«, übernahm Lucius. »Beim letzten Schuss hatte ich nicht genug Zeit zum Kurbeln. Diesmal ist der Blitzschocker voll aufgeladen. Wenn ich aus der Entfernung abdrücke, haut Sie das aus den Schuhen. Dann rauchen Ihnen die Socken, das können Sie mir glauben.«

»Ach ja?« Edwards leckte sich über die spröden Lippen. Er musterte Lucius genau, kniff die Augen zusammen, schien abschätzen zu wollen, wie ernst es dem Jungen war. Auf einmal hatte Lucius genau das miese Gefühl, das Theo vorhergesagt hatte.

»Mach doch!« Das Grinsen von Griffins Adlatus wurde breiter. »Los, Junge. Schieß mich nieder. Zeig, was du draufhast.«

»Das wollen Sie ganz bestimmt nicht«, erwiderte Lucius finster. »Sie denken vielleicht, dass ich Angst hätte. Aber das können Sie vergessen. Ich habe schon ganz andere Kerle kennengelernt – in New York und in Rom und in Schanghai.«

Edwards lachte rau auf. »Da warst du überall schon? Wer's glaubt, wird selig.«

»Es stimmt aber. Ich war mit meiner Mutter dort. Die hat schon Leute auf der ganzen Welt über den Tisch gezogen, als Sie noch in der Gosse mit Murmeln spielten.« *Einfach weiterreden*, dachte er sich. *Zeit schinden. Darauf kommt es jetzt an.*

»Tja«, sagte Edwards, »nur ist deine ach so tolle Mutter nicht hier. Allein du und deine Freunde stehen vor mir – und ich lasse mich doch nicht von ein paar Kindern ins Bockshorn jagen.« Er deutete auf den Blitzschocker. »Deine komische Blitzspritztüte hat mir ganz schön einen verpasst, vorhin im Haus vom Doktor. Das ist wahr. Aber beim letzten Schuss hast du auch geschrien. Ja, ob du es glaubst oder nicht, das habe ich gehört. Also weißt du, was ich denke? Das Ding funktioniert gar nicht mehr. Du bluffst.«

»Sie haben doch gar keine Ahnung von meinem Blitzschocker!«, rief Harold aufgebracht.

»Das nicht«, gab Edwards zu. »Aber ich bin ein guter Kartenspieler. Deshalb weiß ich, wenn Leute lügen.« Er wandte sich ein weiteres Mal an Lucius. »Also, Junge. Schieß endlich.«

Lucius fluchte lautlos.

Der Unsichtbare lachte wieder. »Dachte ich es mir doch.«

»Wir sind trotzdem nicht unbewaffnet«, sagte Sebastian mutig und trat einen Schritt näher.

»Ich auch nicht«, gab Edwards zurück. Seelenruhig griff er hinter seinen Rücken und zog einen sechsschüssigen Revolver hervor. Kalt lächelnd wog er ihn in der Hand. »So, was sagt ihr nun? Wer hat jetzt die Oberhand?«

»Sie Mistkerl«, stieß Sebastian hervor.

»Sei bloß still, Kleiner«, erwiderte Edwards knurrend. »Sonst verpasse ich dir eine Kugel. So, und nun schmeiß dein Messer in die Brühe hinter euch.« Auffordernd deutete er auf das Abwasser, das gluckernd hinter den Freunden dahinströmte.

Der blonde Junge verzog das Gesicht. Lucius konnte sich vorstellen, wie eklig er es fand, sein geliebtes Messer dort hinein zu werfen.

»Na los!«, forderte Edwards ihn auf. Er spannte den Hahn des Revolvers. »Rein damit, sonst knallt's.«

Widerwillig leistete Sebastian dem Befehl Folge.

»Und dein Blinkding auch.« Edwards sah Harold an.

»Das ist doch gar nichts!«, rief Harold verzweifelt. »Nur ein Geisterfinder. Der tut nichts. Sehen Sie? Der blinkt nur.«

»Erzähl das jemandem, den es interessiert«, sagte Griffins Adlatus. »Nun mach schon!«

Auch der TraSpuAuSpü fiel klatschend in die dunklen Fluten. Lucius' Blitzschocker folgte kurz darauf hinterdrein. Sie hatten keine andere Wahl.

Schließlich wandte Edwards sich Theo zu. »Nun zu dir, Mädchen. Du kommst mit mir. Ich brauche eine kleine Rückversicherung, bis ich die Stadt verlassen habe.«

»Was?«, entfuhr es Lucius entsetzt. »Das können Sie nicht machen.« Er trat einen Schritt vor, um sich schützend vor Theo zu stellen. Doch sofort schwang der Lauf von Edwards' Revolver herum, sodass die Mündung auf ihn zeigte.

»Ich kann«, zischte Edwards. »Und ich werde. Ein Wort noch, eine Bewegung – und ich schieße.«

Lucius biss die Zähne zusammen und ballte die Hände zu Fäusten. Eine unfassbare Wut auf Edwards kochte in ihm hoch. Aber er hielt sich zurück. Denn Edwards hatte in der Tat die Oberhand.

Der Schurke schnappte sich seinen Seesack und schlang ihn sich um die Schulter. Dann wedelte er auffordernd mit seinem Revolver. »Los, Mädchen. Komm her.«

Sichtlich widerwillig trat Theo näher. Sie blickte über die Schulter und sah die Jungs an. Erstaunlicherweise schien sie keine Angst zu haben. Vielmehr lag eine Selbstsicherheit in ihren Augen, die Lucius erstaunte. Und da war noch etwas, eine stumme Aufforderung, gerichtet an ihre Freunde: *Gebt nicht auf.*

Grimmig deutete Lucius ein Nicken an. Es war wie ein Versprechen.

Roh packte Edwards das Mädchen am Arm.

»Aua!«, beschwerte Theo sich. »Sie sind ein Grobian, wissen Sie das? Wenn Miss Sophie hier wäre, würde ich ihr befehlen, Sie zu erwürgen.«

»Ich habe keine Ahnung, was für einen Unsinn du faselst«, erwiderte der Mann, »aber sei bloß still. Von vorlauten Kindern habe ich langsam genug. Los, Abmarsch.« Mit diesen Worten schob er Theo dem Ausgang entgegen. Gleichzeitig hielt er seinen Revolver weiter auf Lucius, Sebastian und Harold gerichtet. »Ihr bleibt schön hier – sonst ergeht es eurer Freundin schlecht.«

»Das werden Sie büßen, Edwards!«, rief Sebastian wütend.

»Ja, ja, ja. Erzähl das deiner Amme, Kleiner.« Edwards schnappte sich seine Laterne. Dann waren Edwards und Theo verschwunden. Kurz sah Lucius ihre Gestalten noch durch den gemauerten Gang laufen, danach bogen sie um eine Ecke und bloß ihre leiser werdenden Schritte waren zu vernehmen.

»Ihnen nach«, zischte Sebastian. Man merkte dem blonden Jungen deutlich an, dass ihn das Jagdfieber noch immer gepackt hatte. Er war eben der Sohn seines berühmten Vaters.

»Aber erst muss ich meinen Geisterfinder retten«, wandte Harold ein, »und den Blitzschocker.« Mit einer Mischung aus Wehmut und Abscheu blickte er hinüber zu der stinkenden Abwasserrinne.

Sebastian schnitt eine Grimasse. »Stimmt. Mein Messer

will ich auch wiederhaben. Da gibt es wohl nur eins: Augen zu und rein. Kann auch nicht schlimmer sein, als durch die Lukanga-Sümpfe zu waten.«

Bevor Lucius fragen konnte, was es denn mit den Lukanga-Sümpfen auf sich hatte, sprang der blonde Junge kurzerhand in die Kloake. »Puh!«, entfuhr es ihm. »Widerlich.« Während Harold und Lucius ihm Licht spendeten, hielt sich Sebastian mit einer Hand die Nase zu. Dann beugte er sich vor und suchte mit der anderen nach ihren Sachen.

Er hatte Glück. Weder das Messer, noch der Geisterfinder oder der Blitzschocker waren von der Strömung abgetrieben worden. Ziemlich schnell wurde Sebastian daher fündig, und nachdem er ihre Ausrüstung geborgen hatte, kletterte er rasch wieder ins Trockene. Seine Hosenbeine waren klatschnass, und brauner Schlick klebte an seinen Schuhen. »Mein Vater wird mir was erzählen«, murmelte er.

»Los jetzt«, drängte Lucius. »Edwards hat schon genug Vorsprung bekommen.«

Rasch packten die Jungs ihre Ausrüstung ein. Anschließend eilten sie los, einmal mehr hinein ins dunkle Labyrinth der Kanalisation von London. Sie folgten den leisen Schritten von Edwards und Theo und dem gelegentlichen Schreien des Mädchens, das durch die Gänge hallte.

»Was tut er ihr an?!«, fragte Harold ängstlich.

»Ich hoffe, gar nichts«, erwiderte Lucius. »Ich hoffe, sie schreit bloß, um uns den Weg zu weisen.« Ganz sicher war er sich da allerdings nicht.

Auf einmal vernahmen sie noch etwas. Ein leises, aber durchdringendes Trillern. Lucius riss die Augen auf, als er das Geräusch erkannte. »Das sind Trillerpfeifen von Streifenpolizisten. Doktor Griffin hat es geschafft. Scotland Yard naht!« Mit neuer Hoffnung rannten die Freunde weiter.

Plötzlich erreichten sie eine Treppe, die aufwärts führte. Vorsichtig folgten sie ihr nach oben, passierten eine offen stehende Metalltür – und fanden sich zu ihrer Überraschung einmal mehr am Themseufer wieder. Genau genommen standen sie im Schatten des Torgebäudes am nördlichen Ende der neu erbauten Tower Bridge.

Rasch blickten sie sich um und versuchten sich ein Bild der Lage zu machen. Von der Stadt her rannten mehrere Gestalten heran. Dem Trillern ihrer Pfeifen nach zu urteilen, musste es sich um die Polizei handeln. Auf der Brücke selbst, die um diese Uhrzeit menschenleer war, hastete eine dunkle Gestalt in Richtung des ersten Brückenturms, der majestätisch in den Abendhimmel aufragte. Sie zog eine kleinere Gestalt mit sich.

Edwards und Theo!, erkannte Lucius.

»Im Namen der Krone, bleiben Sie stehen!«, rief ein Mann vom Ufer her. Es musste sich um einen Polizisten handeln.

Zur Antwort peitschte ein Schuss über die Brücke. Lucius, Sebastian und Harold zogen hastig die Köpfe ein. »Der wird sich und Theo noch umbringen«, flüsterte Sebastian gepresst. »Das dürfen wir nicht zulassen.«

Sie duckten sich in die Schatten des Torhauses, als die Polizisten die Brücke erreichten. Das Letzte, was sie jetzt wollten, war, von überfürsorglichen Ordnungshütern des Platzes verwiesen zu werden. Theo war ihre Freundin – und Freunde ließ man nicht im Stich!

Wieder knallte ein Schuss.

»Wir brauchen stärkere Waffen«, rief einer der Polizisten.

»Nein, er hat eine Geisel«, erwiderte ein Zweiter. »Ein Mädchen, wenn ich das richtig sehe. Da dürfen wir nichts riskieren, schon gar nicht vor allen Augenzeugen.«

Verwirrt blickte Lucius sich um und merkte, dass sich am Themseufer trotz der späten Stunde tatsächlich einige Schaulustige zu sammeln begannen. *Wie immer*, dachte er zynisch. *Kaum brennt es irgendwo, stehen alle blöd herum und gaffen.*

»Geben Sie auf!«, rief einer der Polizisten. »Die Brücke ist abgeriegelt. Sie kommen hier nicht mehr weg. Lassen Sie das Mädchen frei, und ergeben Sie sich.«

»Das können Sie vergessen!«, schrie Edwards zurück. Er befand sich am unteren Ende des Brückenturms, direkt vor einer Metalltür, die erstaunlicherweise offen stand. *Vielleicht hat er das Schloss aufgeschossen*, dachte Lucius. *Daher der Knall.*

»Sie kriegen mich niemals!«, fuhr Griffins Adlatus fort. »Das Einzige, was sie kriegen, ist ein totes Mädchen, wenn Sie nicht tun, was ich von Ihnen verlange.«

Lucius hörte ein paar der Beamten fluchen. Am Ufer sammelten sich mehr und mehr Menschen. Anders als in den Randgebieten der Stadt, pulsierte in der Innenstadt auch nachts noch das Leben – und dieses Leben war ausgesprochen neugierig.

Gleichzeitig wurde auch die Gruppe der Polizisten größer, doch einer war so ratlos wie der andere. »Was wollen Sie?«, rief der Wortführer der Polizisten zurück. Es handelte sich nicht um Inspektor Lestrade, aber er schien dennoch das Sagen zu haben – zumindest im Moment.

»Ich will ein Luftschiff!«, brüllte Edwards. »Es soll oben zwischen den Türmen anlegen. Und zwar in spätestens dreißig Minuten. Nur die nötigste Besatzung an Bord, keine Polizei. Damit werde ich verschwinden. Wenn ich London sicher hinter mir habe, setze ich mich ab und Sie kriegen das Mädchen und das Luftschiff zurück.«

»Das ist Wahnsinn«, antwortete der Polizist. »Das ist nicht möglich.«

»Machen Sie es möglich«, rief der Verbrecher grollend. »Sonst geht das hier übel aus. Dreißig Minuten! Nicht länger.« Mit diesen Worten drehte er sich um und verschwand mit der wehrlosen Theo im Brückenturm.

KAPITEL 15:

Um Leben und Tod

Lucius schlug das Herz bis zum Hals. Panisch rannten er, Sebastian und Harold dem Entführer nach. Sie hatten sofort wieder die Verfolgung aufgenommen, denn die Zeit drängte, und auf Scotland Yards Polizisten durften sie nicht warten, wenn sie Griffins Adlatus aufhalten wollten. Zwar hielten sie Abstand, damit Edwards sie nicht bemerkte, aber sie ließen auch nicht nach. Sie mussten Theo retten – um jeden Preis!

Ihr Weg führte den Brückenturm hinauf, Dutzende von Treppenmetern hoch. Irgendwann endete die Treppe in einer kleinen, viereckigen Kammer, knapp unterhalb des Dachs. Und auch dort hielt Edwards nicht an.

Schweigend und schnaufend sah Lucius die schmale Sprossenleiter hinauf, über die der schändliche Entführer mit Theo geflüchtet war – hinaus in die Nacht über der Themse. Er ballte die Hände zu Fäusten, wütend und hilflos zugleich, und vergrub sie in den Taschen seiner Hose.

»Um Himmels willen«, keuchte Harold irgendwo rechts von ihm. »Wir ... Wir müssen unbedingt etwas tun!«

Lucius stutzte. Seine rechte Faust war in der Tasche gegen irgendetwas gestoßen. Ratlos betastete er das Objekt ... und mit einem Mal hatte er einen Plan.

Natürlich!

Schnell drehte er sich zu Harold und Sebastian um. »Hört mir zu. Ihr zwei lauft wieder die Treppe hinunter, der Polizei entgegen. Sagt ihr, dass ich Edwards ablenke, bis sie kommt. Und, dass sie sich unbedingt beeilen muss.«

»Und wie willst du das schaffen?«, fragte Sebastian. Er war ebenfalls sichtlich besorgt um Theo, seine gerunzelte Stirn bewies aber auch, wie wenig er Lucius' Vorschlag verstand. »Willst du winkend um ihn herumtanzen?«

»So in etwa«, antwortete Lucius grimmig, den Blick auf die schmale, ins Freie führende Treppe gerichtet. Und seine rechte Hand umfasste den Fund in seiner Hosentasche, ihre allerletzte Chance.

Wenige Sekunden später war er allein. Sebastian und Harold rannten eilig die Treppe hinab, dem Festland und den scheinbar überforderten Ermittlern von Scotland Yard entgegen. Lucius trat an eines der kleinen Fenster, die die vier Wände des aus Stahl und Kalkstein gebauten Brückenturms säumten. Er sah ins Freie auf die nachtschlafende Stadt und das Wasser, dachte kurz nach.

Und dann legte er los. Die kleine Dose aus seiner Hosentasche, die er unbemerkt aus Doktor Griffins Labor stibitzt und vor lauter Aufregung gleich wieder vergessen hatte, ließ sich mühelos öffnen. Ein kurzer Dreh genügte, und schon sah er ihren Inhalt vor sich: die weiße Salbe. Griffins Unsichtbarkeitsserum.

Lucius zögerte nicht. Ohne groß über mögliche Folgen seines Tuns nachzudenken, tauchte er die Finger in die dickliche Flüssigkeit. Sie fühlte sich angenehm kühl an, fast wie Rahm oder Buttermilch, war aber auch ein wenig schleimig. Lucius ließ die Fingerspitzen ein paar wenige Sekunden lang in der weichen Masse, dann zog er sie wieder heraus. Und staunte.

Ach du meine Güte!

Seine Fingerkuppen waren verschwunden! Zeige-, Mittel- und Ringfinger seiner rechten Hand endeten nun ganz dicht oberhalb des untersten Gelenks – einfach so, und fast wie abgeschnitten. Einzig der kleine Finger, der diesmal nicht in Kontakt mit der Salbe gekommen war, bewies noch immer, wie Finger *eigentlich* aussehen sollten.

Sie sind unsichtbar. Lucius keuchte, halb vor Schreck, aber auch halb vor Begeisterung. *Mom, wenn du das nur sehen könntest: Meine Finger sind unsichtbar!*

Oder? Für einen kurzen Moment übermannte ihn die Panik wieder. Was, wenn die Fingerspitzen fort waren, weggeätzt wie von einer Säure?

Kann nicht sein, redete er sich in Gedanken Mut zu und suchte mit seinen Blicken nach nicht vorhandenen Wunden. *Mir tut doch gar nichts weh. Und vorhin in Griffins Labor hatte ich diese Sorge doch noch gar nicht.*

Dennoch musste er sichergehen. Er konnte den Gedanken schließlich nicht mehr zurücknehmen, nun, da er da war.

Mit der linken Hand näherte sich der Junge der rechten. Vorsichtig – und, zugegeben, auch ein klein wenig besorgt –

streckte er die Finger der linken Hand der vermeintlichen Leere entgegen, zu der die Spitzen seiner rechten geworden waren. Und tatsächlich: Er spürte die Berührung. Da war ein Widerstand, warme, weiche Haut.

Na, was denn sonst?, dachte er und atmete erleichtert aus. *Die Finger sind noch immer da. Ich sehe sie nur nicht mehr.*

Ein ferner Schrei ließ ihn herumfahren. Das war Theo gewesen, irgendwo dort oben auf dem »Dach« der Brücke, dem breiten Steg, der die beiden Turmspitzen miteinander verband. Jetzt hörte Lucius die laute Stimme Edwards, dann wieder Theo – ruhiger und besonnener als zuvor. Der Junge verstand kein Wort, dafür war die Entfernung dann doch zu groß, aber er erkannte den Tonfall der beiden. Edwards war wütend und aufgebracht, Theo hingegen versuchte, sich ihre Angst nicht anmerken zu lassen – und ihren Entführer nicht zu reizen.

Lucius begriff, dass ihm keine Zeit mehr blieb. Er konnte sich nicht ablenken lassen und über Doktor Griffins Erfindung staunen, so unglaublich sie auch war. Nicht, während seine Freundin in tödlicher Gefahr schwebte!

»Ich komme, Theo«, flüsterte er und tauchte die Hand abermals in die weiße Salbe. »Halt durch. Ich bin gleich da.«

Die Nacht war kälter als kalt, besonders in derart schwindelerregender Höhe. Gute hundertzwanzig Fuß trennten Lucius von der Wasseroberfläche, und das rettende Ufer der Themse war ebenfalls ganz schön weit weg.

Nicht nach unten gucken, warnte er sich stumm. Eine Gänsehaut nach der anderen zog über seinen Rücken, und nicht nur seine Schultern zitterten. *Nur nach vorn. Und vor allem: Beeil dich!*

Er biss die Zähne zusammen und machte vorsichtig einen Schritt, dann den nächsten. Es fühlte sich seltsam an, unsichtbar zu gehen. Er spürte zwar den Steg unter den Füßen und die schneidend eisige Luft an den Beinen, doch er sah seinen Körper nicht länger. Jeder Zoll Haut, jedes Kleidungsstück und jedes Haar von ihm war mit Mister Griffins unglaublicher Salbe bestrichen oder durchtränkt. Und der Zauber wirkte: Lucius presste den Fuß fest auf den Boden und konnte doch nur den Boden selbst sehen.

Ich bin hier und gleichzeitig nicht hier, dachte er fasziniert. Die Worte des Betrunkenen, den sie vorhin am Hafen aufgeschreckt hatten, hallten durch seinen Geist: *Halb Mensch, halb Teufel.* Wäre die Situation nicht so ernst, hätte Lucius laut aufgelacht. So aber atmete er tief durch und ging weiter.

Edwards stand inzwischen in der Mitte des Steges, auf halbem Weg zwischen den beiden Turmspitzen. Das konnte der Junge dank des fahlen Monds erkennen, der mittlerweile zwischen den Wolken hervorlugte. Der Dieb hatte den linken Arm ausgestreckt und die Hand fest um Theos Handgelenk geschlossen. In der rechten Hand hielt er seinen Revolver. Sein Blick ging allerdings in die Ferne, nach irgendwo jenseits der Brücke.

Wo guckt der hin? Lucius wagte es, den Kopf ein wenig zu

drehen, und wieder riss er erstaunt die Augen auf. Dort drüben im Osten, etwa auf Höhe der London Docks und noch eine halbe Meile entfernt, schwebte tatsächlich ein Luftschiff! Das gewaltige Gefährt glänzte silbrig im Mondschein. Majestätisch hing es über den Dächern und Schornsteinen der riesigen Stadt. Und irrte Lucius sich, oder kam es langsam näher?

Weil Edwards das gefordert hat, erkannte der Junge. *Scotland Yard will nichts riskieren. Edwards bekommt deshalb alles, was er haben will. Er wird entkommen.*

Und Theo? Was wurde aus ihr? Ließ Edwards sie endlich frei, wenn er seine Flucht aus London antrat? Oder zwang er sie wirklich mit an Bord des Luftschiffs, um die Polizei weiterhin auf Abstand zu halten, wie er es angedroht hatte?

Dazu durfte Lucius es nicht kommen lassen. Dieser Schuft hatte schon viel zu viel Unheil angerichtet. Seine Machenschaften mussten ein Ende finden – jetzt und hier. *Bevor* das Luftschiff eintraf.

Aber wie?

Inzwischen trennten Lucius nur noch wenige Schritt von Edwards und Theo. Trotzdem verstand er die Worte, die die beiden miteinander wechselten, erst, als der Wind sich drehte.

»... und dann hat Doktor Carnacki uns sogar bestätigt, dass es tatsächlich Geister gibt«, hörte er Theo gerade sagen. Sie klang überraschend gefasst, und ihr Tonfall war fest. Von Angst war kaum etwas zu hören. »Man kann sie meist nicht sehen, aber sie können überall sein. Ihre Körper bestehen aus

Ektoplasma, und man braucht besondere Apparaturen, um sie aufzuspüren. Mein Freund Harold baut gerade welche. Und wenn Geister einem nah kommen, wird es ganz kalt. So wie hier oben, finden Sie nicht auch?«

»Redest du eigentlich immer so viel?«, fragte Edwards. Schroff zog er an Theos Handgelenk, nahm den Blick aber nicht von dem sich langsam nähernden Luftschiff. »Ich sagte doch, du sollst endlich still sein!«

»Aber ich will Ihnen erklären, wie wir Sie gefunden haben«, wehrte sich das Mädchen. »Und anfangs haben wir eben gedacht, Sie seien ein Gespenst. Oder ein Fluch, das war auch eine Möglichkeit. Dumm von uns, oder? Na, Doktor Carnacki hat uns da jedenfalls schnell eines Besseren belehrt. Er ist echt bewandert in spirituellen Dingen, wissen Sie? Er weiß zum Beispiel, dass manche Geister Echos von Verstorbenen sind. Und mein Freund Sebastian kennt Rachegeister aus dem afrikanischen Urwald, denen ich wirklich nie im Leben begegnen möchte!«

Lucius runzelte die Stirn. War Theo nervös, oder warum plapperte sie wie ein Wasserfall? Er konnte sie verstehen, gar keine Frage, aber trotzdem: So aufgedreht und redselig hatte er das Mädchen in all den Wochen, die er nun schon in London war, noch nie erlebt. Das da war eigentlich nicht typisch für Theo. Das war ...

Eine Botschaft! Mit einem Mal begriff er. *Sie plappert nicht, weil sie mit Edwards reden will – sondern mit mir!*

»Geister können ganz schön böse sein«, sagte Theo gerade.

»Selbst Doktor Carnacki hat Angst vor ihnen – und das zu Recht. Seine Wohnung ist mit allerlei Schutzzaubern gesichert, und wenn auch nur die Hälfte von dem stimmt, was ich im Archiv der *Times* an Spukmeldungen gelesen habe ...« Sie schüttelte den Kopf. »Brr. Darüber will ich gar nicht nachdenken. Ich glaube, ich könnte sonst nie mehr ruhig schlafen.«

»Unfug!«, zischte Edwards. Nun sah er zu ihr, aber nur kurz, und die Hand mit dem Revolver zuckte dabei ebenfalls bedrohlich in ihre Richtung. »Es gibt keine Geister, du dummes Gör. Das sind alberne Geschichten, weiter nichts. Damit erschreckt man ungezogene Kinder.«

»Ich kannte ungezogene Kinder«, sagte Theo. Sie erwiderte seinen Blick ernst und scheinbar vollkommen furchtlos. Doch ihre Stimme war nun voller Bedauern. »In Indien. Ein ganzes Haus voller ungezogener Kinder, sogar. Es stand am Rand der Stadt, wo mein Vater für die königliche Armee stationiert war; ein sehr altes Gebäude mit großen, dunklen Fenstern und einer wahnsinnig unheimlichen Aura. Ich kam oft daran vorbei, aber ich war nie drin. Ich traute mich nie. Denn es war kalt dort, ganz eigenartig kalt. Und so still! Die Kinder, die in dem Haus wohnten, lachten nie, wenn ich sie draußen spielen sah. Es hieß, jede Nacht käme ein Geist und hole sich eines von ihnen ...«

»Was für ein himmelschreiender Blödsinn!« Edwards schnaubte aufgebracht, doch seine Wut schien auch Fassade zu sein. Bekam dieser skrupellose Mann etwa Angst? Er schien tatsächlich unsicher, als er nun über seine Schulter blickte. »Ich warne dich zum letzten Mal, du elendes Balg: Ein Wort mehr, und es wird dein letztes sein!«

Als er mit seiner Mutter Irene durch Amerika, Asien und Europa gereist war, hatte Lucius auf mehr Bühnen gestanden, als er zählen konnte. Er war Profi darin, gute Auftritte zu absolvieren – und ein Profi wusste stets, wann sein Stichwort fiel!

Hals- und Beinbruch, Lucius, hörte er die Stimme seiner Mutter in seiner Erinnerung. So, wie vor jeder ihrer gemeinsamen, atemberaubenden Bühnenshows der letzten Jahre. *Reiß sie von den Stühlen.*

Die Erinnerung gab ihm Kraft und verscheuchte die Angst und die Sorgen, wenigstens für einen kurzen Moment. Der Junge, der sich nun unbemerkt bis fast direkt neben Edwards vorgeschlichen hatte, schickte ein Stoßgebet zum dunklen Himmel über London. Dann konzentrierte er sich auf seine Rolle des heutigen Abends: Er öffnete den Mund ganz weit und stieß einen wilden, unbändigen Schrei aus – laut, schrill und lang gezogen. Einen Schrei, wie man ihn in unheimlichen Urwaldnächten hören mochte, in verwunschenen Tempeln, mondbeschienenen Familiengruften und zugigen Spukschlössern. So ungefähr klangen Sebastians Rachegeister, hoffte er. Und gleichzeitig preschte er vor.

Der Plan war vollkommen spontan und aus der Situation geboren. Trotzdem ging er auf: Edwards zuckte erschrocken zusammen und wirbelte herum, für ein paar wenige Augenblicke vollkommen perplex. Suchend, verwirrt und wahrscheinlich auch ein wenig verunsichert sah er in Lucius' Richtung und fand doch nur die Nacht.

Lucius grinste unsichtbar, tänzelte um seinen Gegner herum und, kaum in dessen Rücken angekommen, schrie erneut.

Wieder konnte Edwards sich gar nicht schnell genug um die eigene Achse drehen. »Was?«, keuchte der Dieb und ließ Theo los. Irrte Lucius sich, oder war der Schuft ganz schön blass geworden? »Was ist das?«

Die größte Show meines Lebens, antwortete Lucius in Gedanken. Dann ließ er seine geballte Faust in Edwards' Magengrube fahren und zog, kaum dass der Dieb sich keuchend krümmte, mit der anderen Hand kraftvoll an dessen Haaren. »Jetzt, Theo!«, schrie er dabei.

Das Mädchen wusste sofort, was er meinte. Als hätten sie sich abgesprochen, sprang sie in die Höhe, reckte gleichzeitig das linke Bein vor – und trat ihrem vor Schmerz und Überraschung laut keuchenden Entführer den Revolver aus der Hand! Die Waffe flog in hohem Bogen über den Rand des Steges und in die Tiefe, der Themse und dem Vergessen entgegen.

Und ein gellend lauter Pfiff erklang, gefolgt von einem zweiten, einem dritten! Lucius hob kurz den Kopf. Das Luftschiff hatte den Steg so gut wie erreicht und schwebte nun etwa fünfzehn Fuß über ihm, Theo und Doktor Griffins schändlichem Mitarbeiter. Große Bogenlampen erwachten unterhalb der an der Unterseite des Luftschiffs angebrachten Passagierkabine zu flackerndem Leben. Ihr helles Licht fiel auf die Brücke – und auf fünf dicke Kletterseile, die aus offenen Kabinentüren hingen. An den Seilen hangelten sich uniformierte Polizisten mit geübten, schnellen Bewegungen in die Tiefe, dem Steg und den drei Kämpfenden entgegen. Sie pfiffen mit ihren Signalpfeifen, und an ihren Gürteln hingen ihre Dienstwaffen.

»Es ist vorbei, Mister Edwards«, hallte eine Stimme durch die Nacht über der Tower Bridge. Allem Anschein nach stand ihr Besitzer irgendwo im Inneren der Passagierkabine, und an deren Unterseite mussten sich neben grellen Lampen auch irgendwelche mächtigen Klangverstärker befinden. »Ergeben Sie sich. Sie haben keine andere Wahl.«

Während Lucius noch rätselte, woher er diese Stimme kannte, erwachte Edwards aus seiner Schockstarre. Der Dieb riss sich vom unsichtbaren Lucius los, wich zurück und rannte, so schnell er konnte, der linken Turmspitze entgegen. Theo, die sich ihm in den Weg stellte, wurde kurzerhand umgeworfen und landete unsanft auf dem Boden des Stegs.

»Er entkommt!«, schrie Lucius.

Doch die Sorge war unbegründet. Edwards war keine sechs Schritte weit, da ließ sich einer der mutigen Polizisten von oben auf ihn hinabfallen. Der Aufprall ließ beide Männer zu Boden gehen, doch im Gegensatz zu Edwards, hatte der Wachmann ganz offensichtlich damit gerechnet. Nahezu umgehend kam er wieder auf die Beine, die gezogene Dienstwaffe in der Hand.

»Sie haben Mister M gehört, Edwards«, sagte der Polizist streng. Sein Blick ruhte auf dem rücklings und reglos daliegenden Dieb, der ihn vollkommen überrascht anstarrte. »Geben Sie auf. Ihr Spiel ist aus.«

Und Edwards hob kapitulierend die Hände. Endlich.

»Mister M, ja?«, sagte Theo leise. Sie war wieder aufgestanden und kam nun – suchenden Blickes und ein wenig unsicher – auf Lucius zu. Sie schmunzelte. »Ich dachte mir doch, dass ich die Stimme kenne.«

»Hier bin ich«, sagte Lucius und nahm ihre Hand, da sie schon an ihm vorbeizugehen drohte.

Dann sahen sie gemeinsam nach oben zum Luftschiff. In einer der offenen Kabinentüren war ein Mann erschienen. Er hatte einen beachtlich dicken Bauch und trug einen dunklen, perfekt sitzenden Anzug. Außerdem lächelte er breit, sah zu Theo und reckte den Daumen in die Höhe, siegessicher und dankbar zugleich.

Theo erwiderte die Geste, dann lachte sie schallend. Mycroft Holmes, denn um niemand anderen handelte es sich natürlich, war wahrhaft ein Mann mit vielen Talenten – und er hatte seine Augen und Ohren überall in London.

»Woher wusstest du eigentlich«, sagte Lucius, während auch die anderen Polizisten auf dem Steg landeten, »dass ich mich unsichtbar machen würde?«

»Ts.« Theo schüttelte den Kopf. Dann sah sie ihm ins Gesicht, das sie doch gar nicht sehen konnte. »Lucius Adler, manchmal glaube ich, ich kenne dich besser als du dich selbst.

Meinst du wirklich, ich hätte nicht gemerkt, wie du drüben bei Doktor Griffin die Dose voller Salbe stibitzt hast? Meinst du, ich wüsste nicht, dass du an so einem tollen Showeffekt nicht einfach vorbeigehen kannst?«

Er musste schlucken. Unsichtbar oder nicht – nun kam er sich vor allem sehr durchschaubar vor. »Und Edwards?«

Theo lachte. »Da kann ich dir nur die gleiche Antwort noch mal geben: Ich kenne dich, Lucius. Ich wusste, dass ihr kommen und mir helfen würdet. Und ich wusste, dass du weißt, wie man ein Publikum verzaubert. Deshalb habe ich versucht, dir eins zu geben, und Edwards ein bisschen auf dich vorbereitet.«

Er war so beeindruckt, dass ihm im ersten Moment gar keine Erwiderung einfiel. Aus dem Augenwinkel sah er, wie die Polizisten dem Dieb Handschellen anlegten und ihn abführten, dem Turm und der nach unten führenden Treppe entgegen. Aus der Tür des Turmes drangen auch schon Kollegen von ihnen und liefen auf sie zu. Harold und Sebastian waren ebenfalls unter ihnen. Sie sahen so erleichtert aus wie Lucius sich fühlte. Doktor Griffin hatte sein Versprechen, schnellstens Verstärkung zu schicken, mehr als gehalten – das stand fest.

Lucius sah an sich hinab. Sein linker Oberarm wurde langsam wieder sichtbar! Da er sich von Kopf bis Fuß hatte eincremen müssen, aber nur die eine Dose zur Verfügung gehabt hatte, war die aufgetragene Schicht Salbe vermutlich zu dünn für eine lange Anwendung.

»Miss Paddington«, sagte Lucius und hielt Theo grinsend und wie ein echter Gentleman den Arm hin. »Begleiten Sie mich zurück zu unseren Freunden? Ich glaube, unsere Hilfe ist hier nicht länger von Nöten.«

»Mit dem größten Vergnügen, Mister Adler«, flötete sie so übertrieben damenhaft wie Lady Brimblewood und hakte sich bei dem halb unsichtbaren Arm unter. »Sehr freundlich von Ihnen, nein, wirklich.«

Dann prusteten sie beide los.

KAPITEL 16:

Das letzte große Rätsel

An Schlaf war in dieser Nacht nicht mehr zu denken – und so aufgedreht, wie Lucius war, hätte er bestimmt sogar unter Zwang keinen gefunden. Lachend, scherzend und unendlich erleichtert fielen der inzwischen wieder ganz sichtbare Junge und seine Freunde gegen Mitternacht in der Baker Street 221b ein – Mycroft, der sie begleitete, hatte einen Schlüssel.

Doch den hätte er gar nicht gebraucht. Sherlock Holmes erwartete sie schon an der Tür, Doktor Watson und Mrs Hudson in der Küche. Dort hatte die emsige und scheinbar mit unendlicher Sanftmut gesegnete Hauswirtin bereits einen stattlichen Imbiss für die Helden vorbereitet, ungeachtet der späten Stunde. Belegte Brote, dampfender Tee und natürlich der köstlich aussehende Kuchen standen auf dem üppig gedeckten Küchentisch.

Als Mycroft und die Rabennest-Bande den gemütlichen kleinen Raum im Erdgeschoss betraten, gab es ein großes Hallo. Mrs Hudson drückte Lucius und seine Freunde so fest, als hätte sie sie seit Jahren nicht gesehen – und hob kurz darauf entsetzt die Brauen, als sie Lucius' vom Ausflug in die Kanalisation noch ganz verdreckte Kleidung bemerkte.

Doktor Watson schmunzelte unter seinem buschigen

Schnauzbart und sah sehnsuchtsvoll zu den Speisen auf dem Tisch. Er konnte es wohl kaum erwarten, über sie herzufallen.

Einzig der Meisterdetektiv zeigte keine Begeisterung. »Das hättest du aber auch früher sagen können, Bruder«, sagte Sherlock Holmes statt einer Begrüßung. Mit vor der Brust verschränkten Armen saß er am Tisch. »Ich habe ja nichts dagegen, dass du den Jungen für eine Abendveranstaltung mit in die Sternwarte von Ottershaw nimmst, aber eine Vorwarnung, die uns nicht erst zu nachtschlafender Stunde erreicht, wäre recht nett gewesen.«

»Sternwarte?« Lucius runzelte die Stirn. Er verstand gar nichts mehr. »Wieso? Wir waren doch nicht ...«

»Nicht lange fort?«, fiel Mycroft Holmes ihm schnell ins Wort. »Doch, Lucius, ich fürchte, das waren wir. Der Vortrag war zwar sehr lehrreich und informativ, er dauerte allerdings *deutlich* länger, als ich dachte. Und Sherlock hat vollkommen recht: Ich hätte ihm, Mrs Hudson und dem guten Doktor viel früher Bescheid geben müssen. Aber die Chance kam einfach zu plötzlich. Einen Abend lang im berühmten Observatorium von Ottershaw mit dem namhaften Astronomen Ogilvy über Sterne und Planeten sprechen: Ich wusste, dass ihr Kinder da unbedingt würdet dabei sein wollen!«

»Über Sterne und Planeten sprechen«, wiederholte Theo langsam. »Mit dem bekannten Mister Ogilvy.« Sie sah Mycroft an, und ihre Mundwinkel zuckten amüsiert. »Ja, ganz genau. Das haben wir gemacht. Und sonst nichts.«

»In der Sternwarte von Ottershaw gab es einen Vortragsabend? Mit Doktor Ogilvy?« Harold begriff das Spiel mal wieder viel zu spät. Er riss entsetzt die Augen auf. »Aber warum sagt mir das denn kei... *Au!*« Er verstummte, als Sebastian und Lucius ihm gleichzeitig auf je einen seiner Füße traten.

Nun musste auch Lucius schmunzeln. Mycrofts Lüge war ebenso simpel wie perfekt. So erfuhren die anderen Erwachsenen nie, wo sich die Freunde wirklich herumgetrieben hatten. Das Geheimnis des Rabennests blieb gewahrt, und von Doktor Griffins bekam ebenfalls niemand mehr Wind. Um Griffin, der angeblich bereits auf dem Weg der Besserung war, und das Unsichtbarkeitsserum würde sich Mycroft schon kümmern. Es würde nie wieder in falsche Hände geraten, das stand fest. Und Edwards, dieser schändliche Dieb, saß ohnehin hinter Schloss und Riegel.

Fall gelöst, dachte der Junge zufrieden und sah, dass Mycroft ihm verschwörerisch zuzwinkerte.

Schnell wechselten die vier Freunde einen wissenden Blick. Sie waren glücklich, das sah Lucius ihnen an. Und auch er selbst fühlte sich ziemlich gut.

Bis er seinen Magen knurren hörte.

»Ha!«, rief Doktor Watson aus und nickte kräftig. »Die Stimme kenne ich.«

Mrs Hudson lachte leise und klatschte in die Hände. »Na, dann greift besser zu, Kinder. Sie auch, meine Herren. Nicht, dass mir hier noch jemand vor Hunger umfällt.«

»Das wäre aber gar nicht so schlimm«, meinte Theo

scherzend. Mit dankbarem Lächeln nahm sie sich ein Brot. »Schließlich haben wir einen Arzt unter uns.«

»Einen offiziell schon schlafenden Arzt!«, betonte Doktor Watson. Da er sich zeitgleich ein extra großes Kuchenstück in den Mund schob, klang es eher wie »Eimem ohhissiell schoh schaahennen Haass«, aber die Freunde verstanden ihn trotzdem. »Sprechstunde ist erst wieder in acht Stunden. Das heißt ...« Er seufzte zufrieden und wischte sich Krümel aus dem Bart. »... ich habe gemütlich Zeit, um etwas zu essen. Endlich.«

Erst jetzt begriff Lucius. Mrs Hudson musste ihn und Mister Holmes um das Abendessen gebracht haben. Deswegen saßen die beiden Männer um diese nachtschlafende Zeit noch am Küchentisch: Sie hatten schlicht großen Hunger.

Alle Achtung, Mrs Hudson, dachte er, und ein Gefühl von Stolz und Dankbarkeit durchströmte ihn. *Von Heimat, irgendwie. Wenn Sie wollen, dass wir alle vier zu den Mahlzeiten zusammenkommen, dann setzen Sie Ihren Willen auch durch. Ohne Kompromisse.*

Das gefiel ihm. Es gefiel ihm sogar sehr.

Beherzt griff er nach einem Stück Kuchen und biss hinein. Es schmeckte köstlich. Auch Sebastian und Harold ließen sich nicht lange bitten. Im Nu leerten sich Mrs Hudsons üppige Teller.

»Gab es in der Sternwarte demnach also keinen Imbiss, hm?«, fragte Sherlock Holmes. Er war nun doch aufgestanden und zu seinem Bruder getreten. »Den ganzen Abend lang nicht?« Es lag eine Skepsis in seiner Stimme, die schon fast anklagend war, und auch sein Blick bewies, wie wenig er die Lüge glaubte.

»Die unendlichen Weiten des Alls machen eben hungrig«, erwiderte Mycroft unbeeindruckt. Er zuckte mit den breiten Schultern. »Erst recht unsere jungen Gäste, kleiner Bruder. Die sind ja noch im Wachstum.«

»Genau wie ich«, sagte Doktor Watson mit wohligem Seufzer. Er lehnte sich in seinem Sitz zurück und strich sich zufrieden über den endlich gefüllten Bauch.

Lucius sah zu Sherlock Holmes, dann zurück zu Watson. Und dann lachten er und der stämmige Mediziner gleichzeitig los.

Eine Stunde später saßen sie alle im Kaminzimmer der Baker Street und warteten darauf, dass die Kutschen kamen, die Harold, Sebastian und Theo abholen und nach Hause bringen würden. Mycroft hatte ein Feuer entfacht, das angenehm prasselte und die Kühle der Nacht vertrieb. Nun stand er neben der gemauerten Feuerstelle und betrachtete nachdenklich das Spiel der Flammen. Doktor Watson saß in seinem Ohrensessel und schnarchte. Sherlock Holmes saß ihm schweigend gegenüber und hatte ebenfalls die Augen geschlossen. Keiner der Erwachsenen achtete noch auf sein Umfeld.

Das war auch gut so. Denn die vier Freunde aus dem Rabennest hockten verschwörerisch auf dem mit einem breiten Teppich bedeckten Fußboden, diverse Gegenstände aus

Harolds Überlebensrucksack in ihrer Mitte. Theo und Sebastian wühlten sich halb eifrig und halb amüsiert durch die kunterbunte Sammlung. Lucius sah ihnen zu. Und Harold selbst ...

»Ich bin ein Genie«, hauchte der junge Erfinder gerade. Die Erkenntnis schien ihn selbst zu verblüffen. Er saß kerzengerade und rührte vor Ehrfurcht kaum einen Muskel. Sein Blick ging ins Leere. »Das muss es sein, Leute. Ohne jeden Zweifel. Ich *bin* ein Genie.«

»Ein Spinner bist du«, murmelte Sebastian. Er gähnte herzhaft, lächelte dann aber und präsentierte wie zum Beweis den Wassersprüher. »Vor allem das.«

Harold sah ihn an und deutete auf den Berg an Erfindungen. »Aber die neue Maschine funktioniert doch! Das kannst du nicht abstreiten. Die ist ein wahrer Triumph.«

»Sie erfüllt einen Nutzen«, stimmte der Sohn des großen Abenteurers Quatermain zu. »Das tut sie allerdings eher zufällig, meinst du nicht auch? Immerhin ist es nicht gerade der Nutzen, für den sie gebaut wurde.«

Lucius und Theo grinsten. Es stimmte: Harolds vielfach überarbeiteter Geisterfinder oder TraSpuAuSpü vermochte noch immer keine Geister aufzuspüren. Er konnte aber, wie sie vorhin ganz unerwartet festgestellt hatten, sehr gut Menschen aufspüren! Es war im Treppenhaus gewesen, als Harold das metallene Kästchen mit den vielen blinkenden Lichtern und den zuckenden »Fühlern« auf der Oberseite aus seinem Rucksack zog. Er wolle, so hatte er erklärt, doch endlich wissen, warum das Gerät noch immer keine Resultate erzielte. Bevor seine Freunde protestieren konnten, hatte Harold es eingeschaltet – und sofort hatte der Geisterfinder Alarm geschlagen: Sämtliche Signallämpchen hatten geblinkt wie verrückt, und die »Fühler« waren aus dem Zucken nicht mehr herausgekommen.

Mit einem begeisterten Siegesschrei auf den Lippen war Harold daraufhin losgestürmt. »Es spukt!«, hatte er gerufen, mit einem Mal ganz und gar nicht mehr ängstlich. »Es spukt in der Baker Street!«

Doch als die vier Freunde im Kaminzimmer ankamen – dort, wo Harolds Erfindung den Geist lokalisiert haben wollte –, hatte Lucius den Spuk schnell aufgeklärt. Das Gespenst war nämlich gar keins gewesen, sondern bloß der in seinem versteckten Labor arbeitende Sherlock Holmes!

»Du hast einen Menschenfinder gebaut«, sagte Theo nun. Sie legte Harold tröstend die Hand auf die Schulter. »Sebastian hat völlig recht: Das ist nicht ganz dasselbe.«

»Aber trotzdem ziemlich klasse«, eilte Lucius sich hinzuzufügen. »Ich könnte das nicht.«

»Menschen finden?«, fragte Sebastian leise und sah ihn schmunzelnd an.

»Sachen *er*finden«, betonte Lucius nachdrücklich – und schmunzelte ebenfalls. »Harold ist ein Genie. So oder so.«

»Und ein Geheimniskrämer«, sagte Theo. »Das ist er auch. Genau wie ihr zwei, übrigens.« Anklagend sah sie zu den anderen Jungs. »Denkt ihr, mir ist entgangen, dass ihr während der letzten Tage manchmal echt seltsame Bemerkungen gemacht habt? Und was sollten die eigenartigen Blicke, die ihr mal Harold und mal mir zugeworfen habt? Das Getuschel hinter meinem Rücken, wenn ihr dachtet, ich bemerke es nicht? Also? Gesteht gefälligst, liebe Detektivkollegen. Wozu diente dieser ganze Quatsch?«

Sebastian grinste breit. Er legte Harold einen Arm um die schmächtigen Schultern, sah aber zu Theo. »Ich meine es nur gut mit euch, ja? Deswegen werde ich wohl wirklich aushelfen müssen. Unser verehrtes Genie bekommt offenkundig den Mund nicht auf. Also, Theo: Der gute Harold hier ist, so unglaublich das uns allen erscheinen mag, Hals über Kopf in di...«

Der junge Erfinder erbleichte! Hatten eben noch Erfurcht und ehrliche Begeisterung seine Züge geprägt, so stand ihm nun das blanke Entsetzen ins Gesicht geschrieben. Er schien sogar zu geschockt, die Katastrophe abzuwenden.

Lucius reagierte sofort. Er schnappte sich den Wassersprüher, den Sebastian wieder abgestellt hatte, richtete ihn auf den jungen Abenteurer und drückte kurzerhand ab. Eine gewaltige Wolke aus winzig kleinen Wassertropfen hüllte Sebastians Kopf und Schultern ein. Mit einem Mal war der Junge klatschnass.

Harold, der kaum etwas abbekommen hatte, prustete los. Theo sah völlig perplex zu Lucius. Und Sebastian, mitten im Wort verstummt, wischte sich das Wasser aus den Augen.

»In die Forschung verschossen«, sagte Lucius. »Das wolltest du doch sagen, Sebastian. Stimmt's? Harold lebt für seine Werkbank und seine Wissenschaft.«

»Wollte ich das?«, erwiderte der Angesprochene mit bedrohlichem Knurren in der Stimme. Das blonde Haar klebte ihm auf Stirn und Schädeldecke, und auf seinen feuchten Wangen spiegelte sich das prasselnde Kaminfeuer. Er wirkte ganz und gar nicht amüsiert von der unerwarteten Attacke. »Bist du dir da wirklich ganz sicher, Lucius?«

»Absolut sicher«, antwortete der Junge. Es tat ihm leid, dass er Sebastian von Harolds Gefühlen für Theo erzählt hatte. Das ging niemanden etwas an, das wusste er nun. Und es gehörte sich auch nicht, darüber zu scherzen. »Alles andere wäre ja doch ganz allein Harolds Sache. Richtig?« Beim letzten Wort war er richtig laut und seine Stimme ganz fest geworden.

Sebastian verstand den Wink mit dem Zaunpfahl. »Richtig«, sagte er seufzend. Dann grinste er wieder – allerdings äußerst angriffslüstern! »Und jetzt gib *mir* mal den Sprüher.«

Lucius schluckte. »Was?«

»Du hast schon richtig gehört, Adler.« Sebastian streckte die Hand aus. Sein Blick und sein Tonfall duldeten keinen Widerspruch, und sein böses Grinsen kannte keine Gnade. »Gib. Mir. Das. Ding.«

Lucius konnte nicht anders. Zögernd reichte er den Wassersprüher an seinen Freund weiter. Sebastian nahm ihn, sprang vom Boden auf – und in einer einzigen, wahnsinnig schnellen Bewegung zog er den Gießkannenaufsatz des Sprühers ab, drehte das röhrenartige Unterteil des Geräts um und leerte den nassen Inhalt über Lucius' Kopf aus.

»Nur für Werkbank und Wissenschaft«, sagte Sebastian und nahm wieder auf dem Teppich Platz. *Jetzt* war er zufrieden. »Völlig richtig.«

Lucius spürte das kalte Wasser auf seinem Kopf, auf seinen Schultern, im Kragen seines Hemdes. Und mit einem Mal musste er schallend lachen. Sebastian stimmte sofort ein, und nach einer kurzen Schrecksekunde kannte auch Harold kein Halten mehr.

Theo hatte die Augen weit aufgerissen. Sie beobachtete ihre drei Freunde mit dem ebenso verständnis- wie fassungslosen Kopfschütteln, zu dem nur Mädchen fähig zu sein schienen und das immer und überall »Typisch Jungs!« bedeutete. »Ihr seid echt ... echt ...«, murmelte sie. »Nein, ich fürchte, dafür gibt's nicht einmal ein Wort. Ihr seid ...«

»Genies«, sagte Lucius. »Das sind wir. Allesamt Genies.«

»Mit Sicherheit.« Diese spöttisch klingende Bemerkung war aus einem der Sessel gekommen. Lucius sah auf. Doktor Watson schlief nach wie vor, aber Sherlock Holmes hatte ein Auge geöffnet und sah die Freunde streng an. Vermutlich hatte er nie geschlafen. »Ganz große Genies seid ihr. Durch und durch.«

»Nun lass sie doch, Sherlock«, sagte Mycroft Holmes. Der ganz in Schwarz gekleidete Bruder drehte sich vom Kamin um. »Es sind Kinder. Kinder albern herum. Kannst du das oder willst du das nicht verstehen?«

»In meinem Haus ...«

»Wohnt auch Lucius«, unterbrach Mycroft den beginnenden Protest. »Und der darf hier genauso Krach machen wie du hier schmollen darfst.«

Krach? Lucius wollte den Kopf schütteln, traute sich aber nicht. *Schön wär's.*

Andererseits: Wollte er das wirklich? Eigentlich nicht, oder? Eigentlich ging es doch gar nicht um Lautstärke und dergleichen. Er wollte endlich mal ernst genommen werden, so sah es aus! Und zwar nicht nur von Mrs Hudson und dem Doktor, sondern eben auch vom Meisterdetektiv. Er wollte ein einziges Mal von Sherlock Holmes das Gefühl vermittelt bekommen, hier hinzugehören. Hier in die Baker Street 221b. Zu ihm.

Er wollte zu Hause sein. War das wirklich zu viel verlangt?

Sherlock Holmes öffnete auch das zweite Auge. Dann drehte er den Kopf und sah seinen Bruder Mycroft an. »Ist das so, ja?«

Der schnaubte. »Worauf du wetten kannst. Echt beschämend, dass du das nicht selbst einsiehst.«

Und Sherlocks Mundwinkel zuckten. »Welch hervorragende Idee, Mycroft«, sagte er. »Wetten wir, du und ich. Einverstanden? Gewinnst du, kann unser junger Freund hier den heutigen Tag lang tun und lassen, was immer er möchte. Er darf frei über mein Haus und sogar frei über meine Zeit verfügen.«

Lucius riss die Augen weit auf. Was geschah hier bloß? Ratlos sah er zu seinen Freunden, doch die sahen nur ratlos zurück zu ihm.

Auch Mycroft wirkte überrascht. »Ein stattlicher Wetteinsatz«, staunte der mysteriöse Regierungsangestellte. »So kenne ich dich ja gar nicht.«

Sherlock winkte ab. »Nimmst du die Wette an oder nicht?«

»Moment, Moment«, fand Lucius nun doch seine Sprache wieder. »Worum soll es bei dieser Wette denn überhaupt gehen?«

»Gute Frage.« Mycroft nickte.

»Um ein Rätsel«, sagte Sherlock Holmes gelassen. »Das letzte noch offene Rätsel der vergangenen Tage, wenn ich nicht irre: Wo steckt Irene Adler?«

Mom! Die Erwähnung ihres Namens war wie ein Messerstich durch die Brust. Lucius begriff plötzlich, dass er sie im Trubel der vergangenen, atemberaubenden Stunden abermals fast vergessen hatte. Die Erkenntnis beschämte ihn – und wunderte ihn zugleich. Okay, er war sehr abgelenkt gewesen. Die Sache mit dem Unsichtbaren hatte sich als echt gefährlich herausgestellt. Aber trotzdem! *Mom, es tut mir so leid.*

»Demnach hast du den Absendeort endlich ermittelt«, spekulierte Mycroft. Auf der Heimreise von der Tower-Bridge bis in die Baker Street hatte Lucius ihm und seinen Freunden aus dem Rabennest alles über den Brief und seine unlösbar scheinenden Geheimnisse berichtet. »Daher weht der Wind.«

Sherlock nickte nur. »Daher weht er.«

»Und?«, fragte Sebastian. Interessiert beugte er sich vor. »Wo ist sie?«

Der Meisterdetektiv sah auffordernd zu seinem Bruder. »Schlägst du ein oder nicht?«

Mycroft seufzte und ergriff die Hand, die Sherlock ihm hinhielt. »Abgemacht. Du gäbst sonst ja sowieso keine Ruhe. Also, kleiner Bruder: Verblüffe uns mit deinem messerscharfen Verstand. Zeige uns, wie toll du bist. Und vor allem: Sag dem armen Jungen endlich, was er wissen will.«

Lucius musste schlucken. Ihm war plötzlich ganz kalt, und seine Hände kribbelten wie verrückt.

Sherlock sah zu ihm. Ein freundliches Lächeln im Gesicht, griff der Detektiv in die Innentasche seines dunklen Jacketts und zog den Brief hervor. »Ich habe mich nicht geirrt, Lucius«, sagte er dann. »Oder: nur ein ganz klein wenig. Es war vorschnell von mir, Pisa als Ort zu nennen. Denn wie die chemische Analyse der von deiner Mutter verwendeten Tinte beweist, wurde dieses Schreiben keineswegs in Italien verfasst, sondern vielmehr in dem schönen spanischen Städtchen ...«

»Prag!« Die Tür zum Kaminzimmer war aufgeflogen. Mrs Hudson stand auf der Schwelle, vollkommen überrascht und auch ein bisschen verschämt. »Verzeihen Sie, dass ich hier so hereinplatze, aber ... Nun ja: Es ist Prag!«

Die vier Freunde wechselten einen verwirrten Blick.

»Prag liegt in Spanien?«, flüsterte Harold.

Lucius schüttelte den Kopf. »Nee. Ganz woanders.«

»*Was* ist Prag, Mrs Hudson?«, fragte Theo in die allgemeine Ratlosigkeit hinein.

Die Hauswirtin zog einen weißen Umschlag aus ihrer Schürze und hielt ihn in die Höhe. »Deine Mutter, Lucius. Irene Adler ist in Prag.«

Das Kuvert hatte wenig mit dem gemein, in dem der Brief vorgestern angekommen war. Damals hatte allein Lucius' Name auf dem Papier gestanden, in Irenes unverkennbarer Handschrift. Auf diesem neuen Briefumschlag prangten aber Sherlock Holmes' komplette Anschrift und eine mehrfach abgestempelte Briefmarke.

Der Meisterdetektiv stand auf. Mit schnellen Schritten war er bei seiner Wirtin. »Prag?«, wiederholte er. Es klang fast wie eine Beleidigung. Kritisch nahm er den Umschlag in Augenschein. »Wo haben Sie den her, Mrs Hudson?«, fragte er dann streng.

»Das werden Sie mir kaum glauben, Mister Holmes«, antwortete sie, »aber ... Der Briefträger war am frühen Abend wieder hier. Er hat sich mehrfach entschuldigt und gesagt, die Frist sei jetzt abgelaufen. Jetzt dürfe er den Rest der Sendung bei uns abgeben. Da Lucius unterwegs war, habe ich den Umschlag eingesteckt ... und prompt vergessen.«

»Den Rest?« Sebastian hielt es nicht länger auf dem Fußboden aus. Auch er kam zu Holmes und der Wirtin. »Soll das heißen, dies ist der Umschlag, in dem Irene Adlers Brief *eigentlich* nach London kam?«

»Ganz genau«, sagte Mrs Hudson. »Der Postbote erklärte mir, er sei extra bezahlt worden, zunächst nur den Inhalt, nicht aber den Umschlag des Schreibens hier abzugeben. Das Kuvert sollte erst nach einer festen Frist folgen.«

»Völliger Unfug!«, echauffierte sich der Meisterdetektiv. Noch immer betrachtete er das weiße Kuvert so grimmig, als wäre es sein Todfeind. »Wo ist denn da die Logik?«

Mycroft lachte laut. Er hatte die Hände hinter dem Rücken gefaltet und den Kopf in den Nacken gelegt. Theo grinste über das ganze Gesicht, verkniff es sich aber, auch nur ein Wort zu sagen. Harold sah aus, als verstünde er gar nichts mehr. Und Lucius ...

»Bei Mom«, murmelte der Junge. Nun musste auch er grinsen. Ein Gefühl unendlicher Erleichterung breitete sich in seinem Inneren aus, wärmte und stützte ihn. »Das da ist keine Logik, sondern *Mom*-Logik.«

»Wie bitte?« Sherlock Holmes drehte sich zu Lucius um, ratlos und ganz schön irritiert.

Mycroft trat zu ihm und legte ihm eine Hand auf die Schulter. Lachtränen schimmerten in seinen Augenwinkeln. »Du hast den Jungen gehört, Brüderchen. Mom-Logik. Davon verstehst du nichts.«

Nun reichte es dem Detektiv. »Ich verlange«, begann er und schüttelte Mycrofts Hand ab, »eine Erklärung. Sofort!«

»Na, dann analysiere doch die Beweise«, sagte Mycroft mit lässigem Schulterzucken. »Ist das nicht dein Beruf? Du wurdest für dumm verkauft, Sherlock. Veralbert. Und das, wenn ich so frei sein darf, von einer absoluten Meisterin ihres

Fachs. Einer Frau, die dich besser kennt als du dich selbst. Die ganz genau weiß, wo deine Schwächen liegen und wie man den zweitklügsten Kopf der Krone dazu bringt, sich um selbigen und um den dazugehörigen Kragen zu reden. Lucius' Mutter hat mit dir gespielt – und du bist ihr grandios auf den Leim gegangen.« Wieder musste er lachen.

Nun stand auch Lucius auf. Er nahm den Briefumschlag, just als Sherlock Holmes niedergeschlagen den Arm sinken ließ, und sah zu Mrs Hudson. »Das ist der richtige Umschlag?«, vergewisserte er sich, während Theo und Harold zu ihm traten und ihm interessiert über die Schulter guckten. »Und Mom hat dafür gesorgt, dass er erst zwei Tage nach dem Brief hier ankommt?«

Die Wirtin nickte. Sie hatte merklich Mühe, nicht in Mycrofts Gelächter einzustimmen. »Sieht ganz so aus, mein Junge. Ich fand schon immer, dass Miss Adler einen … nun ja, einen äußerst gelungenen Sinn für Humor hat.«

Den hatte sie auf jeden Fall. Lucius wusste das besser als alle anderen Menschen auf der Welt. Dieser Trick – und um nichts anderes handelte es sich – klang absolut nach seiner Mutter, der gefeierten Bühnenkünstlerin. Irene Adler hatte es einmal mehr geschafft, ihr Publikum zu verblüffen. Noch dazu ein sehr, sehr spezielles Publikum: Sherlock Holmes!

»Prag«, raunte Sebastian ihm zu und hob anerkennend die Brauen. »Schöne Stadt. Ich war schon mit meinem Vater dort. Da kann man's aushalten, wirklich.«

Lucius nickte. Inzwischen hatte er das Datum des Poststempels entziffert und ahnte, dass seine Mutter seit der Aufgabe dieses Briefes schon längst weitergereist sein würde. Sie musste ja schließlich ständig in Bewegung bleiben, oder? Nur so entkam sie ihren Verfolgern.

Ehrlich, Mom, dachte er und schüttelte amüsiert den Kopf. *Das hier ist vielleicht der beste Trick, den du je aufgeführt hast. Bravo!*

»Prag.« Sherlock Holmes gab sich geschlagen. Der große Ermittler ging zurück zum Kamin und ließ sich seufzend in seinem Ohrensessel nieder. »Prag!«, wiederholte er und sah anklagend zur Zimmerdecke.

Sein Bruder nickte. »Das schönste Städtchen von ganz Spanien.«

Nun drehte Sherlock den Kopf zu ihm. »Spanien? Mach dich nicht lächerlich, Bruder. Du weißt doch ganz genau, dass Prag in Böhmen liegt!«

»Ach ja?« Mycroft gab sich überrascht, doch sein schelmisches Lächeln verriet Lucius alles. »Na, wenn das so ist ...« Er ging zu Lucius und schüttelte ihm die Hand. »Glückwunsch, mein junger Freund. Die Baker Street 221b gehört heute dir – genau wie ihr berühmtester Bewohner. Na, sagen wir lieber: ihr *noch* berühmtester.« Dann zwinkerte er verschwörerisch.

Theo, Sebastian und Harold konnten nicht mehr. Sie bogen sich vor Lachen. Theo und das selbst ernannte Forschergenie klatschten einander ab, und Sebastian schlug Lucius so fest auf die Schulter, dass es fast schon wehtat.

Lucius sah zu Sherlock Holmes, dem unfreiwilligen Verlierer der Wette. Dann erwiderte er das Zwinkern.

Hey Mom, dachte er. *Weißt du schon das Neueste? Ich habe jetzt ein eigenes Haus, mitten in London.*

Und so absurd es auch klang: Mit einem Mal spürte er, dass sie ihn gehört hatte. Sogar laut und deutlich. Denn es stimmte, was Mrs Hudson sagte. Irene Adler war immer bei ihm, und er war immer bei ihr.

EPILOG

»Und du bist dir wirklich sicher?« Sherlock Holmes, die Hand schon am Bunsenbrenner, hielt inne. Fragend sah er Lucius an. »Das ist es, was du von deinem gewonnenen Tag willst? Einfach nur das hier?«

Lucius nickte. »Feuer frei.«

Holmes drehte die Gaszufuhr auf, und aus dem kleinen Brenner stieg eine ebenso kleine Flamme. Sie erhitzte den Boden einer gläsernen Kugel, die über ihr angebracht war und in der schon ein paar genau abgemessene Milliliter einer farblosen Reaktionsflüssigkeit ruhten. Die Flüssigkeit wartete auf ihre neue Zutat – und Lucius wartete ebenfalls.

Es ging inzwischen auf neun Uhr zu. Harold, Sebastian und Theo waren zu Hause, um den verlorenen Schlaf nachzuholen und sich von den Anstrengungen des zurückliegenden Abenteuers zu erholen, genauso wie Lucius es in den letzten paar Stunden getan hatte. Nach dem Frühstück hatte sich auch Doktor Watson verabschiedet, um in seine Praxis zu fahren, Mrs Hudson war auf den Markt gegangen, und Mycroft saß vermutlich gerade im Diogenes-Club und genoss ein Glas Sherry in vollkommener Stille. Einzig Sherlock Holmes und Lucius hielten sich in den Räumen im ersten Stock der Baker Street auf – dem Haus, über das allein der Junge heute bestimmen durfte. So wollte es die Wette.

»Eine Chemiestunde.« Holmes nahm die kleine Dose, die Lucius aus Doktor Griffins Haus stibitzt hatte, vom Tisch. Er öffnete sie, griff nach einem dünnen Holzstäbchen und begann, die letzten Reste der Unsichtbarkeitssalbe aus ihr herauszukratzen. »Er darf machen, was immer er möchte, und er entscheidet sich für eine simple Chemiestunde!«

Und was für eine! Seitdem er von Holmes' kleinem Labor wusste, hatte Lucius sich danach gesehnt, es auszuprobieren. Seite an Seite mit dem Detektiv an diesem Tisch zu stehen und mit all den verschiedenen Instrumenten, den gläsernen Erlenmeierkolben, den bauchigen Gefäßen und den diversen silbern glänzenden Werkzeugen herumzuexperimentieren. Nun wurde seine Sehnsucht erfüllt.

»Was genau ist das hier eigentlich?«, fragte Holmes. Ratlos betrachtete er die Salbenreste, die am Hölzchen kleben geblieben waren. Dann roch er daran und zuckte mit den Schultern. »Irgendeine Hautcreme?«

»Finden wir es heraus«, schlug Lucius vor. »Wären Sie so nett, die Substanz in die Flüssigkeit zu geben?«

»Ihr Wort ist mir Befehl«, antwortete Holmes ein wenig knurrig. Doch Lucius sah im Augenwinkel, dass er dabei schmunzelte. Das verblüffte und freute den Jungen sehr.

Holmes steckte das Stäbchen in die langsam erhitzende Reaktionsflüssigkeit. Er rührte kräftig um und zog es dann wieder heraus. Schweigend betrachteten die ungleichen Laborpartner, wie sich die milchigen Reste der Salbe mit der klaren Flüssigkeit vermischten. Erste Hitzebläschen entstanden am Boden der gläsernen Kugel, erzeugt von der Kraft des Bunsenbrenners.

Sonst geschah nichts.

»Na also«, sagte Holmes zufrieden. »Wie ich vermutete: eine Hautcreme. Andernfalls hätte sich die Reaktionsflüssigkeit nun blau verfärbt.«

Einen halben Herzschlag später wurde sie giftgrün!

Lucius grinste nur, doch der Meisterdetektiv riss verblüfft die Augen auf.

»Was?«, sagte Sherlock Holmes laut und vollkommen ungläubig. »Grün? Das ... Das ergibt gar keinen Sinn. Es *kann* nicht grün werden! Creme reagiert doch ganz anders. Wenn das grün werden würde, dann ... dann ...« Mit einem Mal verstummte der berühmte Ermittler. Ein nachdenklicher Ausdruck zog über sein Gesicht, und als er den Kopf zu Lucius drehte, lag – neben einer Anklage – vor allem ehrliche Faszination in seinem Blick. »Wo«, fragte er ebenso langsam wie leise, »hast du dieses Zeug her, Lucius? Etwa aus der ... Sternwarte?«

Er wusste, dass es den Ausflug zu Ogilvy und den Sternen nie gegeben hatte. Zwar konnte er es nicht beweisen, aber er hegte daran ebenso wenig einen Zweifel, wie Lucius an der Tatsache zweifelte, dass Irene Adler gerade gut gelaunt durch Böhmen reiste, ihren Verfolgern nach wie vor einen gehörigen Schritt voraus und in Gedanken bei den Bewohnern der Baker Street.

Doch er sagte es nicht. Dazu war er zu stolz ... oder zu schlau.

Ihr seid euch ziemlich ähnlich, du und Mister Holmes, hörte Lucius plötzlich Sebastians Stimme in seinen Erinnerungen. Und sosehr es ihn auch überraschte – in diesem Moment konnte er dem jungen Abenteurer echt nicht widersprechen. Mehr noch: Er wollte es gar nicht.

Denn dies war sein Tag, sein Haus. Und seine Chance.

»Also?«, hakte Sherlock Holmes nach, da Lucius nicht antwortete. Seine Miene war ernst geworden, doch es lag auch so etwas wie Überraschung in seinen Zügen. Wenn nicht sogar Respekt. »Ist diese mysteriöse Substanz ein Souvenir eures nächtlichen Ausflugs?«

Lucius zuckte mit den Schultern. »Kann sein«, gab er sich ebenso ahnungslos wie desinteressiert. »Oder sie kommt aus Prag. Wer weiß das schon, hm?«

Der große Detektiv hob ruckartig die dunklen Augenbrauen. Einen Moment lang betrachtete er Lucius schweigend. Der Junge rechnete schon mit einer Standpauke, doch da nickte Holmes plötzlich. Seine Mundwinkel zuckten. »Aus Prag, also«, sagte er leise. »Sieh mal einer an.« Dann klatschte er in die Hände und wechselte tatsächlich das Thema. »In Ordnung, mein junger Freund. Das war das erste Experiment. Was möchtest du als Nächstes ausprobieren?«

Grinsend sah Lucius Adler sich in Sherlock Holmes' Allerheiligstem um. »Alles«, antwortete er und war glücklich.

LESEPROBE AUS:
Die unheimlichen Fälle des Lucius Adler
Der Goldene Machtkristall

PROLOG:

Der große Verschwindetrick

»Meine Damen und Herren, hochverehrtes Publikum: Jetzt wird es spannend!«

Lucius Adler atmete tief ein und aus. Sein Herz pochte wie wild in der Brust. Gleich kam sein Einsatz. Er hatte diesen Trick schon viele Male mit vorgeführt. Trotzdem war er immer wieder aufs Neue nervös, wenn er vor großen Menschenmengen auftrat.

Im Augenblick stand er noch hinter dem schweren, roten Vorhang seitlich der hell erleuchteten Bühne. Durch einen Spalt spähte er zu der schlanken, anmutigen Frau in dem glänzenden Kleid hinüber, die dort auf den Holzbrettern stand und mit dem Publikum sprach: Irene Adler, die bekannte Zauberkünstlerin, die heimliche Meisterdiebin und obendrein seine Mutter!

Das Licht auf der Bühne änderte sich. Es nahm eine unheilvoll rote Farbe an, als Mitarbeiter des prächtigen Pariser Theaters, in dem die Vorstellung stattfand, glühende Flammenschalen und Kulissen nach draußen schoben. Die Musiker im Orchestergraben stimmten Klänge an, die an Länder im fernen Osten erinnerten.

»Wir reisen nach Indien«, verriet seine Mutter dem Publikum. Dabei beugte sie sich vor, und ihr Tonfall wurde verschwörerisch, um die Spannung zu erhöhen. Sie sprach fließend Französisch, genau wie Lucius auch – neben Englisch, Deutsch und ein paar Brocken Italienisch, Chinesisch und Arabisch. Sie waren viel herumgekommen seit seiner Geburt.

»Noch bis vor wenigen Jahren«, fuhr seine Mutter draußen fort, »trieben in Indien die gefährlichen Thuggee ihr Unwesen. Es waren Räuber und Mörder, die der grausamen Todesgöttin Kali dienten.« Seine Mutter war jetzt voll in ihrem Element. Sie schlich über die Bühne und ließ ihre Arme langsam durch die Luft gleiten. Lucius konnte sich gut vorstellen, dass alle Zuschauer – und vor allem die in seinem Alter, die mit ihren Eltern die Vorstellung besuchten – wie gebannt an ihren Lippen hingen.

»Die Thuggee waren ein geheimer Orden aus Verbrechern und Wahnsinnigen, die ihren Opfern keine Gnade gewährten. Sie töteten aus Habgier und aus Lust.«

Lucius blies eine Strähne seines dunkelbraunen Haars aus dem Gesicht. An diesem Abend trug seine Mutter wieder besonders dick auf. Vermutlich wollte sie irgendeinem vorwitzigen Dreikäsehoch in der ersten Reihe Angst machen.

»Manchmal«, sprach Irene weiter, »brachten sie ihre Opfer, oft Reisende aus dem Ausland, aus England oder Frankreich, nicht sofort um. Stattdessen verschleppten die Räuber sie, um sie ihrer bösen, vierarmigen Göttin in einem unterirdischen Altarraum zu opfern. Und wie das aussieht ...«, sie legte eine dramatische Pause ein, »... werden Sie jetzt miterleben. Bühne frei für die schreckenerregenden Thuggee!«

Lucius warf einen Blick über die Schulter zu den beiden Theatermitarbeitern, die seine Mutter für diese Zaubernummer eingespannt hatte. Beides waren kräftige Kerle, die mit ihren falschen Bärten, den dunkel geschminkten Augen und ihren mächtigen, nackten Oberkörpern ziemlich eindrucksvoll aussahen – und gefährlich. Unwillkürlich lief Lucius ein Schauer über den Rücken. Doch dann zwinkerte einer der beiden ihm zu, und der Junge entspannte sich wieder. Es war ja alles nur Show. »Los geht's«, flüsterte er.

Taumelnd, als sei er kräftig geschubst worden, lief er auf die Bühne hinaus. Wo die Zuschauer saßen, war es ziemlich dunkel. Außerdem blendete ihn einen Moment lang das Licht der Feuerschalen und der knisternden Bogenlampen, sodass er vom Publikum kaum etwas sehen konnte. Aber das machte nichts. Im Moment zählte nur, dass er eine gute Vorstellung ablieferte.

Hinter ihm kamen die falschen Thuggee auf die Bühne. Sie knurrten und warfen sich in die Brust, um noch bedrohlicher zu wirken. Mit wilden Augen funkelten sie das Publikum und Lucius an. Der spielte hier den armen, in seinem Matrosenkostüm fast lächerlich britisch aussehenden Knaben, der den Mördern in die Hände gefallen war.

Offensichtlich machte der Auftritt Eindruck. Aus der ersten Reihe vernahm Lucius erschrockenes Luftholen. Er grinste in sich hinein. Am liebsten hätte er noch laut gejammert und um Hilfe gerufen. Aber die Darbietung verlangte, dass die Musik des Orchesters die Stimmung erzeugte.

Mit unheilvoll klingenden Geigen und exotischen Trommeln begleitete sie Lucius, als er, von den Thuggee erneut geschubst, auf eine an schweren Ketten aufgehängte, dicke Steinplatte zustolperte. Auf der Platte stand eine sargähnliche Kiste aus dunklem, poliertem Edelholz. Ein Mitarbeiter des Theaters hatte sie von der Decke heruntergelassen, während Lucius' Mutter noch mit dem Publikum gesprochen hatte.

Irene hatte sich inzwischen von der Bühne zurückgezogen. Sie wurde, wie Lucius wusste, hinter dem Vorhang von zwei Assistentinnen in Windeseile in eine Priesterin der Kali verwandelt.

Mit einem Ausdruck von Todesangst auf dem Gesicht ließ sich Lucius gegen die Kiste sinken. Als die falschen Thuggee auf ihn zutraten, streckte er abwehrend die Hände aus, riss die Augen auf und öffnete den Mund zu einem stummen Schrei. Er liebte es einfach, Theater zu spielen!

Der eine Riesenkerl packte ihn, der andere klappte den Deckel der Kiste auf. Lucius wehrte sich einen Moment zappelnd. Dann ließ er zu, dass der kräftige Theatermitarbeiter ihn in die Luft hob und schwungvoll in die Kiste verfrachtete. Angstvoll in dem dunklen Kasten hockend blickte er daraus hervor.

Mit einem Beckenschlag wurde die Aufmerksamkeit des Publikums auf die linke Seite der Bühne gerichtet. Dort war jetzt Lucius' Mutter wieder aufgetaucht. Die Assistentinnen hatten die Ärmel ihres Kleides entfernt und ihr rote Bänder um die nackten Arme geschlungen. Außerdem trug sie eine grausige Kette aus Schrumpfköpfen – die natürlich aus Holz bestanden und zum Teil von Lucius selbst geschnitzt worden waren. Ihrem Gesicht war in aller Eile mit etwas Schminke ein fremdartiger Zug verliehen worden. Hinter ihr kam ein dritter Thuggee auf die Bühne, der einen Holzständer mit fünf unterschiedlich langen Schwertern vor sich her schob.

»Ein armer Knabe, aus gutem britischem Hause«, rief Irene und deutete auf Lucius, »ist in die Hände der Mörder gefallen. Grausam werden sie ihn nun ihrer finsteren Göttin Kali opfern.«

Mit einem erneuten Scheppern der Becken ging hinter der Bühne ein weiteres Licht an. Der Schattenriss einer riesigen, vierarmigen Gestalt wurde sichtbar, die jenseits des hinteren Vorhangs zu hocken schien. Langsam, von unsichtbaren Seilen gezogen, bewegten sich ihre Arme auf und ab.

Lucius' Mutter nickte ihren Begleitern zu. Mit kräftigen Armen zwangen die falschen Thuggee ihn tiefer in die Kiste hinein, bis er ganz darin verschwunden war. Dann klappten sie den Deckel zu. Es wurde dunkel um Lucius, da nur noch durch ein paar Schlitze rötliches Licht ins Innere fiel. Aber das machte nichts. Er beherrschte die Nummer im Schlaf.

Flach legte er sich in den Leerraum der Steinplatte unterhalb der Holzkiste. Die scheinbar massive Platte war natürlich nicht echt. Sie bestand aus einem nicht sehr geräumigen, hohlen Kasten, auf den außen Steine geklebt worden waren. In diesem Versteck würde Lucius abwarten, während seine Mutter ihre Darbietung fortsetzte.

Er hörte, wie sie unter dramatischer Musik etwas davon erzählte, dass der »arme Knabe« nun einen fürchterlichen Tod erleiden würde. Daraufhin zog Lucius ein Holzbrett neben sich hervor und legte es sich auf die Brust. Notwendig war das nicht. Die eine Theaterklinge, die ihn überhaupt hier in seinem Versteck erreichte, war gefedert und schob sich weit genug in den Griff zurück, um ihn nicht zu verletzen. Aber Lucius war lieber vorsichtig. Manchmal gingen Tricks schief. Das erzählte man sich in jedem Theater und in jedem Zirkus, in dem seine Mutter und er bislang aufgetreten waren. Und dann war es ihm lieber, wenn das Thuggee-Schwert in einem Holzbrett steckte, statt in seiner Brust.

Mit einem Schaben fuhr das erste Schwert quer über seinem Hals einmal mitten durch die Sargkiste hindurch. Gleich darauf rammte seine Mutter ein zweites über seinen Knien durch die Schlitze. Im Zuschauerraum hielt das Publikum bestimmt den Atem an. Die Fantasie der Leute redete ihnen ein, dass Lucius gerade bei lebendigem Leib aufgespießt wurde.

Einmal hatte er sich einen Scherz erlaubt und einen kleinen Topf rote Farbe mit in die Kiste geschmuggelt. Mit der hatte er die Schwerter heimlich bemalt, während sie über ihm in der Luft hingen. Als seine Mutter sie wieder herausgezogen hatte, waren die Klingen scheinbar rot vor Blut gewesen. Mehrere Frauen im Zuschauerraum waren in Ohnmacht gefallen, und Lucius hatte sich später eine Standpauke seiner Mutter anhören müssen. Danach aber hatte sie gelächelt und ihn einen prächtigen kleinen Schurken genannt.

Mit grausiger Langsamkeit wurde das besonders lange Schwert einmal längs durch die Kiste geschoben, danach kamen die vorletzte und die letzte Klinge von oben und schlugen mit einem sanften Pochen gegen das Brett auf seiner Brust. Lucius überlegte, ob er schrille Schmerzensschreie ausstoßen sollte, entschied sich dann aber, die Aufführung diesmal nicht eigenmächtig »nachzuwürzen«.

Die Musik wurde dramatischer, während sich die Steinplatte mit der Kiste an ihren Ketten langsam einmal im Kreis drehte, damit jeder sehen konnte, dass sie mehrfach durchbohrt worden war. Dann setzte ein Trommelwirbel ein. Seine Mutter zog ein Schwert nach dem anderen wieder aus der Kiste. »Der Knabe ist tot, sein Körper von Klingen zerfleischt«, rief sie dabei. »Die Thuggee und ihre Göttin feiern. Doch zu Recht? Oder konnte er womöglich entkommen?«

Rasch legte Lucius das Brett zur Seite und wappnete sich. Jetzt kam das große Finale: der Verschwindetrick. Er atmete aus und machte sich ganz flach.

Mit einem Schlag krachten die Wände der Kiste in sich zusammen und landeten auf der Steinplatte. Jetzt war es vollständig dunkel um den Jungen. Durch die vier Bretterlagen, die sich an Scharnieren über ihm zusammengefaltet hatten, konnte er auch kaum noch etwas hören. Das Rauschen aus dem Zuschauerraum vernahm er trotzdem. Das Publikum applaudierte.

Im nächsten Moment wurden die Bretter rasch wieder aufgestellt und befestigt. Der Deckel öffnete sich, und kräftige Arme griffen in die Kiste. Mit einem Sprung schnellte Lucius in die Höhe. Er wurde von dem falschen Thuggee durch die Luft gewirbelt und landete neben seiner Mutter auf den Bühnenbrettern. Der Applaus wurde lauter und einige Leute riefen: »Bravo!«

Ein breites Grinsen trat auf sein Gesicht. Er blickte zu seiner Mutter hoch, die ihn stolz anlächelte.

»Die furchtbaren Thuggee«, Irene deutete auf die Theatermitarbeiter, »und mein mutiger Sohn, der sogar zulässt, dass seine Mutter ihn mit Schwertern pikt!«

Die Leute lachten, und der Beifall wurde noch lauter. Lucius verneigte sich. Sein Herz klopfte wilder als vor dem Auftritt, und er spürte seine Ohren heiß werden. Dafür lebte er! Für den Zauber und den Rausch des Bühnenlebens!

Auf einmal spürte er, wie seine Mutter seine Hand dreimal rasch drückte. Sofort merkte Lucius auf. Dieser Teil gehörte nicht zur Show. Dieses Zeichen gehörte zu Irene Adlers anderem Leben: dem der Abenteurerin und Diebin. Und es bedeutete Gefahr.

Ohne das breite Lächeln aus dem Gesicht zu nehmen, sah Lucius zu ihr auf. Mit Blicken bedeutete sie ihm, zum hinteren Teil des Zuschauerraums zu schauen. Gleichzeitig zog sie ihn sanft und wie spielerisch ganz in die Mitte der Bühne, zu einer bestimmten Stelle, die eigentlich zu einer anderen Nummer gehörte. »Ich danke Ihnen!«, rief seine Mutter überschwänglich.

Wie beiläufig nahm Lucius wahr, dass die Bühnenarbeiter die Kulissen zur Seite schoben. Die Kiste mit der Steinplatte schwebte wieder zur Decke hinauf. Doch seine Aufmerksamkeit galt den zwei Eingängen in dem Besucherraum. Nun, da er schon eine Weile auf der Bühne stand und sich an das Licht gewöhnt hatte, konnte er sie besser erkennen.

Dort, bei den Vorhängen, die nach draußen führten, standen mehrere Männer. Es waren mindestens zwei an jedem Ausgang. Normalerweise wären sie in der Menge kaum aufgefallen. Da sie aber alle die gleichen dunklen Mäntel trugen, wirkten sie verdächtig.

»Vielen Dank«, rief seine Mutter den Zuschauern zu und verbeugte sich ein weiteres Mal tief. »Wir nehmen den Notausgang«, raunte sie Lucius zu und nickte leicht nach unten.

Lucius verstand. Mit raschen Blicken überprüfte er die Bühnenbretter zu ihren Füßen. Dann trat er vor seine Mutter, ging in die Hocke und breitete strahlend die Arme aus. Ein Zeitungsreporter in der ersten Reihe nahm die gelungene Pose zum Anlass, um mit Fauchen und Blitzen seinen Fotoapparat auszulösen, der neben ihm auf einem Dreibein stand.

Lucius schaute erneut zu den Männern in den Mänteln hinüber. Sie steckten die Köpfe zusammen und schienen sich abzusprechen. Er wusste nicht, wer sie waren. Vielleicht gehörten sie zur Gendarmerie, der französischen Polizei. Oder es waren Schergen von jemandem, den Irene Adler in den letzten Jahren verärgert hatte. In welche Angelegenheiten seine Mutter verwickelt war, hatte sie Lucius nie verraten. Aber dass sie gejagt wurde und manchmal rasch untertauchen musste, hatte er inzwischen gelernt. Ebenso hatte er gelernt, in so einem Fall keine Fragen zu stellen, sondern einfach mitzuspielen. In Momenten wie diesem musste alles schnell und glatt über die Bühne gehen. Das war jedoch kein Problem. Sie waren ein eingespieltes Team.

»Haben Sie noch einmal vielen Dank, meine Damen und Herren, hochverehrtes Publikum«, sagte seine Mutter, als der Applaus abebbte. »Jetzt geht es weiter mit Musik. Wir sehen uns nach der Pause wieder – mit noch mehr Magie!«

Der Dirigent warf ihnen aus dem Orchestergraben einen verwirrten Blick zu. Eigentlich kamen zwei weitere Nummern, bevor die Pause folgte. Dennoch reagierte er schnell, hob den Taktstock und ließ seine Musiker einen schmissigen Auszugsmarsch anstimmen.

Lucius hob den Blick zu seiner Mutter. Der Zeigefinger seiner rechten Hand legte sich auf einen Knopf im Boden. Irene zwinkerte ihm von oben zu, und in ihrer Hand lag, wie herbeigezaubert, auf einmal eine silberne Kugel. Er nickte. Irene nickte. Lucius schloss die Augen.

Zwei Dinge geschahen praktisch gleichzeitig. Es gab einen lauten Knall und einen so hellen Blitz, dass der Junge ihn sogar durch die geschlossenen Augenlider sehen konnte. Der Geruch von Rauch stieg in seine Nase. Doch nur einen Herzschlag lang. Dann öffnete sich unter ihren Füßen die Falltür, die er mit einem Fingerdruck ausgelöst hatte, und sie fielen in die Tiefe ...